Colin Dexter

Eine Messe für all die Toten

Ein Fall für Inspector Morse

Aus dem Englischen von
Ute Tanner

Unionsverlag

Die englische Originalausgabe erschien 1979 bei Macmillan, London.
Die deutsche Erstausgabe erschien 1986
im Rowohlt Taschenbuch Verlag GmbH, Reinbek.
Für die vorliegende Ausgabe hat Eva Berié die deutsche
Übersetzung nach dem Original überarbeitet.

Im Internet
Aktuelle Informationen, Dokumente und Materialien
zu Colin Dexter und diesem Buch
www.unionsverlag.com

Unionsverlag Taschenbuch 807

Originaltitel: Service of All the Dead

Neptunstrasse 20, CH-8032 Zürich
Telefon +41 44 283 20 00
mail@unionsverlag.ch

Reihengestaltung: Heinz Unternährer
Umschlagfoto: Colin Underhill (Alamy Stock Foto)
Umschlaggestaltung: Sven Schrape
Satz: Greiner & Reichel, Köln
Druck und Bindung: CPI – Clausen & Bosse, Leck
ISBN 978-3-293-20807-0

Der Unionsverlag wird vom Bundesamt für Kultur mit einem
Verlagsförderungs-Strukturbeitrag für die Jahre 2016–2020 unterstützt.

Auch als E-Book erhältlich

Für John Poole

»Ich will lieber die Tür hüten
in meines Gottes Hause als wohnen
in den Zelten der Frevler.«
84. Psalm, Vers 11

DAS ERSTE BUCH DER CHRONIK

I

Matt schüttelte Pfarrer Lionel Lawson die letzte behandschuhte Rechte, die schmal und schlank war und Mrs Emily Walsh-Atkins gehörte. Jetzt, wusste er, war das Gestühl der alten Kirche hinter ihm leer. Es war immer dasselbe Lied. Während die anderen aufgeputzten Damen die Köpfe zusammensteckten, um über Gartenfeste und Sommerhüte zu plaudern, während der Organist sein Nachspiel auf der Orgel anstimmte und die Chorknaben, ihrer Soutanen ledig, die T-Shirts in die Jeans steckten, verharrte Mrs Walsh-Atkins unweigerlich noch einige Minuten auf den Knien – eine leicht übertriebene Demutsgeste gegenüber dem Allmächtigen, wie Lawson zuweilen dachte. Doch da war eine Menge, wofür sie dankbar sein konnte. Sie war einundachtzig, doch geistig und körperlich noch beneidenswert rege. Nur ihr Sehvermögen hatte sich in letzter Zeit verschlechtert. Sie wohnte in Nord-Oxford in einem Heim für alte Damen, das ein hoher Zaun und eine Fichtenpflanzung vor neugierigen Blicken abschirmten. Hier sah sie vom Fenster ihres Wohnzimmers, in dem es nach welkem Lavendel und Silberputzmittel duftete, auf die gepflegten Wege und Rasenflächen, von denen allmorgendlich der Hausmeister unauffällig Coca-Cola-Dosen, Milchflaschen oder leere Kartoffelchipstüten auflas. Hinterlassenschaft jener seltsamen, unbegreiflich sittenlosen jungen Leute, die in Mrs Walsh-Atkins' Augen eigentlich kein Recht hatten, frei herumzulaufen – und schon gar nicht in ihrem geliebten Nord-Oxford. Das Heim war entsetzlich teuer, aber Mrs Walsh-Atkins war eine reiche Frau, und jeden Sonntag enthielt ihr sorgsam zugeklebter brauner Umschlag, den sie behutsam auf den Kollektenteller legte, eine gefaltete Fünf-Pfund-Note.

»Haben Sie Dank für Ihre Botschaft, Herr Pfarrer.«

»Gott segne Sie.«

Dieser kurze Dialog, der sich in den zehn Jahren, seit Lawson die Pfarrstelle in der Gemeinde von St. Frideswide's übernommen hatte, stets wortwörtlich wiederholte, war die letzte Stufe der Nichtkommunikation zwischen Pfarrer und Gemeindemitglied. In den ersten Wochen seiner Amtszeit hatte Lawson die Sache mit der »Botschaft« einiges Unbehagen bereitet, wusste er doch nur zu gut, dass seine Predigt an keiner Stelle von besonderem evangelistischen Feuer durchglüht war. Im Übrigen musste sich ein Geistlicher wie Lawson, ein gemäßigter Anhänger der anglikanischen Hochkirche, in der Rolle eines vom lieben Gott eingesetzten Telegrafenboten fehl am Platz, ja, ausgesprochen unwohl fühlen. Doch anscheinend vernahm Mrs Walsh-Atkins das Summen der himmlischen Drähte, wie immer sein Predigttext auch lauten mochte, und brachte jeden Sonntag von Neuem dem ahnungslosen Überbringer froher Kunde ihre Dankbarkeit zum Ausdruck. Es war purer Zufall, dass Lawson nach dem ersten Gottesdienst auf diese viersilbigschlichte Antwort verfallen war, drei magische Worte, die Mrs Walsh-Atkins zusammen mit ihrem Gebetbuch auch an diesem Sonntag wieder glücklich an den Busen drückte, während sie in gewohnt flotter Gangart der St. Giles Street zustrebte, wo ihr gewohnter Taxifahrer in der Parkbucht am Martyrs' Memorial schon auf sie wartete.

Der Pfarrer von St. Frideswide's sah nach rechts und nach links die heiße Straße hinunter. Hier hielt ihn nichts mehr, aber er zögerte sichtlich, den verschatteten Kirchenraum wieder zu betreten. Eine kleine Gruppe japanischer Touristen kam auf der anderen Straßenseite vorbei. Ihr kleiner, bebrillter Führer zählte mit abgehackter Stimme die Sehenswürdigkeiten der alten Stadt auf. Sein Singsang war noch vernehmbar, während die kleine Gruppe sich an dem Kino vorbei entfernte, das dem verehrten Publikum stolz die Chance offerierte, die Intimitäten eines Partnertauschs *à la française* mitzuerleben. Doch in Lawson regte sich kein Hauch von Sinnlichkeit, seine Gedanken waren anderweitig in Anspruch genommen. Sorgsam nahm er den Talarüberwurf mit dem weißen Seidenfutter (M.A. Cantab.) von den Schultern und sah zur Carfax hinüber, wo die Tür zum *Ox* schon offen stand. Doch Gasthäuser übten seit jeher wenig Reiz auf ihn aus. Gewiss, bei der einen oder anderen Gemeindeveranstaltung trank auch er sein Glas süßen Sherry, doch falls Lawsons Seele sich irgendeiner Sünde wegen zu verantworten hatte, wenn der Engel des Jüngsten Gerichts in seine Posaune stieß, dann gewiss nicht wegen der Sünde der Trunksucht. Ohne das sauber gescheitelte Haar durcheinanderzubringen, zog er das lange weiße Chorhemd über den Kopf und betrat wieder die Kirche.

Außer Paul Morris, dem Organisten, der jetzt bei den letzten Takten seines Stückes angelangt war – Mozart, konstatierte Lawson –, war nur noch Brenda Josephs zu sehen. Sie saß in einem ärmellosen grünen Sommerkleid ganz hinten, eine Frau von Mitte oder Ende dreißig. Ihr nackter, gebräunter Arm lag auf der Lehne der Kirchenbank, die Fingerspitzen streichelten über das glatte Holz. Sie lächelte pflichtschuldig, als Lawson vorbeikam, und Lawson seinerseits neigte in einer beiläufig segnenden Gebärde den schlanken Kopf. Sie hatten sich vor dem Gottesdienst offiziell begrüßt; beiden schien nicht viel daran zu liegen, das unverbindliche Gespräch von vorhin wieder aufzunehmen. Auf dem Weg zur Sakristei blieb Lawson kurz stehen, um ein heruntergefallenes Kniekissen an der Kirchenbank einzuhaken. Dabei hörte er, wie die Tür neben der Orgel zuschlug. Vielleicht ein wenig zu laut? Ein wenig zu hastig?

Der Vorhang teilte sich, als er zur Sakristei kam, und ein Junge mit rötlichem Haar und Sommersprossen lief Lawson direkt in die Arme. »Nicht so hastig, Junge. Wohin so schnell?«

»Entschuldigung, Sir, ich hatte nur vergessen ...« Die atemlose Stimme hielt inne. Die rechte Hand, die eine halb leere Tüte mit Fruchtgummis umklammerte, verschwand rasch hinter dem Rücken.

»Ich will doch nicht hoffen, dass du während der Predigt genascht hast?«

»Nein, Sir.«

»Na ja, übel zu nehmen wärs dir nicht. Ich bin manchmal ganz schön langweilig, was?« Lawson legte dem Jungen die Hand auf den Kopf und verstrubbelte ihm das Haar ein bisschen.

Peter Morris, einziger Sohn des Organisten, sah vorsichtig lächelnd zu Lawson auf. Für Untertöne hatte er kein Ohr, aber dass der Pfarrer nicht böse war, so viel war wohl klar. Rasch lief er zum Ausgang.

»Peter!« Der Junge blieb wie angewurzelt stehen und sah sich um. »Wie oft soll ich dir das noch sagen! Man rennt nicht in der Kirche!«

»Ja, Sir. Äh – ich meine, nein, Sir.«

»Und vergiss den Ausflug am nächsten Sonntag nicht.«

»Bestimmt nicht, Sir.«

Lawson hatte natürlich gesehen, dass Peters Vater und Brenda Josephs sich am Nordportal in angeregtem Flüsterton unterhielten. Inzwischen aber war Paul Morris leise seinem Sohn nach draußen gefolgt, und Brenda besah sich mit ernster Miene das Taufbecken. Es stammte von 1345 und war, wenn man dem »Kurzgefassten Führer durch St. Frideswide's« glauben durfte, die größte Sehenswürdigkeit der Kirche. Lawson drehte sich um und betrat die Sakristei.

Harry Josephs, der Kirchenvorsteher, war fast fertig. Nach jedem Gottesdienst trug er unter dem entsprechenden Datum zwei Zahlen in das Kirchenregister ein, erstens die Besucherzahl, auf fünf auf- oder abgerundet, zweitens den Betrag der Kollekte, auf den letzten halben Penny genau. St. Frideswide's war alles in allem eine florierende Gemeinde. Ihre Mitglieder gehörten zur gehobenen Mittelschicht, und selbst in den Universitätsferien war häufig die Hälfte der Plätze besetzt. Die Beträge, die vom Kirchenvorsteher gezählt, vom Pfarrer überprüft und danach zur Filiale von Barclays Bank in der High Street gebracht wurden, waren daher nicht unbeträchtlich. Die Einnahmen dieses Morgens, nach Nennwerten sortiert, lagen auf Lawsons Schreibtisch in der Sakristei. Eine Fünf-Pfund-Note, etwa fünfzehn Ein-Pfund-Noten, zwanzig Fünfzig-Pence-Stücke und kleinere Münzen, ordentlich zu überschaubaren Beträgen gestapelt.

»Wieder eine treffliche Beteiligung, Harry.« Trefflich war eins von Lawsons Lieblingswörtern. Obgleich es in Theologenkreisen von jeher umstritten ist, ob der Allmächtige Wert auf die bloße Anzahl der Gottesdienstteilnehmer legt, war es aus weltlicher Sicht erfreulich, Hüter einer zumindest zahlenmäßig einigermaßen starken Herde zu sein. Und das Wort »trefflich« hielt auf unverbindliche Art und Weise die Mitte zwischen einer rein rechnerischen und einer geistlich-seelsorgerischen Beurteilung.

Harry nickte und trug eine Zahl ein. »Wenn Sie mal eben nachsehen würden, Sir. Nach meiner Rechnung sind es 135 Besucher und 57 Pfund 12 Pence in der Kollekte.«

»Heute keine halben Pence, Harry? Da hat sich wohl der

eine oder der andere der Chorknaben meine kleine Standpauke zu Herzen genommen.« Mit der Geschicklichkeit eines gelernten Kassierers ließ er die Pfundnoten durch die Finger gleiten und strich dann über die aufgetürmten Münzen wie der Bischof bei der Einsegnung über die Häupter seiner Konfirmanden.

»Irgendwann müssen Sie sich doch auch mal verrechnen, Josephs, oder nicht? Bin gespannt, wann Sie mich damit überraschen.«

Josephs warf dem Pfarrer einen raschen Blick zu, aber der setzte gerade seine Unterschrift an den rechten Rand des Kirchenbuchs und machte ein harmlos freundliches Gesicht.

Zusammen packten sie das Geld in eine abgegriffene Keksdose von Huntley & Palmer, für so viel Geld ein recht ungeeignetes Behältnis. Doch als bei einer der letzten Sitzungen des Gemeindekirchenrats Sicherheitsprobleme zur Sprache gekommen waren, hatte niemand eine bessere Lösung gehabt, wenn man von dem Vorschlag absah, sich einer etwas moderneren Ausgabe der Dose zu bedienen, um den Eindruck glaubhafter zu machen, der Blechkasten auf dem Rücksitz von Josephs' Allegro enthalte nichts Wertvolleres als ein paar von der letzten Gemeindeveranstaltung übrig gebliebene Ingwerplätzchen und Butterkekse.

»So, ich muss los, Herr Pfarrer. Meine Frau wird schon warten.«

Lawson nickte und sah seinem Kirchenvorsteher nach. Ja, Brenda Josephs würde warten. Das musste sie ja wohl. Vor einem halben Jahr hatte Harry wegen Trunkenheit am Steuer vor Gericht gestanden, und hauptsächlich Lawsons Vermittlung war es zu verdanken, dass der Richter ein relativ mildes Urteil gefällt hatte – fünfzig Pfund Geldstrafe und ein Jahr Führerscheinentzug. Die Josephs wohnten in Wolvercote, einem drei Meilen nördlich von der Stadtmitte gelegenen Dorf, und dort waren Busse am Sonntag seltener als Fünf-Pfund-Noten auf dem Kollektenteller.

Das kleine Fenster der Sakristei ging nach Süden. Lawson setzte sich an den Schreibtisch und sah mit leerem Blick auf den Friedhof hinüber. Krumm und schief standen die grauen, verwitterten Grabsteine da, die Inschriften waren längst vermoost oder von Wind und Regen vieler Jahrhunderte ausgewaschen. Man sah dem Pfarrer an, dass er Sorgen hatte. In der heutigen Kollekte hätten zwei Fünf-Pfund-Noten sein müssen. War es denkbar, dass Mrs Walsh-Atkins doch einmal die Fünf-Pfund-Noten ausgegangen waren und sie fünf einzelne Pfund in die Kollekte gegeben hatte? Allerdings wäre das seit vielen Jahren das erste Mal gewesen. Nein, es gab eine viel naheliegendere Erklärung, die Lawson schwer zu schaffen machte. Doch noch blieb eine kleine Chance, dass er sich irrte. »Richtet nicht, auf dass ihr nicht gerichtet werdet.« Zumindest nicht bis zum Vorliegen eindeutiger Beweise. Er holte seine Brieftasche hervor und nahm einen Zettel heraus, auf dem er sich heute früh die Nummer der Fünf-Pfund-Note notiert hatte, die von ihm selbst in einen kleinen braunen Umschlag gesteckt und in die Kollekte gegeben worden war. Erst vor zwei oder drei Minuten hatte er die letzten drei Zahlen der Fünf-Pfund-Note geprüft, die Harry Josephs in der Keksdose verstaut hatte. Sie stimmte nicht mit den Endziffern überein, die auf seinem Zettel standen. Damit hatte sich der Verdacht bestätigt, den Lawson schon seit etlichen Wochen hegte. Natürlich hätte er Josephs an Ort und Stelle auffordern sollen, seine Taschen auszuleeren. Es wäre seine Pflicht gewesen, als Priester und Freund (Freund?), denn Josephs musste die Fünf-Pfund-Note, die er aus dem Opfergeld gestohlen hatte, noch bei sich haben. Jetzt besah sich Lawson noch einmal die Zahl auf seinem Zettel: AN 50 405 546. Dann hob er langsam den Blick und sah wieder auf den Friedhof hinaus. Der Himmel hatte sich bezogen, und als er eine halbe Stunde später das Pfarrhaus in der St. Ebbes Street betrat, lag Regen in der Luft. Es war, als habe jemand die Sonne ausgeschaltet.

2

Harry Josephs tat, als schliefe er noch, hatte aber sehr wohl gehört, wie seine Frau kurz vor sieben aufstand, und konnte ihre Bewegungen präzise verfolgen. Sie hatte den Morgenrock übers Nachthemd gezogen, war in die Küche hinuntergegangen, hatte den Kessel gefüllt und sich dann an den Küchentisch gesetzt, um ihre erste Zigarette zu rauchen. Erst in den letzten zwei, drei Monaten hatte Brenda wieder angefangen zu rauchen, was ihm gar nicht passte. Ihr Atem roch schal, und der Anblick eines Aschenbechers voller Kippen ekelte ihn an. Wer Sorgen hatte und nervös war, hieß es, rauchte viel. Zigaretten waren ein Betäubungsmittel wie Aspirin oder Schnaps oder Pferdewetten. Erneut von seinen eigenen Sorgen überwältigt, vergrub er den Kopf im Kissen.

»Tee.« Sie stupste sanft seine Schulter an und setzte den Becher auf das Tischchen, das zwischen den Ehebetten stand.

Josephs nickte, grunzte und drehte sich auf den Rücken. Er sah zu seiner Frau hinüber, die vor dem Ankleidetisch stand und sich das Nachthemd über den Kopf streifte. Sie wurde allmählich ein bisschen breiter um die Hüften, war aber noch immer von langbeiniger Eleganz, und ihre Brüste waren fest und voll. Dennoch sah Josephs sie nicht direkt an, als sie jetzt sekundenlang nackt vor dem Spiegel stand. In den letzten Monaten war es ihm zunehmend peinlich, ihren Körper zu betrachten, als dringe er damit in eine Privatsphäre ein, in die sie ihn nicht mehr ausdrücklich einlud. Er setzte sich auf und trank seinen Tee, während sie den Seitenreißverschluss an ihrem braunen Rock hochzog. »Die Zeitung schon da?«

»Hätte ich mitgebracht.« Sie beugte sich nach vorn und nahm ein paar Verschönerungsaktionen an ihrem Gesicht vor. Josephs hatte nie viel Interesse für die Reihenfolge aufbringen können.

»Hat tüchtig geregnet in der Nacht.«

»Regnet noch«, meinte Brenda.

»Gut für den Garten.«

»Hm.«

»Schon gefrühstückt?«

Sie schüttelte den Kopf »Aber Schinken haben wir noch reichlich, wenn du …« Sie trug Lippenstift auf. »Und Pilze sind auch noch ein paar da.«

Josephs trank seinen Tee aus und legte sich zurück. Es war fünf vor halb acht, in fünf Minuten musste Brenda los. Sie arbeitete vormittags im Radcliffe-Hospital, wo sie vor zwei Jahren wieder als Krankenschwester angefangen hatte. Vor zwei Jahren, kurz nachdem …

Sie kam zu ihm ans Bett, streifte mit den Lippen leicht seine Stirn, griff sich den Becher und verließ das Zimmer. Aber gleich darauf war sie wieder da. »Fast hätte ichs vergessen, Harry. Ich bin heute Mittag zum Essen nicht hier, kannst du dir was machen? Ich muss mir unbedingt in der Stadt was besorgen. Aber spätestens um drei bin ich zurück. Ich bring auch was Schönes zum Tee mit.«

Josephs nickte stumm. Sie stand noch an der Tür.

»Brauchst du was? Aus der Stadt, meine ich.«

»Nein.« Einen Augenblick lag er ganz still und horchte nach unten auf ihre Schritte.

»Tschüs!«

»Wiedersehen.« Die Haustür schlug hinter ihr zu. »Wiedersehen, Brenda.«

Er zog die Bettdecke zurück, stand auf und spähte seitlich durch den Vorhang. Der Allegro rollte vorsichtig im Rückwärtsgang auf die stille, nasse Straße hinaus, gab noch ein Auspuffwölkchen von sich – dann war er verschwunden. Zum Radcliffe waren es genau 2,8 Meilen, das wusste Josephs. Drei Jahre lang war er selbst genau dieselbe Strecke gefahren, zu dem Gebäude der Stadtverwaltung unterhalb des Krankenhauses, in dem er nach zwanzig Jahren bei der Army tätig gewesen war. Vor zwei Jahren, nach den neuesten Kürzungen der öffentlichen Haushalte, war es zu Personaleinsparungen gekommen, und drei der sieben Mitarbeiter, darunter auch er, hatten ihre Stellung verloren. Er war weder der Älteste noch der Unerfahrenste, doch von den Älteren hatte er die wenigste Erfahrung, und von den weniger Erfahrenen war er der Älteste. Ein leicht versilberter Händedruck, ein Abschiedsfest und eine kleine Hoffnung, einen neuen Job zu finden. Nein, falsch: fast keine Hoffnung, einen neuen Job zu finden. Damals war er achtundvierzig gewesen, genau genommen noch nicht besonders alt. Doch ganz allmählich hatte er die traurige Wahrheit begriffen: Niemand wollte ihn mehr haben. Nach über einem Jahr deprimierender Untätigkeit hatte er dann doch eine Stelle gefunden, in einer Apotheke in Summertown, aber die Filiale war kürzlich geschlossen worden und er fast froh gewesen, dass damit auch sein Arbeitsverhältnis auslief. Er, ein Mann, der sich in der Kommandotruppe der Königlichen Marine bis zum Hauptmann hochgearbeitet hatte, der im malaysischen Dschungel zur Terroristenbekämpfung eingesetzt gewesen war, hatte dienstbeflissen hinter einer Theke stehen und Pillen und Pülverchen an irgendein mageres, bleichsüchtiges Bürschchen verkaufen müssen, das bei den Übungen seiner Einheit nicht fünf Sekunden durchgehalten hätte. Und dann hatte der Chef auch noch verlangt, dass er bei jedem Einkauf »Vielen Dank, Sir!« sagte.

Er schob den Gedanken beiseite und zog den Vorhang zurück.

An der Ecke hatten sich Leute an der Bushaltestelle angestellt, mit aufgespannten Schirmen, denn ein stetiger Nieselregen ging auf die strohfarbenen Felder und Wiesen nieder. Ein Vers, den er in der Schule gelernt hatte, kam ihm in den Sinn. Er passte zu seiner Stimmung und zu dem trostlosen Bild, das sich ihm bot.

Und schaurig durch den Nieselregen bricht
auf kahlen Straßen an der leere Tag.

Er fuhr mit dem Halb-elf-Bus nach Summertown, betrat das Wettbüro und besah sich das Feld von Lichfield Park. Um 14.30 Uhr lief *The Organist,* und um 16.00 Uhr *Poor Old Harry.* Komischer Zufall. Meist gab er nicht viel auf Namen, was vielleicht ein Fehler war. Mit dem verbiesterten Starren auf die Form der Gäule war er jedenfalls bisher noch nicht auf einen grünen Zweig gekommen. In den Vorwetten war *The Organist* einer der Favoriten, *Poor Old Harry* war nicht mal erwähnt. Josephs ging an den Tageszeitungen entlang, die an der Wand hingen. In einigen wurden *The Organist* gute Gewinnchancen eingeräumt, *Poor Old Harry* schien keine Fürsprecher zu haben. Josephs grinste etwas kläglich. Wahrscheinlich würden sie beide nicht als Erste die Ziellinie passieren, aber versuchen konnte man es ja mal. Er füllte den weißen Wettzettel aus und ging mit seinem Geld an den Schalter.

Lichfield Park, 16.00 Uhr
2 Pfund auf Sieg, *Poor Old Harry.*

Vor etwa einem Jahr hatte er im Supermarkt, als er zwei Dosen Bohnen in Tomatensoße erstanden hatte, Wechselgeld für ein Pfund bekommen und nicht für die Fünf-Pfund-Note, die er der Kassiererin hingelegt hatte. Sein Protest hatte zu einem Kassensturz und einer peinlichen halben Stunde geführt, ehe sich die Berechtigung seiner Reklamation herausgestellt hatte. Seither prägte er sich, wenn er mit einer Fünf-Pfund-Note zahlte, immer die drei Endziffern ein. Er sagte sie vor sich hin, während er auf das Wechselgeld wartete: 546 … 546 … 546 …

Der Nieselregen hatte praktisch aufgehört, als er um 11.20 Uhr ohne Eile die Woodstock Road hinunterging. Fünfundzwanzig Minuten später stand er auf einem der Parkplätze des Radcliffe und hatte sehr bald den Wagen entdeckt. Er schob sich zwischen den dicht an dicht parkenden Fahrzeugen hindurch und sah durch das Fenster auf der Beifahrerseite. Meilenstand 25 622. Jawohl, das hatte seine Richtigkeit. Als sie weggefahren war, waren es 25 619 gewesen. Und wenn sie sich jetzt benahm wie jeder vernünftige Mensch, würde sie von hier aus zu Fuß zum Einkaufen gehen, und dann würde der Meilenzeiger, wenn sie heimkam, auf 25 625, höchstens 25 626 stehen. Er zog sich hinter den Stamm einer moribunden Ulme zurück und sah auf die Uhr. Und wartete.

Zwei Minuten nach zwölf öffneten sich die Zelluloidklappen, die zur Ambulanz führten, und Brenda Josephs ging rasch auf ihren Wagen zu. Sie schloss auf, lehnte sich vor und besah sich ein paar Sekunden im Rückspiegel, dann nahm sie ein Parfümfläschchen aus der Handtasche und betupfte damit ihren Hals, erst auf der einen, dann auf der anderen Seite. Sie war nicht angeschnallt, als sie ein wenig ungeschickt im Rückwärtsgang aus der schmalen Parklücke herausfuhr. Dann blinkte sie nach rechts, rollte vom Parkplatz herunter und fuhr die Woodstock Road hinauf, dort blinkte sie nach links (links!) und fädelte sich in den Verkehrsstrom ein, der nach Norden aus der Stadt herausführte.

Wie es von dort aus weitergehen würde, wusste er: zum Kreisverkehr an der Northern Ring Road, dann über den Five Mile Drive zur Kidlington Road. Auch sein nächster Schritt war nun klar.

Die Telefonzelle war unbesetzt. Das Telefonbuch war zwar längst geklaut, aber er kannte die Nummer auswendig.

»Hallo?« Eine Frauenstimme. »Roger Bacon School, Kidlington. Was kann ich für Sie tun?«

»Ich hätte gern Mr Morris gesprochen, Mr Paul Morris. Er ist Musiklehrer bei Ihnen, soviel ich weiß.«

»Ja, das stimmt. Moment bitte, ich schau nur mal auf den Stundenplan ... Augenblick ... Nein, er hat eine Freistunde. Ich seh mal nach, ob er im Lehrerzimmer ist. Mit wem spreche ich bitte?«

»Äh – Mr Jones.«

Eine halbe Minute später war sie wieder dran. »Tut mir leid, Mr Jones, er scheint nicht im Haus zu sein. Kann ich ihm was ausrichten?«

»Nein, es ist nicht weiter wichtig. Können Sie mir sagen, ob er über Mittag in der Schule sein wird?«

»Moment noch.« Josephs hörte Papier rascheln. Die Mühe hätte sie sich sparen können, er wusste, wie die Antwort ausfallen würde. »Nein. Er hat sich nicht zum Essen angemeldet. Sonst bleibt er meist hier, aber – «

»Macht nichts. Entschuldigen Sie bitte die Störung.«

Herzklopfend wählte er eine andere Nummer. Auch dies war ein Anschluss in Kidlington. Dem sauberen Pärchen würde er mal ein bisschen einheizen. Wenn er sich nur in einen Wagen setzen könnte ... Das Telefon läutete endlos. Waren sie am Ende doch nicht ...? Doch dann meldete sich jemand.

»Hallo?« Klang das nicht etwas gezwungen?

»Mr Morris?« Es fiel ihm nicht schwer, in den breiten Yorkshire-Dialekt seiner Jugend zu verfallen.

»Ja?«

»Hier sind die Stadtwerke. Könnten wir wohl mal vorbeikommen? Wir –«

»Heute?«

»Ja, jetzt über Mittag.«

»Ah – nein – das passt leider nicht. Ich bin nur mal eben zu Hause vorbeigefahren, um mir ein – äh – Buch zu holen. Es war reiner Zufall, dass Sie mich überhaupt erwischt haben. Ich – äh – muss sofort wieder zurück in die Schule. Worum geht es denn?«

Josephs legte grinsend auf. Sollte der Arsch ruhig ins Schwitzen kommen.

Als Brenda zehn nach drei heimkam, beschnitt Harry Josephs gerade mit hingebungsvoller Gründlichkeit die Ligusterhecke. »Tag, Schatz. Alles in Ordnung?«

»Ja, danke. Der übliche Betrieb. Ich hab was Schönes zum Tee mitgebracht.«

»Hört man gern.«

»Hast du mittags was gegessen?«

»Einen Happen Brot und Käse.«

Das war gelogen. Brenda wusste, dass sie keinen Käse im Haus hatten. Leise Panik regte sich in ihr. Oder war er weg gewesen? Rasch ging sie mit ihren Einkaufstüten ins Haus.

Josephs setzte seine pingelige Arbeit an der hohen Hecke fort, die sie von den Nachbarn trennte. Er hatte es nicht eilig, und erst als er auf der Höhe des Autos angelangt war, warf er durch das Fenster der Beifahrertür einen beiläufigen Blick auf das Armaturenbrett. Meilenstand 25 633.

Wie immer wusch er nach dem Abendessen allein ab, einen weiteren Punkt seiner Ermittlungen vertagte er auf später, denn dass seine Frau sich unter irgendeinem Vorwand früh hinlegen würde, stand für ihn fest. Trotzdem war er jetzt fast guter Laune. Endlich mal saß er am längeren Hebel (das dachte er jedenfalls). Nach dem Nachrichtenüberblick in BBC 1 kam das, was er erwartet hatte: »Ich glaube, ich nehme noch ein Bad und lege mich dann bald hin, Harry, ich bin ziemlich erledigt.«

Er nickte teilnahmsvoll. »Soll ich dir eine Tasse Ovaltine bringen?«

»Nein, danke, ich schlafe bestimmt sofort ein. Lieb von dir.« Sie legte ihm eine Hand auf die Schulter, und sekundenlang standen Selbstvorwurf und Reue in ihrem Blick.

Als das Wasser im Bad nicht mehr lief, ging Josephs wieder in die Küche und sah in den Mülleimer. Fest zusammengeknüllt und ganz unten im Abfall lagen vier weiße Papiertüten. Was für ein Leichtsinn, Brenda. Er hatte am Morgen schon einmal den Mülleimer überprüft. Die vier Tüten waren neu, und auf allen prangte der Namenszug des Quality-Supermarkts von Kidlington.

Als Brenda am nächsten Morgen weggefahren war, machte er sich Kaffee und Toast und nahm sich den *Daily Express* vor. Die starken nächtlichen Regenfälle hatten vielen Favoriten einen Strich durch die Rechnung gemacht, die Tippgeber hatten sich mit ihren weit danebenliegenden Voraussagen nicht gerade mit Ruhm bekleckert. Mit boshafter Freude stellte er fest, dass *The Organist* als siebentes von acht Pferden ins Ziel gegangen war. Und *Poor Old Harry* – hatte gewonnen. Sechzehn zu eins. So leer war der Tag also doch nicht gewesen.

3

Für die letzte Stunde der Woche hätte man sich kaum einen erfreulicheren Abschluss vorstellen können. Es waren nur fünf Teilnehmer, alles Mädchen, die sich in diesem Kurs für den Realschulabschluss im Fach Musik vorbereiteten, und alle fünf waren fleißig und strebsam. Während sie sich ernsthaft vorbeugten, die Partitur der Klaviersonate Opus 90 auf den Knien, bewunderte Paul Morris flüchtig, wie fantastisch Gilels Beethoven spielte. Aber ästhetische Fragen beschäftigten ihn im Augenblick weniger. Nicht zum ersten Mal in den letzten Wochen ertappte er sich bei der Frage, ob er wirklich zum Lehrer taugte. Gewiss, die Mädchen würden alle recht gut abschneiden, er hatte die Prüfungsanforderungen unermüdlich mit ihnen gepaukt – Thema, Entwicklung, Reprise. Aber sowohl seinen Erklärungen als auch der Interpretation seiner Schülerinnen fehlte es an Schwung und echter Begeisterung. Und die traurige Wahrheit war, dass das, was bis vor Kurzem eine große Leidenschaft gewesen war, jetzt allenfalls noch den Wert angenehmer Hintergrundmusik hatte, von der Kunst zur Berieselung – in drei kurzen Monaten.

Morris hatte seinen früheren Posten vor fast drei Jahren hauptsächlich deshalb aufgegeben, um die Erinnerung an den schrecklichen Tag loszuwerden, an dem der junge Constable ihm die Nachricht gebracht hatte, dass seine Frau bei einem Verkehrsunfall ums Leben gekommen war. Jenen Tag, als er in die Schule gegangen war, um Peter abzuholen und seine lautlosen, hoffnungslosen Tränen gesehen hatte, als er in hilflosem Zorn gegen die grausame Launenhaftigkeit des Schicksals aufbegehrt hatte, durch die ihm seine junge Frau genommen war. Aus wochenlanger verzweifelter Benommenheit war dann der Entschluss erwachsen, sein einziges Kind um jeden Preis zu schützen und zu bewahren. Der Junge war das Einzige, das er noch hatte, woran er sich halten konnte. Und noch ein Entschluss war in Morris gereift. Er musste auch räumlich weg von diesen Erinnerungen. Wie ein Besessener hatte er Woche für Woche die Stellenanzeigen in *Times Educational Supplement* durchgeforstet, die ihm neue Straßen, neue Kollegen, eine neue Schule – vielleicht sogar ein neues Leben verhießen. Und so war er schließlich an der Roger-Bacon-Gesamtschule in einem Vorort von Oxford gelandet. Das ungezwungene Einstellungsgespräch hatte nur eine Viertelstunde gedauert, er hatte sofort eine ruhige Doppelhaushälfte mieten können, alle waren sehr nett zu ihm – nur an seinem Leben hatte sich nicht viel geändert. Bis er Brenda Josephs kennengelernt hatte.

Den Kontakt zu St. Frideswide's verdankte er Peter. Einer von Peters Freunden war begeistertes Chormitglied, und es dauerte nicht lange, bis er auch Peter dort eingeführt hatte. Als der alte Kantor in den Ruhestand ging, wusste man in der Gemeinde inzwischen, dass Peters Vater Organist war, und er hatte, ohne sich auch nur einen Augenblick zu besinnen, eingewilligt, die frei gewordene Stelle zu übernehmen.

Gilels verharrte pianissimo bei den letzten Tönen, als es läutete. Die Schulwoche war zu Ende. Eine von Pauls Schülerinnen, ein langbeiniges Geschöpf mit dunklem Haar, ließ die anderen vorangehen und fragte ihn, ob sie sich die Platte übers Wochenende ausleihen könne. Sie war ein Stück größer als Morris, und als er in die schwarz umrandeten, deutlich verliebten Augen sah, spürte er wieder diese Macht in sich, von der er bis vor ein paar Wochen nichts geahnt hatte. Sorgsam nahm er die Platte vom Plattenteller und schob sie in die Hülle.

»Danke«, sagte sie leise.

»Schönes Wochenende, Carole.«

»Ihnen auch, Sir.«

Er sah ihr nach, als sie die Stufen von der Bühne heruntersteig und auf hohen Keilabsätzen durch den Musiksaal klapperte. Wie würde die melancholische Carole das Wochenende verbringen? Und wie würde sein eigenes verlaufen?

Das mit Brenda war vor einem Vierteljahr passiert. Natürlich hatte er sie schon vorher häufig gesehen. Nach dem Gottesdienst am Sonntagmorgen wartete sie immer auf ihren Mann, um ihn nach Hause zu fahren. Doch dieser Morgen war anders verlaufen als sonst. Sie hatte sich nicht wie üblich in eine der Kirchenbänke, sondern direkt hinter ihn in den Chor gesetzt, und beim Spielen hatte er sie im Orgelspiegel beobachtet. Sie hatte den Kopf ein wenig schräg gelegt, und in ihrem Lächeln lagen Glück und Sehnsucht zugleich. Während die tiefen Klänge in der leeren Kirche verhallten, wandte er sich zu ihr um. »Hat es Ihnen gefallen?«

Sie nickte und sah zu ihm auf.

»Möchten Sie es noch einmal hören?«

»Haben Sie Zeit?«

»Für Sie schon.«

Ihre Blicke trafen sich, und in dieser Sekunde versank die Welt.

»Danke«, flüsterte sie.

Die Erinnerung an dieses erste kurze Zusammensein war auch jetzt noch tief beglückend für Morris. Sie stand neben ihm, blätterte die Noten für ihn um, und ab und zu streifte ihr Arm den seinen.

So hatte es angefangen, und dabei, hatte er sich damals gesagt, muss es auch bleiben. Aber das ging einfach nicht. In jener Nacht und in allen folgenden Nächten ging ihr

Gesicht durch seine Träume und ließ ihm keine Ruhe. Am Freitag danach hatte er sie im Krankenhaus angerufen. Ein kühner, ein unwiderruflicher Schritt. Er hatte sie geradeheraus gefragt, ob er sich irgendwann einmal mit ihr treffen könnte. Und ebenso geradeheraus hatte sie geantwortet: »Ja, natürlich.« Wie Jubelchöre waren die Worte in seinem Kopf widergehallt.

In den kommenden Wochen war ihm nach und nach die erschreckende Tatsache aufgegangen, dass er fast alles tun würde, um diese Frau für sich allein zu haben. Er hegte keinen Groll gegen Harry Josephs, aber kein Wort, keine noch so eindringliche Beschwörung Brendas vermochte die irrationale Eifersucht zu besänftigen, die in ihm brannte. Gewiss, er wollte Harry Josephs aus dem Weg haben, das war ja verständlich. Aber erst vor Kurzem hatte er es fertiggebracht, sich der grausamen Realität zu stellen. Er wollte Josephs nicht nur aus dem Weg haben, er wäre ausgesprochen froh über seinen Tod gewesen.

»Bleiben Sie noch lange, Sir?«

Es war der Hausmeister, und den brachte man zweckmäßigerweise nicht gegen sich auf. Es war Viertel nach vier, Peter würde schon zu Hause sein.

Das traditionelle Abendessen am Freitagabend – Fisch und Chips, tüchtig mit Essig getränkt und mit Ketchup übergossen – lag hinter ihnen. Sie standen zusammen an der Spüle, der Vater hatte das Abwaschen, der Sohn das Abtrocknen übernommen. Morris hatte zwar lange und sorgfältig bedacht, was er sagen würde, trotzdem fiel es ihm nicht leicht. Er hatte bisher noch keinen Anlass gehabt, mit seinem Sohn über Sex zu sprechen, aber jetzt ließ es sich nicht mehr aufschieben. Nur zu deutlich erinnerte er sich noch daran (er war damals erst acht gewesen), wie zu den beiden Nachbarsjungen die Polizei gekommen und wie einer der Pfarrer seines Heimatorts vor Gericht gestellt worden war. Und er erinnerte sich an die neuen Worte, die er damals gelernt hatte. Auch seine Mitschüler hatten sie gelernt und lachten auf der Toilette darüber. Schmierige, eklige Worte, die sich in seinem jungen Geist festgesetzt hatten.

»Ich schätze, dass wir in zwei Monaten das Rennrad für dich kaufen können.«

»Ehrlich, Dad?«

»Du musst versprechen, sehr vorsichtig zu sein …«

Aber Peter hörte kaum hin. Seine Gedanken rasten schon mit dem Rennrad um die Wette. Er strahlte. »Wie bitte, Dad?«

»Freust du dich auf den Ausflug morgen?«

Peter nickte – durchaus aufrichtig, aber ohne übertriebene Begeisterung. »Nur die Rückfahrt ist bestimmt unheimlich öde, das war letztes Jahr auch so.«

»Ich möchte, dass du mir etwas versprichst.«

Noch was? Und wie ernsthaft das klang … Peter rieb ganz unnötigerweise immer wieder über den Teller, den er in der Hand hielt. Er machte sich auf einen dieser vertraulichen Erwachsenensprüche gefasst, die ihm meist unwillkommen waren.

»Du bist noch jung, weißt du, auch wenn du meinst, dass du schon ziemlich groß bist, und hast noch viel zu lernen. Es gibt im Leben sehr nette Menschen, und es gibt andere, die sind nicht so nett. Sie machen einen netten Eindruck, aber das täuscht.« Das klang fast rührend in seiner Unzulänglichkeit.

»Meinst du Verbrecher?«

»Ja, in gewissem Sinn sind es Verbrecher. Ich rede von Leuten, die innerlich verdorben sind. Sie verlangen nach seltsamen Dingen. Sie sind nicht normal, sind nicht wie andere Menschen.« Er holte tief Luft. »Als ich in deinem Alter war, sogar noch ein bisschen jünger …«

Peter hörte sich die kurze Geschichte anscheinend ungerührt an. »Du meinst, er war schwul, Dad?«

»Ja, er war homosexuell. Weißt du, was das bedeutet?«

»Klar.«

»Hör zu, Peter, wenn ein Mann jemals so was bei dir versucht, lässt du es dir nicht gefallen, ist das klar? Und du sagst es mir.«

Peter war ehrlich um Verständnis bemüht, aber bei seiner begrenzten Erfahrung konnte er mit der Warnung nicht viel anfangen.

»Siehst du, Peter, es geht nicht nur darum, dass ein Mann dich vielleicht – anfasst (schon das Wort war unsagbar widerwärtig) oder so. Manche Leute reden zuerst nur oder … oder zeigen einem Fotos oder …«

Peter blieb der Mund offen stehen. Das sommersprossige Gesicht entfärbte sich. Das also meinte der Vater. Das letzte Mal waren sie zu dritt vom Jugendklub aus zum Pfarrhaus gegangen und hatten auf dem langen, schwarz glänzenden Sofa gesessen. Es war alles ein bisschen sonderbar und aufregend, und da waren diese Fotos. Großaufnahmen in Schwarz-Weiß, fast schärfer als im richtigen Leben. Aber es waren nicht nur Fotos von *Männern* gewesen, und Mr Lawson hatte so – so natürlich darüber geredet. Und überhaupt … Am Zeitungsstand hatte er solche Bilder schon jede Menge gesehen. Er wurde immer ratloser, während er dort an der Spüle stand und noch immer das Handtuch festhielt. Dann hörte er die Stimme seines Vaters, rau und misstönend, spürte die Hand seines Vaters auf der Schulter, die ihn zornig schüttelte. »Dann sagst du es mir. Hast du mich verstanden?«

Aber Peter sagte seinem Vater nichts. Er brachte es nicht fertig. Und – was gabs da eigentlich groß zu erzählen?

4

Der Bus, ein ausladendes Luxusgefährt, sollte um halb acht am Cornmarket abgehen, und Morris trat zu der Gruppe aufgeregter Eltern, die Verpflegungspakete, Badezeug und Taschengeld noch einmal überprüften. Peter saß schon zwischen zwei aufgekratzten Kumpeln auf der hintersten Bank, und Lawson zählte nochmals durch, ob seine Schar wirklich vollzählig war und die Expedition endlich starten konnte. Während der Fahrer sich mit dem Lenkrad mühte, um das schwere Fahrzeug in die Beaumont Street zu manövrieren, sah Morris Harry und Brenda Josephs stumm nebeneinander auf einer der vorderen Bänke sitzen, sah Lawson, der seinen Regenmantel zusammenfaltete und im Gepäcknetz verstaute, sah Peter, der munter schwatzte und wie die meisten anderen Jungen darauf verzichtete oder einfach vergessen hatte, noch einmal zum Abschied zu winken. Und dann rollten sie gen Bournemouth.

Die Uhr auf der Südseite des Turms von St. Frideswide's stand auf Viertel vor acht, als Morris zur Carfax und durch die Queen Street zur St. Ebbe's ging. Dort machte er vor einem schmalen, dreigeschossigen Stuckhaus halt, das, ein wenig von der Straße zurückversetzt, hinter einem leuchtend gelben Zaun stand. An dem hohen Holztor, das den schmalen Zugang zur Haustür bewachte, hing ein abblätterndes Schild, auf dem verblasste Druckbuchstaben verkündeten: Pfarrei St. Frideswide's. Das Tor stand halb offen. Während Morris noch befangen und unentschlossen auf der verlassenen Straße stand, kam pfeifend ein Zeitungsjunge angeradelt und schob die *Times* durch den Briefkastenschlitz an der Haustür. Niemand nahm die Zeitung heraus.

Morris entfernte sich langsam und ging ebenso langsam wieder auf das Haus zu. Im Obergeschoss ließ ein schmaler Streifen Neonlicht darauf schließen, dass jemand da war. Er ging zur Haustür und betätigte leise den hässlichen schwarzen Türklopfer. Drinnen rührte sich nichts. Er versuchte es noch einmal, diesmal ein bisschen lauter. In dem weitläufigen alten Pfarrhaus musste doch irgendjemand sein. Studenten wahrscheinlich, vielleicht auch eine Haushälterin. Aber als er das Ohr an die Tür legte, hörte er keinen Laut. Mit hämmerndem Herzen drehte er den Türknauf. Die Tür war abgeschlossen.

Hinten war das Haus von einer fast drei Meter hohen Mauer umgeben. Aber ein zweiflügeliges Tor, auf das jemand ziemlich dilettantisch »Nicht parken!« gepinselt hatte, verhieß einen Zugang. Morris drehte den Metallring. Das Tor war unverschlossen. Er trat ein. Ein schmaler Weg führte zwischen der hohen steinernen Mauer und dem ungepflegten Rasen zum Haus. Morris machte leise das Tor zu, ging zur Hintertür und klopfte mit der Zaghaftigkeit des Feiglings. Keine Reaktion, kein Laut. Er drehte den Türknauf. Die Tür öffnete sich. Sekundenlang blieb er reglos in der weiträumigen Diele stehen. Er sah die *Times* schräg nach unten im Briefschlitz stecken wie die Zunge eines grinsenden Wasserspeiers. Im Haus war es totenstill. Er zwang sich, ruhig zu atmen, und sah sich um. Links stand eine Tür einen Spaltbreit offen. Auf Zehenspitzen ging er hin. »Ist da jemand?« So leise er es gefragt hatte – die Worte machten ihn seltsamerweise sicherer. Als sei er für den Fall, dass doch jemand da war, entschuldigt, nachdem er sich bemerkbar gemacht hatte. Und es war tatsächlich jemand da, oder zumindest war kürzlich jemand da gewesen. Auf einem Tisch mit Resopalplatte lag ein mit Butter und Marmelade verschmiertes Messer, daneben standen ein einsamer Teller voller Toastkrümel und ein großer Becher mit einem Schluck kaltem Tee. Sicher die Überreste von Lawsons Frühstück. Aber plötzlich rann es Morris kalt den Rücken herunter. Der Grill am Elektroherd war noch angestellt, die Heizschlangen leuchteten zornig rot. Doch auch hier war alles ruhig, das mechanische Ticktack der Küchenuhr schien die allgemeine Stille nur noch zu unterstreichen.

Leise ging er wieder in die Diele und stieg so lautlos wie möglich die breite Treppe hinauf. Im ersten Stock war nur eine Tür offen, anscheinend die richtige. Ein schwarzes Ledersofa stand an einer Wand, der Raum hatte Teppichboden. Morris schlich zu dem Rollsekretär am Fenster. Er war abgeschlossen, aber der Schlüssel lag obenauf. Innen fanden sich zwei sauber beschriebene Bogen – Text und Notizen für eine Predigt –, beschwert mit einem ungewöhnlichen Papiermesser in Kruzifixform mit einer Schneide, die – ganz unnötigerweise, fand Morris – rasiermesserscharf war. Er nahm sich zunächst die linken Schubfächer vor. Alle ließen sich widerstandslos öffnen, alle enthielten anscheinend Harmloses. Dasselbe galt für zwei der rechten Schubfächer. Aber das unterste war abgeschlossen. Von einem Schlüssel keine Spur.

Als angehender Einbrecher hatte Morris die Widerspenstigkeit von Schlössern und Riegeln nur insoweit berücksichtigt, als er einen kleinen Meißel mitgenommen hatte, den er jetzt aus der Tasche zog. Er brauchte gute zehn Minuten, und als das unterste Schubfach endlich offen stand, war der Rahmen, der es umgab, hoffnungslos verschrammt und angeschlagen. Das Fach enthielt eine alte Konfektschachtel, von der Morris gerade die Gummibänder streifte, als er einen leisen Laut hörte und mit schreckgeweiteten Augen herumfuhr.

In der Tür stand ein Mann mit schaumbedecktem Gesicht, in der rechten Hand einen Rasierpinsel, in der linken ein schmutziges rosa Handtuch. Sekundenlang war Morris so verblüfft, dass er fast seinen Schrecken darüber vergaß, denn er hatte zunächst den Eindruck, dass Lawson vor ihm stand. Aber das war natürlich Unsinn, und nach ein paar Sekunden setzte sein logisches Denken wieder ein. Der Mann war etwa ebenso groß und von ähnlichem Körperbau wie Lawson, aber das Gesicht war schmaler, das Haar grauer. Und die Stimme des Mannes klang ganz anders als die von Lawson, war eine seltsame Mischung aus Kultiviertem und Ordinärem.

»Sag mal, alter Freund, was, zum Teufel, treibst du eigentlich hier?«

Jetzt erkannte Morris ihn. Er war einer der Obdachlosen, die manchmal auf dem Bonn Square oder in der Brasenose Lane zusammensaßen. Lawson hatte ihn ein paar Mal zum Gottesdienst mitgebracht. Es wurde gemunkelt, die beiden seien verwandt. Manche hatten gar den Verdacht, dass der Mann Lawsons Bruder war.

In Bournemouth strahlte die Sonne von einem wolkenlosen Himmel, aber der Wind war kalt und böig, und Brenda Josephs in ihrem Liegestuhl beneidete die Urlauber, die behaglich hinter ihrem gestreiften Windschutz aus Segeltuch saßen. Ihr war kalt, und sie langweilte sich. Und Harrys Bemerkung ging ihr nach: »Schade, dass Morris keine Zeit hatte.«

Das war alles gewesen. Alles?

Die Jungen waren mit geradezu bewundernswerter Energie herumgetobt, sie hatten am Strand Fußball gespielt (das hatte Harry organisiert), waren ins Wasser gestürmt, auf den Felsen herumgeklettert, hatten Cola in sich hineingeschüttet, Sandwiches verschlungen, Kartoffelchips gemampft, waren wieder ins Wasser gegangen. Aber für sie, Brenda, war es ein leerer, nutzloser Tag gewesen. Sie war als »Schwester vom Dienst« mitgefahren, denn es blieb nicht aus, dass auf so einem Ausflug einem Kind schlecht wurde oder sich jemand das Knie aufschlug. Stattdessen hätte sie den Tag mit Paul verbringen können. Ohne jedes Risiko. Die Vorstellung war schier unerträglich.

Weit draußen funkelte das Meer einladend in der Sonne, aber am Strand schlugen die Brecher mit schwerer Gischt auf. Es war kein Tag für gemächliche Strandläufe, aber ein Riesenspaß für die Jungen, die noch immer gegen die Wellen angingen. Lawson war bei ihnen, hellhäutig wie ein Fischbauch, lachend, planschend, rundum glücklich. Brenda kam das alles recht harmlos vor, sie konnte sich einfach nicht vorstellen, dass in diesem kleinlichen Kirchenklatsch ein Kern von Wahrheit stecken sollte. Lawson war ihr zwar nicht sonderlich sympathisch, aber sie hatte auch nichts gegen ihn. Wahrscheinlich ahnte er, dass sich zwischen ihr und Paul etwas abspielte. Aber er hatte nichts gesagt. Noch nicht …

Harry war zu einem Spaziergang über die Strandpromenade aufgebrochen, und sie war froh, dass sie allein war. Sie versuchte Zeitung zu lesen, aber die Seiten flatterten und blähten sich im Wind, bis sie es aufgab und das Blatt wieder in die Tasche steckte, zu der Thermosflasche mit Kaffee, den Lachsbroten und ihrem weißen Bikini. Schade, dass es nichts geworden war mit dem Bikini. In den letzten Monaten war sie zunehmend körperbewusst geworden, und es hätte ihr Spaß gemacht zu sehen, wie die jungen Burschen ihre vollen Brüste anglotzten. Was ist nur los mit mir, dachte sie.

Als Harry nach einer Stunde zurückkam, merkte man, dass er getrunken hatte, aber Brenda sagte nichts. Als Zugeständnis an den englischen Sommer hatte er alte Shorts angezogen, lange schlottrige Army-Shorts, in denen er und seine Leute, wie er sagte, den malaysischen Dschungel terroristenfrei gemacht hatten. Seine Beine waren dünner geworden, besonders an den Schenkeln, aber sie waren noch immer muskulös und kräftig, kräftiger als die von Paul. Aber … Sie stemmte sich gegen die Flut der Gedanken und wickelte die Brote aus der Alufolie.

Sie wandte den Blick von ihrem Mann ab, der langsam Dosenlachs kaute. Was ist nur los mit mir, dachte sie wieder. Der arme Kerl konnte jetzt nicht einmal essen, ohne dass sich leichter Ekel in ihr regte. Etwas musste geschehen, und zwar bald. Aber was?

Nicht an diesem freudlosen Tag in Bournemouth, aber wenig später akzeptierte Brenda Josephs die böse Wahrheit, die sich schon seit einiger Zeit mühte, in ihr Bewusstsein vorzudringen: Sie hasste den Mann, den sie geheiratet hatte.

»Haben Sie schon gehört? Bei uns soll sich ja jemand aus der Kollekte bedienen … Es ist nur ein Gerücht, aber …« Morris kam das Gemunkel am nächsten Morgen zum ersten Mal zu Ohren, aber ihm – wie vielen anderen – schien es, als stünden die angeblichen allwöchentlichen Diebstähle für die himmlischen Instanzen bereits fest und als sei die Bestätigung von irdischer Seite nur mehr eine Formsache. Es lag auf der Hand, dass es nur zwei Möglichkeiten gab und dass nur zwei Verdächtige infrage kamen: Lawson am Altar, Josephs in der Sakristei. Während er den vorletzten Vers des Chorals spielte, unter dessen Klängen die Kollekte eingesammelt wurde, rückte Morris den Orgelspiegel leicht nach rechts und änderte die Höheneinstellung, sodass er das große vergoldete Kruzifix, das auf der Altardecke aus schwerem Brokat lag, gut im Blick hatte. Und auch Lawson, der den Kollektenteller segnend hob und wieder senkte, ehe er ihn dem Kirchenvorsteher zurückgab. Lawsons Hände hatte er nicht deutlich sehen können, aber Morris hätte schwören mögen, dass nichts von dem Teller verschwunden war. Also musste es dieser widerliche Wurm Josephs sein, der zugriff, wenn er das viele Geld in der Sakristei zählte, was ja auch viel naheliegender war. Andererseits … Gab es nicht einen noch viel wahrscheinlicheren Übeltäter? Den abgerissenen Typ aus dem Obdachlosenasyl, der heute früh wieder da gewesen war und neben Josephs gesessen hatte, um den sich Lawson manchmal kümmerte – und dem er selbst gestern Vormittag im Pfarrhaus begegnet war?

Wenige Minuten später schloss er die Orgeltür leise hinter sich und grüßte munter, als sich Mrs Walsh-Atkins endlich von den Knien erhob. Aber diese Munterkeit war nur Fassade. Während er langsam durch den Mittelgang schritt, dachte er ausnahmsweise nicht nur an Brenda Josephs, die am Taufstein auf ihn wartete. Er hatte Sorgen, große Sorgen. Wie Lawson um diese Zeit vor einer Woche.

5

Es war der Mittwoch danach. Niemand achtete auf die Frau, die am Fenster stand und gemächlich ein Musterbuch nach dem anderen durchblätterte. »Ich will mich nur mal orientieren«, hatte sie zu der Verkäuferin gesagt. Über gewisse Dinge allerdings war sie schon orientiert. Über Harrys Bewegungen beispielsweise. Von der Bushaltestelle in der Woodstock Road würde er die South Parade hinuntergehen (wo Cromwell einst seine Roundheads aufgestellt hatte), nach rechts in die Banbury einbiegen und dann das Wettbüro gegenüber dem Teppichgeschäft betreten. Ja, da war er. Sie wusste auch, dass er früher oder später – eher früher – wieder herauskommen würde, da er gegen eins zu Hause zum Essen erwartet wurde. Von ihr. Und vorher noch einen Besuch machen musste.

Zwanzig Minuten nach elf erschien Harry Josephs. Seine

Frau ging rasch hinter einer Reihe waagerecht gestapelter Linoleumrollen in Deckung und beobachtete ihn. Er ging zurück zur South Parade und drückte am Fußgängerübergang den Knopf der Ampel, um die Banbury Road zu überqueren. Mit einem schuldbewussten »Schönen Dank auch« verließ sie das Geschäft und folgte ihm in gebührendem Abstand, während er leicht und plattfüßig in Richtung Nord-Oxford ging. Durch seinen braunen Anzug war er in der Menge deutlich zu erkennen. Jetzt würde er gleich rechts abbiegen, in die Manning Terrace. Sie schlängelte sich geschickt an den Kinderwagen vorbei, um ihn nicht aus den Augen zu verlieren. Er ging auf der rechten Straßenseite. Vor dem siebenten oder achten Haus würde er haltmachen. Sie kannte nicht nur die Hausnummer, sondern auch die Frau, die dort wohnte, kannte ihre Haarfarbe und ihre Frisur. Langes, vorzeitig ergrautes Haar, grau wie die Strähne, die sie in der vorigen Woche an Harrys Anzug gefunden hatte. Ruth Rawlinson hieß die Frau, die in Nummer 14 wohnte und bei der ihr Mann seinen Besuch machte. Es war ganz so, wie Lionel Lawson gesagt hatte. Rasch ging sie zurück zum Parkplatz von Summertown. Sie hatte gerade noch Zeit, im Krankenhaus vorbeizuschauen und der Oberschwester zu sagen, dass es beim Zahnarzt viel länger als vorgesehen gedauert hatte und dass sie die Zeit morgen nacharbeiten würde.

Als sie nach Hause fuhr, lag auf Brendas Gesicht ein bösartiges, zufriedenes Lächeln.

Um acht Uhr abends am Mittwoch der folgenden Woche ließ sich Ruth Rawlinson nicht weiter stören, als sie hörte, wie sich klickend und knarrend die Tür am Nordportal öffnete. Es kamen oft Besucher her, um die Kirche zu besichtigen, den Taufstein zu bewundern, eine Kerze anzuzünden, manche sogar, um zu beten. Lautlos fuhr sie hinter einer der Säulen im Südflügel mit dem nassen Lappen über den Holzboden. Der Besucher stand jetzt still, das Echo seiner Schritte war in der leeren, dunklen Kirche verhallt. Um diese Zeit konnte einem hier fast unheimlich werden, aber Ruth wollte sich sowieso auf den Heimweg machen. Ihr Alter war schwer zu schätzen, sie konnte zwischen Mitte dreißig und Ende vierzig sein. Jetzt wischte sie mit dem Handrücken über die blasse Stirn und strich eine ungebärdige Haarsträhne zurück. Sie hatte genug getan. Zweimal in der Woche, montags und mittwochs, meist am Vormittag, arbeitete sie etwa zwei Stunden in St. Frideswide's. Sie schrubbte die Böden, staubte die Kirchenbänke ab, putzte die Leuchter, räumte die verwelkten Blumen weg. Und alle drei Monate wusch und bügelte sie sämtliche Chorhemden. Die Motive für diese guten Werke lagen – nicht zuletzt für Ruth selbst – im Dunkeln. Manchmal hatte sie den Verdacht, dass sie damit nur einem fast pathologischen Bedürfnis nachkam, für kurze Zeit ihrer anspruchsvollen, unzufriedenen, selbstbezogenen kranken Mutter zu entkommen, mit der sie zusammenlebte. Dann wieder, besonders sonntags, hatte sie das Gefühl, dass es da noch tiefere Beweggründe gab, denn die Choralmessen, besonders die von Palestrina, berührten sie sehr, und wenn sie dann an den Tisch des Herrn trat, um die Hostie zu empfangen, empfand sie fast mystische Verzückung und Frömmigkeit.

Jetzt setzte der Besucher sich wieder in Bewegung, die Schritte kamen auf dem Mittelgang näher. Ruth schaute über den oberen Rand der Kirchenbank. Sie meinte den Mann schon einmal gesehen zu haben, aber er war halb von ihr abgewandt, und zunächst erkannte sie ihn nicht. Sein dunkler Anzug schien aus gutem Stoff zu sein, aber er war abgetragen und zu groß für ihn, und das, was sie von seinem Gesicht erkennen konnte, war mit grauen Stoppeln bedeckt. Er sah über die Kirchenbänke hinweg, erst nach links, dann nach rechts, dann blieb er vor den Stufen zum Chor stehen. Suchte er etwas? Oder jemanden? Ruth hatte das Gefühl, dass es besser war, wenn sie sich nicht bemerkbar machte. Leise verteilte sie mit dem Tuch den irisierenden Seifenschaum.

Wieder das Klicken und Knarren der Tür am Nordportal. Rasch tauchte sie den seifigen Lappen in das Schmutzwasser, aber dann erstarrte sie mitten in der Bewegung.

»Sie sind also gekommen?«

»Nicht so laut.«

»Ist doch niemand da.«

Der Neuankömmling ging den Mittelgang entlang, die beiden Männer trafen sich auf halbem Weg. Sie sprachen leise, aber die wenigen Gesprächsfetzen, die Ruth auffing, waren nur zu verständlich.

»… Ihnen schon mehr als genug gegeben, Sie kriegen keinen Penny mehr.«

»… hab Ihnen doch schon gesagt, Mr Morris, es ist doch bloß, damit ich über die Runden komme. Wäre Ihnen bestimmt nicht recht, wenn ich meinem Bruder sage …« Die Stimme war eine seltsame Mischung aus Kultiviertem und Ordinärem.

Das hässliche Wort »Erpressung« kam Ruth in den Sinn, doch da hatte sich die Tür schon wieder geöffnet, und eine Touristengruppe war hereingekommen. Eine näselnde amerikanische Stimme lobte das Taufbecken in den höchsten Tönen.

Die Sommerferien waren zur Hälfte vorbei, die Augustsonne strahlte. Brenda und Harry Josephs waren eine Woche in Tenby, Lawson war gerade von einem kurzen Urlaub in Schottland zurückgekommen, Peter Morris war in einem Pfadfinderlager, und sein Vater war damit beschäftigt, das Treppenhaus zu tapezieren. Unter anderem.

Um halb zwei saß er im *Old Bull* in Deddington und war zu dem Schluss gekommen, dass er nichts mehr trinken dürfe. Schließlich musste er noch nach Hause fahren. Und er war nicht allein. »Ich glaube, wir müssen jetzt gehen«, sagte er.

Carole nickte und leerte ihr drittes Glas Babycham. Von Anfang an war ihr in seiner Gesellschaft recht unbehaglich gewesen. Das lag auch daran, wie er mit ihr redete, so alltäglich, überhaupt nicht zärtlich. Nein, so hatte sie sich das nicht vorgestellt. Natürlich war sie nicht zum ersten Mal in einem Pub. Aber bisher hatte sie bei ihren Besuchen nur kichernd mit ein paar Schulfreundinnen um die Musikbox herumgestanden. Die ganze Sache war ein Reinfall, dabei hätte es auch ganz anders laufen können …

Der Wagen stand ganz hinten auf dem Parkplatz. Morris schloss ihr höflich die Tür auf, ehe er sich ans Steuer setzte. »Du wirst doch den Mund halten?«

»Klar.«

»Du darfst niemandem etwas sagen.«

»Ich sags keinem Menschen.« Die Augen unter den grellbunten Lidschatten waren stumpf vor Enttäuschung.

Morris holte tief Luft. »Schnall dich an, Kleines. Sicher ist sicher …«

Er lehnte sich zu ihr herüber, um ihr mit dem widerspenstigen Sicherheitsgurt zu helfen, und spürte ihre weiche Brust. Mit einer fast väterlichen Bewegung nahm er ihre Hand und drückte seinen Mund leicht auf den ihren, spürte ihre vollen, weichen Lippen. Mehr hatte es nicht sein sollen, doch als sie den Druck sanft, aber merklich erwiderte, konnte er sich nicht trennen, ließ sich von dem sinnlichen Genuss erregen. Er legte den Arm auf den Rücken der Sitzlehne und zog das Mädchen näher zu sich heran. Dann schob sich ihre Zungenspitze zwischen seine Lippen, und die Glut wurde zur verzehrenden Flamme. Ungeduldig zog sie seine Hand an ihren nackten Schenkel, ihre Beine spreizten sich langsam und einladend.

Sie lösten sich schuldbewusst voneinander, als ein Wagen rückwärts in die Parklücke neben ihnen fuhr. Morris setzte sie am Nordende von Kidlington ab, wo er sie auch abgeholt hatte.

»Möchtest du mich mal besuchen?« Es waren die ersten Worte, die sie auf der Rückfahrt wechselten.

»Wann denn?«

»Ich weiß nicht.« Seine Kehle war sehr trocken. »Jetzt?«

»Ist gut.«

»Wie lange brauchst du von hier?«

»Zehn Minuten.«

»Am besten kommst du zur Hintertür.«

»Ist gut.«

»Ich will dich haben, Carole.«

»Ich Sie auch, Sir.« Sir ... Himmel, was tat er da? »Beeil dich, ja?«

»Klar.«

In der Küche öffnete er eine Flasche Beaujolais, holte zwei Gläser und sah noch einmal auf die Uhr. Noch fünf Minuten. Beeil dich, Carole. Schon knöpfte er im Geist die weiße Bluse auf, schob seine Hände hinein, um ihre Brüste zu liebkosen ... Er atmete tief, wartete mit fast verzweifelter Ungeduld.

Als er endlich das schüchterne Klopfen hörte, ging er zur Tür wie ein Mann, dem sich die Tore zum Paradies geöffnet haben.

»Guten Tag«, sagte Lawson. »Hoffentlich störe ich nicht. Ich würde gern etwas mit Ihnen besprechen. Es ist – äh – ziemlich wichtig.«

DAS ZWEITE BUCH DER CHRONIK

6

Wäre Detective Chief Inspector Morse weniger zögerlich und unentschlossen gewesen, hätte er sich jetzt an der griechischen Inselwelt erfreuen können. Vor drei Monaten, im Januar, hatte er mit dem Reisebüro über Buchungen für Ostern gesprochen, hatte sich eine bunte Broschüre mitgeben lassen, sich bei seiner Bank nach dem Wechselkurs der Drachme erkundigt, ein Reisewörterbuch Neugriechisch erstanden und sogar seinen Pass zutage gefördert. Er war noch nie in Griechenland gewesen und hatte sich noch als siebenundvierzigjähriger Junggeselle genug Romantik bewahrt, um sich eine lässige Liaison mit einem alternden Filmstar auf den blauen Wogen der Ägäis vorstellen zu können. Aber es sollte nicht sein. Stattdessen stand er an diesem frostigen Montagvormittag Anfang April an einer Bushaltestelle in Nord-Oxford, hatte vierzehn Tage Urlaub vor sich und fragte sich, wie es wohl andere Leute fertigbrachten, ihr Leben zu organisieren, Entscheidungen zu treffen oder sogar einen Brief zu schreiben.

Noch immer kein Bus in Sicht.

Eine hochschwangere Mutter schob eine gebrechliche Faltkinderkarre in das Wartehäuschen, schnallte das darin befindliche Kleinkind los und rief ihren etwas älteren Sprössling zur Ordnung, der, wie Morse fand, bereits deutliche Ansätze zu einer vielversprechenden Kriminellenkarriere erkennen ließ. »Hör auf, mit Steinen zu schmeißen, Jason!«

Jason. Jason und die Argonauten, die durch den Hellespont segelten. Auf diesen Wink hätte Morse gern verzichtet. Es war heute schon der zweite. Radio Oxford hatte vorhin ein Interview mit dem neuen Pfarrer von St. Frideswide's gebracht, der gerade von einem vierzehntägigen Aufenthalt in einem Kloster auf der Insel Patmos zurückgekommen war.

Morse trat beiseite, um Jasons voluminöse Mutter als Erste einsteigen zu lassen. Sie verlangte eine Fahrkarte nach St. Frideswide's, und während sie einhändig in ihrer Handtasche herumkramte, sahen die anderen Fahrgäste stumm und hilflos mit an, wie der Held der Argonauten seine schmutzigen Schuhe an den Polstern der nächstbesten Sitzbank abwischte.

Natürlich kannte Morse St. Frideswide's, eine der Kirchen am Cornmarket. Im Herbst war da etwas Merkwürdiges passiert. Er selbst war damals acht Wochen nach Westafrika abgestellt gewesen.

»Wohin, Chef?«

»Äh ...« Morse war über ein Jahr nicht mehr Bus gefahren. »St. Frideswide's, bitte.« Die Haltestelle lag ganz günstig zum Ashmolean, und Morse hatte eine Stunde Kunst eingeplant. Er freute sich auf das Wiedersehen mit dem Tiepolo. Und dem Giorgione.

Aber weder der eine noch der andere war ihm an diesem Vormittag vergönnt.

Während Mrs Jason mühsam die Kinderkarre aus der Gepäckablage zerrte, war der siegreiche junge Vandale bereits auf der Straße, und im Handumdrehen war die untere Hälfte eines Plakats abgerissen, das an dem Gitter vor der Kirche angebracht war.

»Wie oft soll ich dir noch sagen, dass ...« Eine schallende Ohrfeige begleitete die rhetorische Frage, dann wurde der hoffnungsvolle Knabe brüllend abgeschleppt.

Auf dem Schild stand jetzt: Osterbasar in St. Frideswide's. Mehr nicht. Datum, Zeit und Ort waren zusammen mit Jason verschwunden.

Morse glaubte weder an einen Gott noch an ein lenkendes Schicksal. Seine Weltsicht war – wie die von Hardy – kaum mehr als eine Ansammlung verworrener Eindrücke, vergleichbar den Empfindungen eines staunenden kleinen Jungen bei der Vorstellung eines Zauberkünstlers. Doch im Rückblick kam es ihm wie Vorbestimmung vor, dass er an diesem Vormittag, einem seltsamen Zwang gehorchend, diese eine, ganz bestimmte Richtung einschlug. Er ging die wenigen Schritte über den Gehsteig und öffnete die Tür am Nordportal von St. Frideswide's.

7

Als Schuljunge hatte Morse ein paar Shilling in ein Buch über Architektur investiert und zahlreiche Kirchen abgeklappert, in denen er gewissenhaft die Entwicklung von der Früh- zur Spätgotik verfolgt hatte. Doch die Begeisterung war – wie in vielen anderen Fällen – nur kurzlebig gewesen. Als er jetzt in der hallenden Stille stand und den Mittelgang entlang zum Altar blickte, die Sakristei mit dem schweren Vorhang im Rücken, stellte er fest, dass er fast alles vergessen hatte. Die Informationen waren zwar irgendwo in seinem Gehirn gespeichert, das aber weigerte sich, sie herauszugeben. Er kam sich vor wie ein an Gedächtnisschwund leidender Ornithologe vor einem Ententeich. Ein Kreis von Kerzen brannte vor dem Bild eines Heiligen, ein goldenes Kruzifix warf seinen Schein in länglichen Lichtblitzen zurück. Schwer hing der Duft von Weihrauch im Raum.

Ganz still war es übrigens nicht, stellte Morse fest, als er langsam zum Chor ging. Irgendwo hörte er ein leises, rhythmisches Kratzen. Eine Kirchenmaus, die im Gebälk herumrannte? Nein, dafür war das Geräusch zu regelmäßig. Jetzt sah Morse, dass er nicht allein war. Ein grauer Kopf kam über der Lehne der vordersten Kirchenbank zum Vorschein. Die Frau nickte dem Besucher reserviert zu, wischte sich mit dem Handgelenk die blasse Stirn und blies sich eine Haarsträhne aus den Augen. Dann bückte sie sich wieder, die konzentrischen Seifenringe auf dem Dielenboden lösten sich unter ihrem Wischlappen auf. Mit klapperndem Eimer rückte sie ein Stück weiter.

Morse lächelte liebenswürdig. »Guten Morgen. Gibts hier keine von diesen Broschüren, in denen dem Besucher gesagt wird, was er sich anzusehen hat?«

»Nein, sie sind uns letzte Woche ausgegangen, aber der Pfarrer lässt neue drucken.«

»Der Pfarrer? Das ist Mr Lawson, nicht?«

»Nein.« In den großen, braunen Augen, die zu ihm aufsahen, stand plötzlich Zurückhaltung. Sie schien bedeutend jünger zu sein, als er zuerst gedacht hatte. »Unser Pfarrer heißt Meiklejohn, er ist seit November hier.«

»Dann habe ich das wohl mit einer anderen Kirche verwechselt.«

»Nein. Der vorige Pfarrer hieß Lawson.« Sie zögerte. »Er ist im Oktober gestorben.«

»Das tut mir leid.«

Ein paar Sekunden schwiegen beide.

»Sie haben gewusst, dass er tot ist, nicht?«, fragte sie leise.

Morse blinzelte vergnügt. »Meinen Sie?«

»Sie sind Reporter, ja?«

Er schüttelte den Kopf und sagte ihr, dass er Kriminalbeamter sei. Bei der Thames Valley Police in Kidlington, nicht in Oxford selbst. Er habe von dem Fall gehört, ihn aber nicht bearbeitet. Damals sei er im Ausland gewesen. »Hatten Sie auch etwas damit zu tun?«, fragte Morse.

»Ja, so könnte man es wohl sagen.«

»Wie meinen Sie?«

Sie hatte so leise gesprochen, dass Morse einen Schritt näher herantrat.

»Ich war am Abend des Mordes hier in der Kirche.«

»Tatsächlich? Erzählen Sie doch mal.«

Sie wischte sich die Hände an den ausgebleichten, in Höhe der Knie fast durchgescheuerten Jeans ab und stand auf. »Warten Sie einen Augenblick.«

Ihr Gang war anmutig und ungezwungen, und Morse blickte ihr aufmerksam nach, als sie im Hintergrund verschwand. Eine Minute später tauchte sie mit einer braunen Handtasche wieder auf. Sie hatte bei dieser Gelegenheit ihr Haar in Ordnung gebracht, und Morse sah, dass sie einmal sehr anziehend gewesen sein musste.

»Hier.« Sie reichte ihm einen billigen braunen Umschlag mit einigen Ausschnitten aus der *Oxford Mail*, und Morse setzte sich in die gegenüberliegende Kirchenbank und faltete behutsam die dünnen Blätter auseinander. Der erste Ausschnitt war vom Dienstag, dem 27. September des vergangenen Jahres.

KIRCHENVORSTEHER BEIM GOTTESDIENST ERMORDET

Während die Gemeinde den letzten Choral sang, wurde gestern Abend H. A. Josephs in der Sakristei von St. Frideswide's, Cornmarket, erstochen. Chief Inspector Bell von der Oxford City Police, der die Ermittlungen leitet, sagte unserem Reporter, dass Josephs, einer der beiden Kirchenvorsteher von St. Frideswide's, gerade die Kollekte eingesammelt hatte und vermutlich beim Zählen gewesen war, als das Verbrechen geschah.

Als die Polizei eintraf, waren Kollektenteller und Geld

verschwunden. Die Tat sei, falls es sich um einen Raub gehandelt hatte, besonders tragisch, meinte Inspector Bell, weil an dem Abendgottesdienst nur eine Handvoll Besucher teilgenommen hatten und höchstens zwei bis drei Pfund zusammengekommen waren.

Mehrere Gottesdienstbesucher hatten gehört, dass hinten in der Kirche Unruhe entstand, hatten sich aber nichts dabei gedacht, bis Josephs um Hilfe rief. Der Pfarrer, Hochwürden L. Lawson, unterbrach sofort den Gottesdienst und verständigte Polizei und Rettungsdienst, aber Josephs starb, ehe der Krankenwagen eintraf.

Die Tatwaffe war ein mattgoldenes Papiermesser in Form eines Kruzifixes mit rasiermesserscharfer Klinge. Die Polizei bittet um Meldung von Zeugen, die ein solches Messer schon einmal gesehen haben.

Harry Josephs (50) war verheiratet und wohnte im Port Meadow Drive, Wolvercote. Er hatte als Offizier in einer Kommandoeinheit der Marine gedient und war in Malaysia eingesetzt gewesen. Bis vor zwei Jahren war er beim Finanzamt in Oxford tätig. Er hatte keine Kinder. Die Leichenschau ist auf Montag nächster Woche festgesetzt worden.

Morse las den Artikel rasch noch einmal durch. Es gab da ein paar Punkte, die ihm nicht recht einleuchten wollten. »Haben Sie ihn gut gekannt?«

»Wie bitte?« Die Frau hörte auf zu schrubben.

»Ich fragte, ob Sie Josephs gut gekannt haben.«

Regte sich da etwas wie Unbehagen in den braunen Augen? Hatte sie die Frage vielleicht schon beim ersten Mal verstanden?

»Ja, ich kannte ihn recht gut. Er war Kirchenvorsteher, das steht ja auch in dem Artikel.«

Morse wandte sich dem zweiten Ausschnitt zu. Er war vom Dienstag, dem 4. Oktober.

RÄTSEL BEI DER LEICHENSCHAU

Die gerichtliche Untersuchung im Fall H. A. Josephs, der letzte Woche in St. Frideswide's erstochen wurde, ist gestern nach zwanzigminütiger Verhandlung vertagt worden. Dem Gericht wurde eine überraschende Tatsache zur Kenntnis gegeben. Aus dem Obduktionsbefund geht hervor, dass Josephs' Mageninhalt eine tödliche Dosis Morphium enthielt. Unmittelbare Todesursache scheint allerdings die Stichwunde gewesen zu sein.

Vorher hatte Paul Morris, Home Close 3, Kidlington, die Identität des Toten bestätigt. Er hatte als Organist an dem Gottesdienst teilgenommen und spielte gerade den letzten Choral, als Josephs ermordet wurde.

Eine weitere Zeugin, Ruth Rawlinson, Manning Terrace 14, Summertown, sagte aus, sie habe während des letzten Chorals Geräusche aus der Sakristei gehört, habe sich umgedreht und gesehen, wie Josephs am Vorhang zur Sakristei zusammenbrach.

Chief Inspector Bell von der Oxford City Police teilte dem Coroner mit, er könne noch nichts Bestimmtes zu dem Fortgang des Falles sagen, doch die Ermittlungen seien angelaufen. Der Coroner sprach der Witwe des Ermordeten, Brenda Josephs, seine tief empfundene Anteilnahme aus. Der Trauergottesdienst findet am Donnerstag um 14.30 Uhr in St. Frideswide's statt.

Der Artikel war nicht sensationell, aber durchaus interessant. Wie war das Morphium in den Magen des armen Teufels gekommen? Irgendjemandem musste sehr viel daran gelegen haben, ihn aus dem Weg zu räumen, und dieser Jemand lief noch immer – vermutlich sogar in Oxford – als freier Mann herum. Oder als freie Frau, ergänzte Morse in Gedanken und warf einen raschen Blick auf sein Gegenüber.

Er saß nur ein paar Meter vom Tatort entfernt und versuchte sich die Szene vorzustellen. Die Orgel spielt, die wenigen Besucher sind aufgestanden und sehen auf ihre Gesangbücher herunter … Moment mal. Wo war die Orgel? Er stand auf und ging die breiten, flachen Stufen zum Chor hinauf. Ja, da war sie, links hinter dem Chorgestühl, von einem blauen Vorhang umgeben. Über dem obersten Manual war ein Spiegel angebracht, sodass der Organist selbst zwar nicht zu sehen war, aber Pfarrer und Chor im Auge behalten konnte und auch, wenn er wollte, die Gemeinde. Wenn man den Spiegel ein bisschen drehte … Morse setzte sich hinter dem Vorhang auf die Orgelbank und blickte in den Spiegel. Er sah hinter sich das Chorgestühl und den Chor. Dann fing er an, den Spiegel zu verstellen wie ein nervöser Kandidat vor der Führerscheinprüfung. Das ging leicht und lautlos. Herauf, herunter, nach rechts und nach links, ganz beliebig. So, zunächst nach rechts und ein Stück nach unten. Jetzt sah er direkt auf das kunstvolle Goldgewirk, das die grüne Altardecke umrandete. Dann nach links und nach unten. Jetzt sah er Kopf und Schultern der Putzfrau, deren Ellbogen emsig über dem Seifenschaum kreisten. Noch weiter nach links und ein bisschen nach oben, fast bis zum Anschlag. Morse hielt jäh inne. Eine nadelfeine Empfindung durchzuckte seine Schläfen. Er sah jetzt deutlich den Vorhang zur Sakristei, der sich damals vielleicht nur einen Spaltbreit geöffnet und den Blick auf einen Mann freigegeben hatte, der verzweifelt gegen das Brausen der Orgel anschrie, einen Mann mit einem Messer im Rücken, der nur noch ein, zwei Sekunden zu leben hatte. Wenn nun der Organist – Morris, so hieß er wohl – während dieser schicksalhaften Sekunden auf den Vorhang zur Sakristei geblickt, wenn er etwas Bestimmtes gesehen hatte? Zum Beispiel …

Das Eimergeklapper holte seine hochfliegenden Gedanken wieder zur Erde zurück. Wozu hätte der Mann den Spiegel in eine so unwahrscheinliche Stellung bringen sollen, während er den letzten Choral spielte? Schwamm drüber. Er wandte sich um und warf einen Blick über den Vorhang. Die Putzfrau schien zusammenzupacken, und er hatte die anderen Ausschnitte noch nicht gelesen. Aber da bekamen seine Gedanken schon wieder Flügel und erhoben sich mühelos wie eine Möwe, die über den Klippen schwebt. Der Orgelvorhang … Er selbst war nur etwas über mittelgroß, aber auch wenn er zehn bis zwölf Zentimeter größer gewesen wäre, hätte ihn der Vorhang gut verborgen. Außer seinem Hinterkopf würde man wenig sehen. Vielleicht war Morris ja auch ausgesprochen klein, dann wäre er fast gar nicht zu sehen gewesen. Chor und Gemeinde hätten in diesem Fall überhaupt nicht gewusst, ob es tatsächlich Morris war, der an der Orgel saß.

Er ging die Stufen wieder hinunter. »Könnte ich die Ausschnitte noch behalten? Ich würde sie Ihnen wieder zuschicken.«

Die Frau zuckte die Schultern. »Meinetwegen.«

»Ich weiß leider nicht, wie Sie heißen …«, setzte Morse an, aber inzwischen hatte ein ziemlich klein gewachsener Mann mittleren Alters die Kirche betreten und kam rasch auf sie zu.

»Morgen, Miss Rawlinson.«

Miss Rawlinson, Zeugin bei der Leichenschau. Sieh mal einer an. Und der Mann, der eben hereingekommen war, musste Morris sein, der andere Zeuge, denn er hatte sich schon an die Orgel gesetzt, ein paar Schalter klickten, eine verborgene Energiequelle begann zu sirren, gefolgt von einer Reihe rauer Basstöne.

»Ja, wie gesagt, ich kann sie Ihnen schicken oder auch in den Briefkasten stecken. Manning Road 14, nicht?«

»Manning Terrace.«

»Richtig.« Morse lächelte entschuldigend. »Das Gedächtnis lässt allmählich nach. Es heißt, dass wir nach unserem dreißigsten Lebensjahr täglich dreißigtausend Gehirnzellen verlieren.«

»Nur gut, dass wir so viele haben, Inspector.« In den ruhigen Augen stand vielleicht eine Spur von Spott, aber Morse' kleiner Scherz hatte keine entsprechende Reaktion hervorgelockt.

»Ich will nur noch kurz mit Mr Morris sprechen, ehe –«

»Das ist nicht Mr Morris.«

»Wie bitte?«

»Das ist Mr Sharpe, er war früher zweiter Organist hier.«

»Und Mr Morris ist nicht mehr bei Ihnen?«, fragte Morse nachdenklich.

Sie schüttelte den Kopf.

»Wissen Sie, wo er ist?«

Wieder wirkte sie merkwürdig zurückhaltend. »Nein. Er ist weggezogen. Im Oktober.«

»Aber er hat doch sicher –«

»Er hat seinen Posten in der Schule aufgegeben und ist verschwunden.« Sie griff nach ihrem Eimer und wandte sich zum Gehen. »Keiner weiß, wo er abgeblieben ist.«

Morse spürte, dass sie log. »Es ist Ihre Pflicht, mir zu sagen, was Sie wissen.« Er sprach jetzt mit ruhiger Autorität, und die Frau errötete leicht.

»Es ist weiter nichts, nur … Er ist zur gleichen Zeit weggezogen wie jemand anders.«

»Und dabei konnte man sich seinen Teil denken, meinen Sie?«

Sie nickte. »Ja. Sehen Sie, er hat Oxford in der gleichen Woche verlassen wie Mrs Josephs.«

8

Morse trat ins Freie und schlenderte zu dem kleinen Lokal gegenüber. »Einen Kaffee bitte«, sagte er zu dem Mädchen, das sich an der Kasse lümmelte.

»Wenn Sie sich setzen, kommt die Bedienung zu Ihnen.«

»Ach so.« Das Verfahren kam ihm etwas umständlich vor.

Er setzte sich, starrte geistesabwesend durch die großen Scheiben, an denen jetzt Regentropfen hingen, und besah sich die Leute, die am Cornmarket entlanggingen. Direkt gegenüber, an dem schwarzen spitzenbewehrten Gitter von St. Frideswide's, lehnte ein bärtiger, durchnässter Obdachloser, eine Flasche in der linken Hand.

»Was darfs sein, bitte?« Es war das Mädchen von der Kasse.

»Hab ich Ihnen doch eben gesagt«, fuhr Morse gereizt auf.

»Tut mir leid, Sir, aber –«

»Mir reichts.« Er stand auf und ging wieder über die Straße.

»Wie gehts, Bruder?«

Der Obdachlose beäugte Morse misstrauisch durch eine dunkle unpassende Sonnenbrille. Dass sich jemand ungebeten für sein Wohlergehen interessierte, kam offenbar nicht alle Tage vor. »Tasse Tee wär nicht schlecht, Chef.«

Morse drückte zwei Zehn-Pence-Stücke in eine überraschend saubere Hand. »Stehen Sie sonst auch immer hier?«

»Nee, meist vor dem Brasenose College. Ist mal 'ne Abwechslung.«

»Manchmal kommen nette Leute aus der Kirche, wie?«

»Manchmal.«

»Kennen Sie den Pfarrer?«

»Nee. Der jagt mich bestimmt weg. Den anderen hab ich gekannt, ein richtiger Gentleman. Hat einen manchmal mit ins Pfarrhaus genommen und einem was Anständiges zu essen gegeben.«

»Ist das der, der gestorben ist?«

Der Obdachlose sah Morse an. Was hinter der dunklen Brille vorging, war nicht zu erkennen. Er nahm einen Schluck aus der Pulle. »Sie sagen es, Mister.« Er schlurfte am Gitter entlang und verschwand in Richtung Carfax.

Morse ging wieder auf die andere Straßenseite, vorbei an dem kleinen Lokal, an einem gut bestückten Fahrradgeschäft und dem Kino, dann bog er links in die sanft geschwungene Beaumont Street ein. Einen Augenblick schwankte er zwischen dem Ashmolean, das rechts gegenüberlag, und dem gleich links gelegenen *Randolph*. Es war kein fairer Wettstreit.

Die Bar war schon ziemlich voll. Morse wartete, bis eine Gruppe von Amerikanern ihre in breitem Akzent geforderten Gin Tonics bekommen hatten. Die Barfrau trug ein tief ausgeschnittenes Kleid, und Morse beobachtete mit fasziniertem Desinteresse, wie er es nannte, wie sie sich endlich vorbeugte, um sein Bier zu zapfen. Aber sie war zu jung, kaum über zwanzig, und Morse hatte sich inzwischen eine Theorie zurechtgebastelt, nach der Männer sich immer zu etwa gleichaltrigen Frauen hingezogen fühlen – plus oder minus zehn Jahre.

Er setzte sich, ließ sich sein Bier schmecken und holte Ausschnitt Nummer drei aus der Tasche. Er war vom Mittwoch, dem 19. Oktober.

TRAGISCHER STURZ VOM KIRCHTURM

Gestern Vormittag fand Pfarrer Lionel Lawson den Tod, als er vom Turm der St.-Frideswide's-Kirche am Cornmarket stürzte. Erst zehn Minuten zuvor hatte er die Messe gehalten, und zwei Gottesdienstbesucher entdeckten als Erste das Unglück.

Der Kirchturm, früher ein bei Touristen beliebter Aussichtspunkt, ist seit zwei Jahren für Besucher gesperrt, da sich an der Mauer der Nordseite Risse gezeigt hatten. Doch galt der Turm nicht als gefährdet, und erst eine Woche davor waren Handwerker oben gewesen, um das Bleidach zu überprüfen.

Pfarrer Lawson, 41 Jahre alt und Junggeselle, war seit fast elf Jahren Pfarrer in St. Frideswide's. Besonders im Gedächtnis bleiben wird sein soziales Engagement, denn zusätzlich zu seinem unermüdlichen Einsatz in der florierenden Jugendarbeit nahm er sich stets mit verständnisvollem Mitgefühl der Obdachlosen an. Es dürfte in Oxford kaum einen Obdachlosen geben, den er nicht irgendwann einmal unter seine Fittiche genommen hätte.

Als Geistlicher machte er kein Hehl aus seinen Neigungen zur Hochkirche. Zwar hatte er sich durch unmissverständlich zum Ausdruck gebrachte Ablehnung der Ordinierung von Frauen nicht gerade überall beliebt gemacht, doch trauert eine große, ihm treu ergebene Gemeinde um ihren Freund und Seelsorger. Lawson studierte Theologie in Christ's College, Cambridge, und später in St. Stephen's House, Oxford.

Erst letzten Monat war H.A. Josephs, einer der Kirchenvorsteher von St. Frideswide's, in der Sakristei der Kirche erstochen aufgefunden worden.

Morse las den letzten Satz noch einmal und fragte sich, warum der Reporter es nötig befunden hatte, ihn anzufügen. Dass auf einen Mord kurze Zeit später ein Selbstmord folgte, war nicht ungewöhnlich, und der Reporter dürfte nicht der Einzige gewesen sein, der da einen Kausalzusammenhang gewittert hatte. Wenn Lawson bei Josephs' Tod irgendwie die Hand im Spiel gehabt hatte, war es für ihn als einen Diener Gottes nur recht und billig, dass ihn das Gewissen plagte und er sich vom nächstbesten Turm stürzte.

Morse leerte sein Glas, kramte nach weiterem Kleingeld und sah sich um. Eine Frau war an den Tresen getreten. Im Alter passte sie sehr viel besser zu ihm als die Barfrau, so viel stand fest. Schwarze kniehohe Lederstiefel. Schlanke Figur. Hellbeiger Regenmantel, eng gegürtet. Rot getupftes Kopftuch. Nett. Und ohne Begleitung.

Morse trat zu ihr und hörte, wie sie einen Dry Martini bestellte. Er brauchte nur den Drink zu zahlen, sie in eine stille Ecke zu bitten und leise, fesselnd und souverän über dies und jenes zu plaudern, und dann … wer weiß? Doch da war schon ein Mann mittleren Alters aufgestanden und legte ihr eine Hand auf die Schulter.

»Ich mach das schon, Ruth. Setz dich inzwischen.«

Miss Rawlinson band das Kopftuch ab und lächelte. Erst dann schien sie Morse zu bemerken, und das Lächeln erlosch. Sie nickte ihm fast frostig zu und wandte sich ab.

Nach dem dritten Bier verließ Morse die Bar. Von der Hotelhalle aus rief er im Polizeipräsidium an. Aber Chief Inspector Bell war im Urlaub. In Spanien.

Es war lange her, seit Morse sich körperlich ertüchtigt hatte, und einem Impuls folgend beschloss er, zu Fuß nach Nord-Oxford zurückzugehen. Nur eine halbe Stunde, wenn er Tempo vorlegte. Wie zum Hohn überholte ihn ein Bus nach dem anderen: der Bus nach Cutteslowe, der Bus nach Kidlington, und der immer leere Park-and-Ride-Bus, unter großem finanziellen Aufwand von den Stadtvätern eingesetzt in der eitlen Hoffnung, sie könnten die Bürger dazu bewegen, zum Einkaufen das Auto am Stadtrand stehen zu lassen. Morse ging unverdrossen weiter.

An der Kreuzung der Marston Ferry Road beobachtete er wie hypnotisiert einen Wagen, der in nördliche Richtung fuhr, plötzlich ausscherte und mit einem überholenden Motorrad zusammenstieß. Der Fahrer wurde auf die andere Straßenseite geschleudert, wo sein weißer Helm mit einem schaurigen Knall an den Randstein schlug und das Rad eines entgegenkommenden Lasters trotz kreischender Bremsen mit hörbarem Knirschen das Becken des Verunglückten überrollte.

Andere Zeugen des Geschehens bewiesen – vielleicht zum ersten Mal in ihrem Leben – einen aus der Situation erwachsenden Mut der Verzweiflung. Etliche knieten neben dem Sterbenden nieder, Mäntel wurden über seinen zerschmetterten Körper gebreitet. Ein junger Mann mit fettigem, schulterlangem Haar lenkte den Verkehr um. Ein Arzt von der Gemeinschaftspraxis an der Ecke war schon unterwegs, Krankenwagen und Polizei waren verständigt.

Morse spürte, wie sich sein Magen schmerzhaft zusammenzog. Leichter Schweiß stand ihm auf der Stirn, und als er den Blick abwandte und sich davonmachte, meinte er, sich übergeben zu müssen. Seine Passivität und Feigheit widerten ihn an, aber die Übelkeit, die in ihm wühlte, trieb ihn weiter, immer weiter, vorbei an den Geschäften von Summertown, bis zu seinem Haus.

Morse hatte nie so ganz begriffen, warum ihn Verkehrsunfälle immer so hoffnungslos aus der Fassung brachten. Oft genug hatte er am Tatort eines Mordes gestanden, hatte eine brutal verstümmelte Leiche untersucht, voller Widerwillen, gewiss, aber ohne diese tiefe Verunsicherung. Vielleicht hatte es etwas damit zu tun, dass ein Unterschied zwischen dem Tod und dem Vorgang des Sterbens bestand, eines qualvollen Sterbens nach einem Verkehrsunfall. Ja, es war wohl das Zufällige, die Beliebigkeit eines solchen Todes, der Gedanke, dass ein paar Meter, ja, Zentimeter, dass

Sekundenbruchteile Sicherheit bedeutet hätten. Es war, wie Lukrez es ausgedrückt hatte, das zufällige Zusammentreffen der Atome, das Sinnlos-Grausame einer solchen Begebenheit. Wenn Morse sich die in immer weitere Ferne rückende Möglichkeit vorstellte, selbst einmal Frau und Kinder zu haben, dachte er oft daran, dass er im Familienkreis vielleicht eine unheilbare Krankheit, nie aber einen Verkehrstod würde verkraften können.

In der Ferne war jetzt die Sirene des Krankenwagens zu hören, sie klang wie das Jammern einer verzweifelten Mutter nach ihren Kindern.

Morse nahm die Milchflasche von der Schwelle und betrat seine Wohnung. Kein sehr vielversprechender Urlaubsanfang. Er griff nach *Vier letzte Lieder* von Richard Strauss. Aber dann kam ihm ein Gedanke, und er legte die Platte wieder aus der Hand. Im *Randolph* hatte er flüchtig den vierten Ausschnitt gelesen, der über die Leichenschau im Fall Lawson berichtete. Uninteressant, hatte er gedacht. Aber hatte er recht gehabt? Er nahm ihn sich noch einmal vor. Der arme Kerl hatte offenbar schlimm ausgesehen, der Körper völlig zerschmettert, der Schädel … Ja, das war es, was Morse durch den Kopf geschossen war, als er gerade den Deckel des Plattenspielers aufklappen wollte. Wenn er selbst es schon nicht fertigbrachte, in das Gesicht eines sterbenden Motorradfahrers zu sehen, wie war es da um die beiden Zeugen bestellt, die Lawson gefunden hatten? Jetzt brauchte er nur noch die eine oder andere Detailangabe aus dem Protokoll. Und da er den Coroner gut kannte, konnte er sich die holen, wann er wollte. Noch heute Nachmittag.

Zehn Minuten später war er eingeschlafen.

9

Ruth Rawlinson wich dem Blick des Mannes aus, leerte ihren zweiten Martini und starrte auf die Zitronenscheibe am Grund ihres Glases.

»Noch einen?«

»Nein, besser nicht, ich hatte schon zwei.«

»Na und? Wir leben nur einmal.«

Ruth lächelte traurig. Das sagte ihre Mutter auch immer. Du machst nichts aus deinem Leben, Ruthie. Versuch, mehr Kontakt zu anderen Leuten zu bekommen. Amüsier dich. Ihre Mutter. Knurrig, anspruchsvoll, krank – aber immerhin ihre Mutter, deren einziges Kind sie war, einundvierzig, fast zweiundvierzig Jahre alt, bis vor Kurzem Jungfrau und dann unter wenig denkwürdigen Umständen defloriert.

»Noch einmal dasselbe?« Er war aufgestanden und griff nach ihrem Glas.

Warum nicht? Angenehme Wärme verbreitete sich in ihrem Inneren, und wenn sie heimkam, konnte sie sich ein paar Stunden hinlegen, wenn es sein musste. Am Montag hatte Mutter ihren wöchentlichen Bridgenachmittag, und allenfalls ein Atomangriff auf Nord-Oxford hätte die vier boshaften alten Damen davon abhalten können, sich an dem kleinen, grün bespannten Kartentisch im Hinterzimmer um Trümpfe und Strafpunkte zu rangeln.

»Du wirst mich noch betrunken machen.«

»Das hatte ich vor …«

Sie kannte ihn inzwischen recht gut. Da stand er an der Theke, in seinem teuren Anzug, ein paar Jahre älter als sie, drei halbwüchsige Kinder, eine charmante, intelligente Frau, die ihm vertraute. Und er wollte *sie.*

Aber aus irgendeinem Grund wollte sie ihn nicht. Der Gedanke, mit ihm intim zu werden, widerstrebte ihr.

Sie sah sich um, und einen Augenblick blieb ihr Blick ganz hinten in der Ecke hängen. Aber Morse war nicht mehr da. Sie hatte sich bei dem Wunsch ertappt, er möge bleiben, möge einfach nur da sein. Natürlich hatte sie ihn erkannt, sobald sie hereingekommen war, und war sich seiner Gegenwart sehr intensiv bewusst gewesen. Würde sie mit ihm ins Bett gehen? Am meisten fesselten sie seine Augen. Blaugrau waren sie, kalt und doch irgendwie verletzlich und verloren. Sei nicht albern, sagte sie sich. Du hast einen Schwips.

Während sie langsam ihren dritten Martini trank, kritzelte ihr Begleiter eifrig auf der Rückseite eines Bierfilzes herum.

»Schau dir das mal an, Ruth. Und – sei bitte ehrlich, ja?«

Sie las, was er geschrieben hatte.

Kreuze an, was deiner Meinung
nach deinen Neigungen am nächsten kommt.
Ich gehe mit dir ins Bett

diese Woche	□
nächste Woche	□
dieses Jahr	□
nächstes Jahr	□
irgendwann	□
nie	□

Sie lächelte unwillkürlich, aber dann schüttelte sie langsam und ratlos den Kopf. »Das kann ich nicht beantworten.«

»Also nie?«

»Das habe ich nicht gesagt. Aber … du weißt ganz genau, was ich meine. Du bist verheiratet, und ich kenne deine Frau. Ich achte sie. Ich –«

»Kreuz einfach ein Kästchen an.«

»Aber –«

»Du hast Angst, mich zu enttäuschen, wenn du dich für das Letzte entscheidest? Sei einfach ehrlich, Ruth. Zumindest weiß ich dann, woran ich bin.«

»Du weißt, dass ich dich mag, aber –«

»Du hast ja genug Auswahl.«

»Und wenn keine der Antworten die richtige ist?«

»Eine muss die richtige sein.«

»Nein.« Sie holte einen Kugelschreiber hervor und schrieb vor das »irgendwann«: Vielleicht.

Im Gegensatz zu Morse schlief sie an diesem Nachmittag nicht. Sie fühlte sich frisch und hellwach und hätte gern ein bisschen im Garten gearbeitet, aber es nieselte noch immer. Stattdessen lernte sie den Text für ihre Rolle. Der Freitag rückte erschreckend schnell heran, und um halb acht war Probe. Nun war ein Laienspiel bei einer Gemeindeveranstaltung nicht gerade etwas Welterschütterndes, aber sie war gegen alles Halbherzige, auch in Kleinigkeiten, und die Aufführungen waren immer gut besucht.

Um drei wachte Morse fröstelnd und grunzend auf und kam langsam wieder in die Wirklichkeit zurück. Die Zeitungsausschnitte lagen noch auf der Sessellehne. Er legte sie zusammen und schob sie in den Umschlag. Er hatte sich viel zu sehr in diese Sache hineingesteigert. Aber damit war jetzt Schluss, schließlich und endlich hatte er Urlaub. Aus dem Bücherregal holte er einen dicken Band und verfuhr mit dem Hotelführer der Britischen Inseln so, wie die Römer mit den Sibyllinischen Büchern zu verfahren pflegten und wie es die Fundamentalisten noch immer mit der Heiligen Schrift machen. Er schloss die Augen, schlug den nützlichen Band des Automobilklubs aufs Geratewohl auf, ließ seinen Zeigefinger über die linke Seite wandern, hielt auf halber

Höhe an und öffnete die Augen. Derwentwater, *Swiss Lodore Hotel;* Keswick, drei Meilen südlich an der … Er rief sofort an. Ja, sie hatten ein Einzelzimmer mit Bad frei. Wie lange? Vier oder fünf Nächte vielleicht. In Ordnung. Er würde gleich losfahren und gegen – ja, gegen neun oder zehn ankommen. Alles klar.

Eine Stunde bis Evesham, wenn er Glück hatte. Über die alte Worcester Road, die M5 und M6. Achtzig Meilen pro Stunde auf der Überholspur. Kinderspiel. Er würde gerade rechtzeitig zu einem opulenten Abendessen mit einer Flasche Rotwein kommen. Ausgezeichnet. Für so was war schließlich der Urlaub da.

10

Reverend Keith Meiklejohn stand an der Tür des Gemeindesaals und verströmte fromme Begeisterung. Der Zulauf war beträchtlich. Und während er salbungsvoll »Guten Abend« sagte und »Wie nett, dass Sie gekommen sind«, überlegte er, ob er nicht ein paar alte Stühle aus dem Lager holen sollte. Es war erst zwanzig nach sieben, und schon war der Saal zu zwei Dritteln gefüllt. Natürlich war ihm auch der Grund für den Andrang klar – die Stepptanzgruppe des Kinderkreises, die alle Mamis und Tanten und Omas angelockt hatte. »Guten Abend, Mrs Walsh-Atkins. Wie nett, dass Sie gekommen sind. Vorn haben wir noch ein paar schöne Plätze …« Er schickte zwei widerstrebende Chorknaben nach den Stühlen und wandte sich seelsorgerlich strahlend bereits dem nächsten Gast zu. »Guten Abend, Sir. Wie nett, dass Sie gekommen sind. Sind Sie auf der Durchreise in Oxford oder –«

»Nein, ich wohne hier.«

Der Neue betrat den Saal und setzte sich mit leicht säuerlicher Miene ganz nach hinten. Er gab dem hübschen Zopfmädchen, das auf ihn zukam, fünf Pence und steckte das Programm in die Tasche. Es war ein scheußlicher Tag gewesen. Fast sechs Stunden von Keswick bis zur Evesham-Ausfahrt, einspuriger Verkehr nördlich von Stoke, Auffahrunfall hinter Birmingham, die Autobahn nach Süden fast eine Stunde gesperrt, die letzten dreißig Meilen Überschwemmungswarnung, die schweren Laster wirbelten Gischt auf wie Motorboote. Und dieser sogenannte Urlaub … An sonnigen Tagen hätte man aus dem Zimmer im *Swiss Lodore* möglicherweise einen sehr schönen Blick gehabt. Aber der Nebel war von den Bergen bis ins Tal gekrochen, Morse hatte gerade noch den Rasen unter seinem Fenster mit den vereinsamt dastehenden weißen Sesseln und Tischen erkennen können. Einige Gäste waren ständig mit dem Wagen unterwegs, vermutlich auf der Suche nach einer etwas weniger durchfeuchteten Landschaft. Doch die meisten saßen nur herum, lasen Taschenbuch-Krimis, spielten Karten, schwammen in dem beheizten Pool, aßen, tranken, redeten gelegentlich miteinander und wirkten alles in allem weit weniger trübsinnig als Morse. Die wenigen Frauen, die ohne Begleitung in der Bar herumsaßen, fand er nicht sonderlich interessant. Im Schlafzimmer fand Morse einen Prospekt mit Robert Southeys Gedicht »How the Waters Come Down at Lodore«, aber er fand, dass selbst ein *poeta laureatus* selten etwas so Banales von sich gegeben hatte. Und nach drei Tagen wusste Morse nur zu gut, wie die Wasser in Lodore herunterkamen. Sie stürzten wie aus Kannen von einem bleifarbenen Himmel.

Am Freitag, dem 7. April, bekam er mit dem Morgentee die *Times* aufs Zimmer. Nachdem er sich die Wettervorhersage für das Wochenende zu Gemüte geführt hatte, beschloss er, gleich nach dem Frühstück abzureisen. Als er an der Rezeption sein Scheckbuch aus der Tasche zog, flatterte ein gefaltetes Blättchen zu Boden. Er hatte es geistesabwesend von dem Tisch am Eingang zu St. Frideswide's genommen und eingesteckt. Jetzt las er:

KONZERT
Im Gemeindesaal von St. Aldates
Freitag, 7. April, 19.30 Uhr
Stepptanzgruppe (Kinderkreis)
Gilbert-und-Sullivan-Medley (Kirchenchor)
Viktorianisches Melodrama (Theatergruppe)
Eintritt 20 Pence. Programm 5 Pence.
Alle Gäste sind willkommen.
(Der Erlös kommt der Kirchturmreparatur zugute.)

Diese Zeile mit ihren mannigfaltigen Möglichkeiten beschäftigte Morse unaufhörlich, als er mit dem Lancia gen Süden fuhr. Bröckelten die Zinnen also doch? Waren sie gebröckelt, als Lawson seinen letzten Blick über die vertrauten Sehenswürdigkeiten der Stadt schweifen ließ? Keine Jury befand gern auf Selbstmord, und hätte der Turm tatsächlich eine Gefahr dargestellt, wäre das ein wichtiger Punkt bei der Verhandlung gewesen. Aber um das zu entscheiden, brauchte Morse den Bericht, da stand ja alles drin. Als er es um halb fünf endlich bis Oxford geschafft hatte, fuhr er sofort zum Büro des Coroners.

Der Bericht war – ließ man einmal die Detailschilderungen von Lawsons vielfachen Verletzungen beiseite – unbestimmter, als es Morse lieb war. Die Brüstung, von der Lawson in die Tiefe gestürzt war, wurde überhaupt nicht erwähnt. Dennoch gab es da einen sehr interessanten Abschnitt. »Mrs Emily Walsh-Atkins bestätigte die Identität des Toten. Zusätzlich sagte sie aus, sie sei nach dem

Gottesdienst noch einige Minuten allein in der Kirche geblieben und habe dann etwa fünf Minuten vor der Kirche gewartet, weil sie sich ein Taxi bestellt hatte. Der Gottesdienst war etwas früher als sonst zu Ende. Etwa zehn nach acht hörte sie einen fürchterlichen Lärm im Friedhof, wandte sich um und stellte fest, dass Lawsons lebloser Körper über dem Einfriedungsgitter hing. Glücklicherweise waren wenig später zwei Polizisten an Ort und Stelle, und Mr Morris brachte sie zurück in die Kirche, damit sie sich hinsetzen und sich von dem Schreck erholen konnte …«

Morse wusste, dass er keine Ruhe haben würde, bis er mit Mrs Walsh-Atkins gesprochen hatte, und ihretwegen saß er jetzt auch im Gemeindesaal. (Nur ihretwegen, Morse?) In ihrem Heim hatte er sie knapp verfehlt, aber man hatte ihm sagen können, wohin sie gegangen war.

Meiklejohn hatte seine langatmige, ölige Begrüßungsrede beendet, das Licht ging aus, jetzt ruckelte der Vorhang zur Seite und gab den Blick auf die Stepptanzgruppe in ihrer bizarren Pracht frei. Morse fand die Szene auf peinliche Weise belustigend und war überrascht von dem begeisterten Applaus für die kleinen Mädchen mit dem Plastikkopfputz, die drei Minuten lang tapfer, wenn auch nicht synchron, gegen ungenügende Proben, angeborene Unbeholfenheit und die grauenvolle Begleitung der Klavierspielerin angetanzt hatten. Zu allem Überfluss war die Gruppe mit zwölfköpfiger Besetzung angetreten, aber einer der Winzlinge hatte an einer entscheidenden Stelle eine Links- statt einer Rechtsdrehung gemacht und war tränenüberströmt in die Kulissen entfleucht. Trotz allem – das Publikum klatschte wie besessen und ruhte nicht, bis die Ballettmeisterin (alias Pianistin) erschien, die unglückselige, jetzt schüchtern lächelnde kleine Ballettratte an der Hand, die von allen gefeiert wurde wie eine Primaballerina von *Sadler's Wells.*

Die Auswahl aus Gilbert und Sullivan war ausgezeichnet,

und Morse konstatierte, dass der Chor von St. Frideswide's offenbar einige echte Talente hatte. Diesmal wurde der Flügel zum Glück von sehr viel fähigeren Händen bearbeitet, die keinem Geringeren als Mr Sharpe gehörten, dem früheren Stellvertreter von Paul Morris. Morris war in der Kirche gewesen, als Josephs ermordet wurde. Und Morris war vor der Kirche gewesen, als Lawson gefunden wurde. So schwierig dürfte es doch nicht sein, ihm auf die Spur zu kommen, ihm oder Brenda Josephs. Irgendwo mussten sie stecken, mussten Geld verdienen, mussten Versicherungsnummern haben, eine Wohnung … Mit atemberaubender Präzision verstummten die Sänger nach dem letzten Akkord aus dem Finale des *Mikado.* Damit war ihr Teil des Programms beendet. Sie wurden wohlwollend, wenn auch nicht besonders anhaltend beklatscht.

Es dauerte gute fünf Minuten, ehe das viktorianische Melodrama anfing. Man hörte das Quietschen und Poltern von Möbeln, zweimal ging der Vorhang vorzeitig ein Stück weit auf, und Morse sah sich noch einmal den Bericht des Coroners über Lawsons Tod an. Da war zum Beispiel die Aussage eines gewissen Thomas: »Er hatte gerade seinen Wagen in der St. Giles abgestellt und ging in Richtung Broad Street, als er jemanden auf dem Turm von St. Frideswide's bemerkte. Er konnte sich nicht erinnern, dass dort oben vorher jemand gestanden hatte, aber es war nicht ungewöhnlich, Leute auf dem Turm von St. Mary's in the High oder Carfax stehen zu sehen, die sich an dem Blick über Oxford erfreuten. Er glaubte, dass die Gestalt schwarz gekleidet war. Sie blickte nach unten, den Kopf über die Brüstung gebeugt …« Das war eigentlich alles. Erst später hatte er von dem Unglück erfahren, das sich an diesem Vormittag zugetragen hatte, und seine Frau hatte ihn dazu bewogen, die Polizei anzurufen. Viel war mit dieser Aussage nicht anzufangen, aber der Mann musste der Letzte gewesen sein, der Lawson lebend gesehen hatte. Vielleicht war er aber auch nur der Erste – nein, der Zweite, der Lawson tot gesehen hatte. Morse suchte nach den entscheidenden Worten. »… blickte nach unten, den Kopf über die Brüstung gebeugt …« Wie hoch war diese Brüstung? Bestimmt nicht höher als einen Meter. Und warum hatte er Lawsons Kopf ins Spiel gebracht? Warum hatte er nicht einfach gesagt: »… über die Brüstung gebeugt«?

Und warum: »… blickte nach unten …«? Kümmerte es einen Mann, der dabei war, sich in den Tod zu stürzen, wo er landen würde? Gerade ein Pfarrer, sollte man denken, würde in so einem Augenblick eher in höheren Sphären Trost suchen, so tief seine Verzweiflung auch sein mochte. Aber wenn Lawson da schon tot gewesen war … wenn jemand …

Endlich begann das Melodrama, und Morse dachte, dass einer stümperhafteren Darbietung wohl selten die Ehre einer öffentlichen Aufführung zuteilgeworden war. Das Stück war anscheinend im Hinblick auf eine möglichst große Besetzung und auf möglichst kurze Auftritte ausgesucht worden, was den Vorteil hatte, die erschütternde Talentlosigkeit der Mitwirkenden nicht allzu deutlich werden zu lassen. Der bärtige, einarmige Held – immerhin beherrschte er seinen Text und gab ihn vernehmlich von sich – trampelte in knarrenden Armeestiefeln herum und führte ein entscheidendes Telefongespräch, indem er in die Hörmuschel eines lächerlich modernen Apparats sprach. Eine der zahlreichen Zofen war genötigt, bei jeder zweiten Zeile ihren Text zu konsultieren, der an der Unterseite der Kehrichtschaufel klebte. Einzig die Leistungen der Hauptdarstellerin bewahrten das Stück davor, zur Farce zu werden. Der Charme und die Gewandtheit der jungen Blondine standen in krassem Gegensatz zu der sie umgebenden, rührend unzulänglichen Mannschaft. Sie schien die Rollen aller

Mitspieler im Kopf zu haben und kaschierte ihre Schnitzer und Ausrutscher mit bewundernswerter Geistesgegenwart. Einmal bewahrte sie einen der Butler davor (blinder Trottel, dachte Morse), über einen im Weg stehenden Stuhl zu stolpern, als er Ihrer Ladyschaft Tee hereinbrachte. Zum Glück war offenbar ein Großteil des Textes ursprünglich sehr witzig gewesen und entlockte den Zuschauern sogar in dieser verballhornten Fassung gelegentlich höfliche Lacher. Als sich der letzte Vorhang gnädig über dem Stück schloss, konnte Morse im Publikum keine Spur von verlegener Erleichterung entdecken. Vielleicht waren alle Gemeindeveranstaltungen so.

Der Pfarrer hatte vorher bekannt gegeben, dass nach Ende der Vorstellung Gelegenheit sei, eine Tasse Tee zu trinken, und Morse war überzeugt davon, dass Mrs Walsh-Atkins sich das nicht entgehen lassen würde. Jetzt musste er sie nur noch finden. Vergeblich sah er sich nach Miss Rawlinson um. Offenbar hatte sie sich den Abend geschenkt. Das Putzen in der Kirche war ihr wohl Buße genug. Er war ein bisschen enttäuscht. Der Saal leerte sich jetzt rasch, aber Morse beschloss, noch ein, zwei Minuten zu warten. Er nahm sich sein Programm vor, um nicht den Eindruck zu erwecken, er fühle sich einsam.

»Sie trinken doch noch eine Tasse Tee mit uns?« Auch jetzt noch kam Meiklejohn gewissenhaft seinen Hirtenpflichten nach.

Auf den Gedanken, abends um neun Tee zu trinken, wäre Morse von selbst nie gekommen. »Ja, danke. Kennen Sie zufällig eine Mrs Walsh-Atkins? Ich möchte – «

»Aber ja. Hier entlang, bitte. Ein wunderbarer Abend, nicht wahr?«

Morse murmelte Unverständliches und folgte seinem Führer in den überfüllten Vorraum, wo eine dicke Dame aus einer gewaltigen Teemaschine eine dunkelbraune Flüssigkeit ausschenkte. Morse stellte sich brav in die Schlange. Dabei bekam er das Gespräch der zwei Frauen vor ihm mit.

»Er ist jetzt das vierte Mal dabei. Sein Daddy wäre unheimlich stolz auf ihn gewesen.«

»Niemand würde glauben, dass er blind ist. Wie er so über die Bühne geht …«

»Das machen die vielen Proben. Man muss eben wissen, wo alles ist …«

»Ja. Sie sind sicher sehr stolz auf ihn, Mrs Kinder.«

»Sie haben ihn schon fürs nächste Stück eingeladen, da muss er seine Sache wohl gut machen.«

Also war der arme Kerl tatsächlich blind gewesen. Und seine Rolle zu lernen und sich auf die Bühne zu wagen hatte ihn vermutlich ebenso viel Überwindung gekostet wie einen Sehenden die Durchquerung eines krokodilverseuchten Sumpfgebiets. Morse war plötzlich gerührt und beschämt. Als er an der Reihe war, legte er ein Fünfzig-Pence-Stück auf den Teller für das Teegeld und hoffte, dass niemand es gemerkt hatte. Er kam sich merkwürdig fehl am Platz vor. Das waren gute Menschen, die an den schlichten Bindungen der Familie und der christlichen Gemeinschaft ihre Freude hatten. Für sie war Gott der Vater und nicht, wie in der neueren Theologie, ein fernes, fremdes Wesen. Morse trank verlegen seinen Tee, zog wieder das Programm hervor und suchte nach dem Namen des Butlers Ihrer Ladyschaft, dessen Mutter mit Recht so stolz und glücklich war. Aber wieder wurde er gestört. Da stand Meiklejohn und neben ihm eine winzige alte Dame, die an einem Keks knabberte.

»Mr … äh …«

»Morse.«

»Sie wollten gern Mrs Walsh-Atkins kennenlernen.«

Morse, der sich neben ihr besonders riesig vorkam, meinte, man könne sich doch kurz noch einmal in den Saal setzen. Er stellte sich vor und sagte ihr, warum er hier war und was er wissen wollte. Bereitwillig berichtete sie aus ihrer Sicht von den Ereignissen jenes schrecklichen Tages, als Lawson zerschmettert vor ihr gelegen hatte. Dabei wiederholte sie fast wörtlich das, was sie bei der Leichenschau gesagt hatte. Fehlanzeige, dachte Morse, bedankte sich aber dennoch höflich und fragte, ob er ihr noch eine Tasse Tee bringen könne.

»Eine genügt, Inspector. In meinem Alter … Aber ich glaube, ich habe irgendwo meinen Regenschirm stehen lassen. Wenn Sie so nett wären …«

Morse verspürte das vertraute Kribbeln auf der Kopfhaut. Auf dem Tischchen, an dem sie saßen, lag deutlich sichtbar der Regenschirm. Kein Zweifel, die alte Dame musste fast blind sein.

»Darf ich fragen, wie alt Sie sind, Mrs Walsh-Atkins?«

»Können Sie schweigen, Inspector?«

»Ja.«

»Ich auch«, raunte sie ihm zu.

Ob es Durst war, der ihn in die Bar des *Randolph* trieb, oder der plötzlich erwachende Wunsch festzustellen, ob Miss Rawlinson sich dort aufhielt, mochte er nicht näher untersuchen. Aber er traf keine Bekannte, begnügte sich mit einem Bier und fuhr mit dem Bus nach Hause. Dort genehmigte er sich einen großzügig bemessenen Whisky pur und legte *Vier letzte Lieder* auf. Wunderschön. »Melismatisch« hieß das auf dem Cover …

Es wurde Zeit, mal früh schlafen zu gehen, und er hängte in der Diele seine Jacke auf. Aus einer der Taschen ragte das Programm. Er schlug es auf und las.

»Butler Ihrer Ladyschaft: John Kinder.« Und dann bekam er plötzlich Herzklopfen, als er die oberste Zeile in der Besetzungsliste sah: »Ihre Ladyschaft, die Ehrenwerte Amelia Barker-Barker: Ruth Rawlinson.«

II

Medien und Hellseher behaupten, größere Fähigkeiten zu haben, wenn ihnen der Zutritt zu Räumlichkeiten ermöglicht wird, in denen die Abwesenden – Vermisste oder schlichtweg Tote – ein paar verstreute Emanationen hinterlassen haben. Auch Mördern sagt man nach, es zöge sie unwiderstehlich zum Tatort zurück. Am Sonntagmorgen ertappte sich Morse bei der Überlegung, ob wohl Josephs' Mörder je wieder St. Frideswide's betreten hatte. Sehr wahrscheinlich, dachte er. Es war eine der wenigen positiven Gedanken, die er seit Freitagabend zustande gebracht hatte. Sein Gehirn streikte, und am Samstag hatte er beschlossen, die Finger von weiteren Untersuchungen dieses rätselhaften Falls zu lassen, der ihn im Übrigen ja auch gar nichts anging. Vormittags hatte er noch einmal den Hotelführer als Orakel benützt, aber nach Inverness mochte er sich denn doch nicht schicken lassen. Nachmittags hatte er zwei Stunden vor dem Fernseher vertrödelt und sich die Rennen in Doncaster angesehen. Er war unruhig und langweilte sich. Es gab so viele Bücher, die er lesen, so viele Platten, die er abspielen konnte, aber er brachte für nichts Begeisterung auf. Diese Lustlosigkeit hielt bis zum Sonntagmorgen an, und nicht einmal die delikaten Enthüllungen aus der *News of the World* vermochten ihn aufzuheitern. Missmutig räkelte er sich in seinem Sessel und ließ den Blick ziellos über die bunten Buchrücken gehen. Ob Baudelaire zu seiner Stimmung passte? Wie hieß es da von dem Prinzen in *Les Fleurs du mal?* »Riche, mais impuissant, jeune et pourtant très vieux ...«

Plötzlich fühlte Morse sich besser. So ein Quatsch. Er war weder impotent noch senil. Es war Zeit zum Handeln.

Er wählte die Nummer. »Miss Rawlinson?«

»Am Apparat.«

»Vielleicht erinnern Sie sich nicht mehr an mich. Wir haben uns in St. Frideswide's kennengelernt. Am Montag.«

»Doch, ich erinnere mich.«

»Ich – äh – ich wollte heute Vormittag in die Kirche gehen.«

»In unsere Kirche?«

»Ja.«

»Dann müssen Sie sich beeilen, sie fängt um halb elf an.«

»Ach so. Ja dann … vielen Dank auch.«

»Sie scheinen sich ja plötzlich sehr für uns zu interessieren, Inspector«, sagte sie mit einer Spur freundlicher Belustigung in der Stimme. Morse versuchte sie zum Weitersprechen zu bewegen.

»Wussten Sie, dass ich am Freitagabend in dem Konzert war?«

»Natürlich.«

Morse freute sich geradezu kindlich über dieses »Natürlich«. Nur weiter so, mein Junge. »Ich – äh – habe Sie hinterher nicht gesehen. Und in dem Stück habe ich Sie auch nicht erkannt.«

»Ja, was eine blonde Perücke so ausmacht …«

»Wer ist denn das?«, rief jemand aus dem Hintergrund.

»Wie meinten Sie?«, fragte Morse.

»Das war nur meine Mutter. Sie wollte wissen, wer Sie sind.«

»Ah so.«

»Ja, wie gesagt, Sie müssen sich beeilen, wenn Sie …«

»Gehen Sie hin? Ich könnte Sie –«

»Nein, heute nicht. Mutter hatte einen ihrer Asthmaanfälle, ich kann sie nicht allein lassen.«

»Verstehe.« Morse bemäntelte seine Enttäuschung mit einem munteren Wort des Abschieds und legte auf. »Verdammter Mist«, sagte er. Aber er würde zur Kirche gehen. Nicht wegen Ruth Rawlinson. Nur weil er ein bisschen Atmosphäre schnuppern, die eine oder andere dieser vertrauten Emanationen auffangen wollte. Ob diese Rawlinson da ist oder nicht, sagte er sich, ist mir piepegal.

Dieser erste Kirchgang nach einem Jahrzehnt war ein bemerkenswertes Erlebnis, fand Morse, wenn er später daran zurückdachte. St. Frideswide's hatte das Hochkirchliche offenbar so weit getrieben, wie es nur eben ging. Gewiss, es gab keine Sammelbüchse für den Peterspfennig und keine Schriften, in denen die Unfehlbarkeit des Papstes verkündet wurde, aber sonst schien diese Kirche kaum etwas von Rom zu trennen. Es wurde zwar eine Predigt gehalten, die sich mit der humorlosen Verdammung der Fleischeslust durch den Heiligen Paulus befasste, aber der Mittelpunkt des Gottesdienstes war eindeutig die Messe. Für Morse war der Anfang nicht allzu vielversprechend gewesen, er hatte sich nämlich um zwei Minuten verspätet und aus Versehen auf den Platz des Kirchenvorstehers gesetzt, was ein peinliches Gewisper nötig gemacht hatte, während die Gemeinde schon niederkniete, um ihre Missetaten zu beichten. Zum Glück hatte Morse dort hinten gute Sicht, sodass er den anderen das Aufstehen, Hinsetzen und Niederknien nachmachen konnte, obschon die Bekreuzigungen und Kniefälle ihm zuweilen nicht nur gegen den Strich gingen, sondern auch seine Reflexe überforderten. Besonders beeindruckend fand er die große Besetzung um den Altar herum – Priester, Diakon, Subdiakon, Weihrauchschwinger, zwei Messgehilfen und vier Fackelträger und – gleichsam als Dirigent des Ganzen – ein jüngerer, melancholisch dreinblickender Zeremonienmeister, der die Hände in einer Pose ständigen Gebets vorgestreckt hatte. Es war fast wie eine gut choreografierte Revue, an der sich, fand Morse, die Stepptanzgruppe ein Beispiel hätte nehmen können. Die Gemeinde reagierte mit der gleichen Disziplin auf diese Exerzitien, setzte sich, erhob sich, respondierte feierlich. Die Frau neben Morse hatte ihn sehr bald als blutigen Anfänger durchschaut und schob ihm ständig die entsprechende Seite des Gebetbuchs unter die Nase. Sie selbst sang in schrillem, lang gezogenem Sopran. Als Meiklejohn zu Beginn des Gottesdienstes durch den Mittelgang schritt und Weihwasser versprengte, flehte sie den Allmächtigen an, sie von ihren Sünden reinzuwaschen und weißer, jaha, weißer als Schneehee werden zu lassen. Aber Morse hatte zumindest ein Plus – er kannte fast alle Choräle. Und einmal gelang es ihm fast, ihr »Hailich, hailich, hailich« zu übertönen. Meiklejohns Ankündigungen von der Kanzel entnahm er, dass die Sache mit der Messe komplizierter war, als er gedacht hatte. Es gab sie offenbar in drei Ausführungen – Stille Messe, Hochamt und Feierliches Hochamt. Wenn die Stille Messe schlichter und ohne Chor, vielleicht gar ohne Organist ablief, fragte er sich, was wohl Morris in der Kirche zu suchen hatte, als der unglückliche Lawson vom Turm gefallen war. Es mochte Leute geben, die in die Kirche gingen, weil ihnen gerade danach war, aber … Es konnte sich jedenfalls lohnen, die Sache zu überprüfen. Noch etwas Aufschlussreiches kam zutage. Mit Ausnahme von Morse nahmen alle Besucher das Abendmahl. Der Kirchenvorsteher, dessen Platz er beinahe okkupiert hatte, trieb sie unauffällig, aber energisch in Richtung Chor und empfing dann – offenbar war das eine geheiligte Tradition – als Letzter selbst das Sakrament. Josephs war Kirchenvorsteher gewesen, Josephs musste am Abend seines Todes als Letzter am Gitter zum Chor gekniet haben. Und Josephs hatte nach Aussage des Pathologen sehr merkwürdige Dinge im Magen gehabt. Konnte es sein, dass Josephs am Altar vergiftet worden war? Ein Priester mit dem Kelch in der Hand, so viel war Morse inzwischen klar geworden, konnte großes Unheil anrichten, wenn er es darauf anlegte;

denn wenn er fertig war, konnte er alle Beweise vernichten, ohne dass ihn jemand daran hinderte. Es gehörte einfach zum Ritual. Kelch ausspülen, abwischen, bis zum nächsten Gebrauch in den Schrank stellen. Unter den Augen so vieler Statisten war das natürlich ein etwas heikles Unterfangen. Doch an dem Abend, an dem Josephs ermordet worden war, hatten sie das Stück bestimmt in kleinerer Besetzung gespielt. Aber halt, auch diese Sache hatte einen Haken. Es schien, dass der Priester selbst den Kelch bis zur Neige leeren musste, und zwar vor der ganzen Gemeinde. Konnte er nicht einfach so tun, als tränke er, nur um das Zeug später wegzukippen? Vielleicht war ja auch der Kelch leer gewesen.

Der Möglichkeiten gab es viele, und Morse' Fantasie schwang sich in Kirchturmhöhen auf, als er aus der kühlen Kirche auf den sonnigen Cornmarket trat.

12

Als Morse am Montagmorgen mit klarem Kopf aufwachte, stellte er einigermaßen erleichtert fest, dass ihm wieder das liebliche Antlitz der Vernunft lächelte. Er beschloss, sich erst einmal in aller Ruhe mit dem Problem zu befassen, statt die Lösung vorwegzunehmen. Im Grunde gab es nur zwei Möglichkeiten. Entweder hatte Lawson diesen Josephs umgebracht und dann, von Reue geplagt, Selbstmord begangen – eine verständliche Reaktion. Oder ein Unbekannter hatte Josephs ermordet und dann, um das Maß vollzumachen, auch noch Lawson auf seine Liste gesetzt. Wahrscheinlicher war Ersteres, besonders falls Lawson sich von seinem Kirchenvorsteher auf irgendeine Weise bedroht fühlte, falls der Dolch in Josephs' Rücken Lawson gehört hatte und falls Lawson in den Wochen vor Josephs' Tod wie auch in den Wochen danach Kummer oder Sorgen hatte erkennen lassen. Was Morse jetzt fehlte, war ein Gesprächspartner. Irgendjemand musste einiges über diese dreifachen »falls« wissen. Und so klopfte er um Viertel vor zehn etwas zögernd an der Manning Terrace Nummer 14. Zögernd erstens deshalb, weil es ihm widerstrebte, den Eindruck zu erwecken, er laufe der schönen Ruth Rawlinson nach, und zweitens, weil er nicht wusste, ob er an die richtige Tür geklopft hatte, denn die beiden nebeneinanderliegenden Eingänge waren mit 14 A und 14 B bezeichnet. Es sah aus, als sei das Haus erst vor Kurzem umgebaut worden. Eine der Türen musste unmittelbar ins Obergeschoss, die andere ins Parterre führen.

»Es ist offen«, ließ sich eine Stimme hinter der Tür von 14 A vernehmen. »Weiter komme ich nicht.«

Ausnahmsweise hatte er auf Anhieb das Richtige getroffen. Ein schmaler teppichbelegter Gang mündete in zwei Stufen (die Treppe war unmittelbar hinter einer Zwischenwand links, und durch den Umbau war hier wenig Platz geblieben), und dort, wo die Stufen aufhörten, saß Mrs Alice Rawlinson in ihrem Rollstuhl, einen Gehstock mit Gummizwinge auf dem Schoß.

»Was wollen Sie?«

»Entschuldigen Sie bitte die Störung. Mrs Rawlinson, nicht wahr?«

»Ich hab gefragt, was Sie wollen, Inspector.«

Morse war die Verblüffung offenbar an der Nasenspitze abzulesen.

»Ruthie hat mir von Ihnen erzählt«, erläuterte die alte Dame.

»Ach so. Ich wollte nur wissen, ob –«

»Nein, sie ist nicht zu Hause. Kommen Sie rein.« Sie drehte ihren Stuhl mit geübtem Griff um. »Machen Sie die Tür zu.«

Morse gehorchte und wurde ohne Umstände beiseitegeschoben, als er versuchte, Mrs Rawlinson durch die Tür am Ende des Ganges zu helfen. Sie deutete auf einen Sessel in dem ansprechend eingerichteten Wohnzimmer und hielt mit ihrem Rollstuhl knapp einen Meter vor ihm an. Das Vorgeplänkel war vorbei. Sie ging sofort zum Angriff über.

»Wenn Sie meine Tochter zu einem unmoralischen Wochenende überreden wollen, haben Sie sich verrechnet. Das wollen wir mal gleich klarstellen.«

»Aber Mrs Raw…«

Der gefährlich nah vor seiner Nase geschwenkte Stock brachte ihn zum Schweigen. Aggressive alte Hexe, dachte Morse.

»Ich missbillige vieles an der heutigen Jugend – an jungen Männern, wie Sie einer sind, meine ich –, besonders ihr unerträglich schlechtes Benehmen. Aber ich glaube, dass sie in einem recht haben.«

»Hören Sie, Mrs Raw…« Die Gummizwinge war knapp zehn Zentimeter von seinem Gesicht entfernt, und er verstummte mitten im Wort.

»Sie sind vernünftig genug, miteinander zu schlafen, ehe sie heiraten. Stimmen Sie mir zu?«

Morse nickte schwach.

»Wenn Sie sich auf fünfzig Jahre mit jemandem zusammentun wollen …« Sie schüttelte den Kopf. »Nicht, dass ich fünfzig Jahre verheiratet gewesen wäre.« Die Stimme hatte etwas von ihrer Schärfe verloren, doch nicht für lange. »Aber wie gesagt, Sie können Ruth nicht haben. Ich brauche sie, und sie ist meine Tochter. Ich habe den ersten Anspruch.«

»Ich versichere Ihnen, Mrs Rawlinson, dass ich nicht die leiseste Absicht –«

»Sie wären nicht ihr Erster.«

»Das wundert mich nicht, ich –«

»Sie war ein schönes Mädchen, meine Ruthie.« Das klang sanft, doch die Augen blickten weiterhin scharf und berechnend. »Aber inzwischen ist sie auch nicht mehr ganz taufrisch.«

Morse nahm sich vor, friedlich zu bleiben. Die Alte war wohl schon ein bisschen verkalkt.

»Wissen Sie, was mit ihr los ist?«

Einen Moment dachte Morse angeekelt, sie würde gleich von Hämorrhoiden oder Körpergeruch anfangen, aber sie machte nur ein böses Gesicht und wartete offenbar auf eine Antwort. Er wusste sehr wohl, was mit Ruth Rawlinson los war. Sie war genötigt, sich Tag für Tag mit diesem verbitterten alten Drachen herumzuärgern – das war mit ihr los. »Nein«, sagte er. »Was denn?«

Sie verzog höhnisch die Lippen. »Sie lügen mich an, Inspector. Sie wissen ebenso gut wie ich, was mit ihr los ist.«

Morse nickte. »Stimmt. Ich glaube, ich könnte es nicht sehr lange mit Ihnen aushalten.«

Jetzt brachte die Alte ein richtiges Lächeln zustande. »So langsam erkenne ich den Mann wieder, den Ruthie mir geschildert hat.«

Vielleicht, dachte Morse, ist sie doch nicht so verkalkt, wie ich gedacht habe. »Sie wirken bestimmt manchmal etwas einschüchternd.«

»Immer.«

»Hätte Ruth geheiratet, wenn Sie nicht gewesen wären?«

»Sie hatte Chancen – auch wenn ich von den Männern nicht viel gehalten habe.«

»Echte Chancen?«

Sie wurde wieder ernst. »Eine bestimmt.«

»Ja dann …« Morse machte Anstalten aufzustehen, aber er kam nicht weit.

»Wie war Ihre Mutter?«, fragte sie.

»Gütig und liebevoll. Ich denke oft an sie.«

»Ruthie wäre eine gute Mutter geworden.«

»Dafür ist es noch nicht zu spät.«

»Sie wird morgen zweiundvierzig.«

»Na, hoffentlich backen Sie ihr wenigstens einen Kuchen«, sagte Morse halblaut.

»Was sagen Sie da? Backen? Kochen? Wie denken Sie sich das? Ich komme ja nicht mal bis zur Haustür.«

»Versuchen Sie es denn?«

»Sie werden unverschämt, Inspector. Es wird Zeit, dass Sie gehen.« Aber als Morse aufstand, steckte sie zurück. »Nein, entschuldigen Sie. Setzen Sie sich bitte wieder. Ich bekomme nicht viel Besuch. Geschieht mir ganz recht, werden Sie jetzt denken …«

»Hat Ihre Tochter viel Besuch?«

»Warum fragen Sie?« Ihre Stimme war wieder scharf geworden.

»Nur um Konversation zu machen.« Morse hatte genug von der Alten, aber ihre Antwort nagelte ihn auf dem Sessel fest.

»Sie denken an Josephs, wie?«

Nein, an Josephs hatte er nicht gedacht. »Ganz recht«, sagte er und versuchte, seine Erregung zu verbergen, so gut es ging.

»Der war nicht ihr Typ.«

»Und er hatte eine Frau.«

»Was hat das damit zu tun?«, schnaubte sie. »Bloß, weil Sie selber Junggeselle sind …«

»Wissen Sie das?«

»Ich weiß eine Menge.«

»Wissen Sie, wer Josephs umgebracht hat?«

Sie schüttelte den Kopf. »Ich weiß auch nicht, wer Lawson umgebracht hat.«

»Aber ich, Mrs Rawlinson. Er hat sich selbst umgebracht. Es steht im Bericht des Coroners. Das ist wie beim Cricket.

Wenn der Schiedsrichter sagt, dass Sie ausgeschieden sind, ist daran nichts mehr zu ändern, und Sie können es am nächsten Tag in der Zeitung nachlesen.«

»Für Cricket hab ich nichts übrig.«

»Hatten Sie für Josephs etwas übrig?«

»Nein. Und ich hatte auch für Lawson nichts übrig. Er war homosexuell.«

»Wirklich? Von einer Verurteilung war mir nichts bekannt.«

»Sie sind doch sicher nicht so naiv, wie Sie tun, Inspector.«

»Nein«, sagte Morse.

»Ich hasse Homosexuelle.« Der Stock hob sich drohend, die Hand, die ihn hielt, war von langen Jahren im Rollstuhl kräftig und muskulös. »Ich würde sie mit Wonne alle erwürgen.«

»Und ich würde Sie mit Wonne in die Liste meiner Verdächtigen aufnehmen, Mrs Rawlinson. Aber leider muss Lawsons Mörder – wenn es denn einen gegeben hat – auf den Kirchturm gestiegen sein.«

»Wenn Lawson nicht in der Kirche umgebracht worden ist und *jemand anders* ihn nach oben getragen hat?«

Das war eine Idee. Morse nickte nachdenklich und überlegte, wieso er darauf nicht selbst gekommen war.

»Jetzt muss ich Sie aber leider doch rauswerfen, Inspector. Ich habe heute meinen Bridgenachmittag, und da übe ich vorher gern noch ein paar Tricks.« Auch in diesem Spiel hatte sie alle Tricks eingesetzt und gewonnen, und Morse akzeptierte das.

Ruth schloss ihr Fahrrad ab. Als sie aufblickte, sah sie Morse in der Tür stehen und am Ende des Ganges ihre Mutter im Rollstuhl sitzen.

»Tut mir leid, dass ich Sie verpasst habe«, sagte Morse, »aber ich habe mich nett mit Ihrer Mutter unterhalten.

Eigentlich wollte ich Sie fragen, ob Sie morgen Abend mit mir ausgehen wollen.« Mit dem blassen Gesicht und dem unordentlichen Haar sah sie plötzlich sehr unscheinbar aus, und Morse überlegte einigermaßen ratlos, warum der Gedanke an Ruth ihn derart verfolgt hatte. »Da haben Sie Geburtstag, stimmts?«

Sie nickte zögernd.

»Ihre Mutter sagt, es würde Ihnen guttun, sie freut sich sogar. Nicht wahr, Mrs Rawlinson?« Auch er kannte Tricks.

»Ich würde es gern tun, aber –«

»Kein Aber, Ruthie. Der Inspector hat ganz recht, ich finde, es würde dir sehr guttun.«

»Dann hole ich Sie gegen sieben ab«, sagte Morse.

Ruth griff sich ihr Einkaufsnetz und trat zu Morse auf die Schwelle. »Schönen Dank, Mutter, das ist lieb von dir. Aber leider kann ich Ihre Einladung nicht annehmen. Ich bin nämlich schon verabredet.«

Das Leben geht oft seltsame Wege. Noch vor ein paar Sekunden war sie ihm vorgekommen wie ein hässliches Entlein. Und jetzt hatte er den Eindruck, dass ihm ein Preis entgangen war, den er schon zum Greifen nah vor sich gesehen hatte. Der morgige Tag hatte allen Glanz verloren. So sah es auch Ruth. Aber das konnte Morse nicht wissen.

13

Was, zum Teufel, wollen Sie denn hier?«, knurrte Chief Inspector Bell. Ein vierzehntägiger Urlaub in Malaga, der mit einem Streik des spanischen Hotelpersonals zusammengefallen war, hatte ihn nicht in die beste Laune versetzt, und die Fälle, denen er mit Vergnügen den Rücken gekehrt hatte, waren natürlich in der Zwischenzeit nicht von seinem

Schreibtisch verschwunden. Aber er kannte Morse gut, sie waren alte Sparringspartner.

»Noch viel Betrieb in den spanischen Puffs?«

»Ich hab in Familie gemacht, Mann.«

»Erzählen Sie ein bisschen von dieser Lawson-Sache.«

»Ich werde mich hüten. Der Fall ist abgeschlossen und geht Sie nichts an.«

»Was machen die Kinder?«

»Undankbare Bande. Die nehm ich nie wieder mit.«

»Der Fall Lawson ist also abgeschlossen?«

»Abgeschlossen und archiviert.«

»Aber es kann doch nichts schaden, wenn –«

»Ich hab den Schlüssel verloren.«

»Kinder sind immer undankbar.«

»Meine besonders.«

»Wo sind die Akten?«

»Was wollen Sie denn wissen?«

»Zunächst mal, wer Josephs umgebracht hat.«

»Das war Lawson.«

Morse blinzelte überrascht. »Ist das Ihr Ernst?«

Bell nickte. »Das Messer, mit dem Josephs ermordet worden ist, gehörte Lawson. Seine Putzfrau hat es ein paar Mal auf seinem Schreibtisch im Pfarrhaus gesehen.«

»Aber Lawson war doch gar nicht in Josephs' Nähe, als …« Morse unterbrach sich, und Bell fuhr fort:

»Josephs war schon fast tot, als er das Messer in den Rücken bekam. Akute Morphiumvergiftung am Tisch des Herrn, so heißt es. Josephs war Kirchenvorsteher und immer der Letzte beim Abendmahl. Liegt doch auf der Hand, dass …«, Morse hörte nur halb auf Bells – nein, auf seine eigene Erklärung, »… gehört einfach zum Ritual. Den Kelch ausspülen, abwischen und bis zum nächsten Mal in den Schrank stellen. Kinderleicht. Aber Beweise haben wir keine.«

»Aber wie hat Lawson –?«

»Er steht vor dem Altar und wartet, bis der letzte Choral zu Ende geht. Er weiß, dass Josephs wie immer in die Sakristei gegangen ist, um die Kollekte zu zählen, und glaubt, dass er bewusstlos, inzwischen wohl schon tot ist. Aber plötzlich ruft Josephs um Hilfe, und Lawson rauscht in seiner Batman-Kluft –«

»Messgewand«, sagte Morse halblaut.

»– durch die Kirche und verdeckt ihn mit diesem Ding. Die anderen Besucher – viele sind es sowieso nicht – hält er von der Sakristei fern, lässt Hilfe holen, und als er allein ist, stößt er Josephs vorsichtshalber das Messer in den Rücken.«

»Ich dachte, die Kollekte wurde entwendet?«

Bell nickte. »Einer dieser Penner hat an dem Gottesdienst teilgenommen. Lawson hatte sich gelegentlich um ihn gekümmert, ihn im Pfarrhaus aufgenommen, ihm was von seinen alten Sachen gegeben und dergleichen. Der Penner hatte am Altar neben Josephs gekniet.«

»Er könnte das Gift in den Wein getan haben.«

Bell schüttelte den Kopf. »Sie sollten gelegentlich zur Kirche gehen, Morse. In dem Falle hätte nicht nur Josephs, sondern auch Lawson dran glauben müssen. Der Pfarrer muss den Rest des Weins austrinken, der noch im Kelch ist. Morse, ich glaube, Sie werden alt.«

»Aber die Kollekte ist jedenfalls weg«, sagte Morse matt.

»Ja, die hat bestimmt dieser Penner mitgehen lassen, Swan oder so ähnlich. Der hat das Geld in der Sakristei gesehen und es sich unter den Nagel gerissen.«

»Haben Sie nicht eben gesagt, dass Lawson die anderen ferngehalten hat?«

»Zunächst ja.«

Morse wirkte nicht sehr überzeugt, aber Bell fuhr munter fort: »Nach allem, was man so hört, ein durchaus gebildeter

Typ, dieser Penner. Wir haben natürlich einen Steckbrief rausgeschickt. Aber diese Burschen sehen sich alle ähnlich, unrasiert und mit langen Haaren. Auch wenn wir ihn finden würden, könnten wir ihn nur wegen Diebstahls rankriegen, vielleicht auch nur wegen Mundraubs. Es waren höchstens zwei oder drei Pfund. Ironie des Schicksals, wenn man so will. Hätte er Josephs' Taschen durchsuchen können, hätte er fast hundert erwischt.«

Morse stieß einen leisen Pfiff aus. »Das bedeutet aber, dass auch Lawson seine Taschen nicht durchsucht hat. Es heißt ja, dass die Pfarrer heutzutage nicht gerade überbezahlt sind, und Lawson war bestimmt kein Krösus.«

Bell lächelte. »Lawson konnte von Glück sagen, dass er es geschafft hat, ihm das Messer in den Rücken zu stoßen. Da dürften ihm die Taschen ziemlich egal gewesen sein. Im Übrigen könnte man Lawson – mit gewissen Abstrichen – durchaus als Krösus bezeichnen. Ein paar Wochen vor seinem Tod hatte er noch über dreißigtausend Pfund auf seinem Girokonto.«

Diesmal pfiff Morse laut und lange. »Ein paar Wochen vor seinem Tod, sagen Sie ...«

»Ja. Dann hat er fast alles abgehoben.«

»Und weiß man –«

»Nein.«

»Was hat denn der Bankmitarbeiter gesagt?«

»Der darf doch nichts sagen.«

»Und was *hat* er gesagt?«

»Lawson habe ihm erzählt, er wolle eine anonyme Spende für einen wohltätigen Zweck leisten und brauche deshalb Bargeld.«

»Wohltätiger Zweck? Es darf gelacht werden.«

»Es gibt eben noch großherzige Menschen auf der Welt.«

»Hat er das Bargeld vor oder nach dem Mord an Josephs abgehoben?«

Zum ersten Mal ließ Bell Anzeichen von Unbehagen erkennen. »Vorher.«

Morse schwieg einen Augenblick. Die neuen Informationen wollten sich nicht so ohne Weiteres in das Muster einfügen. »Was für ein Motiv hatte Lawson für den Mord an Josephs?«

»Erpressung vielleicht?«

»Hatte Josephs ihn irgendwie in der Hand?«

»Kann sein. Es gab da gewisse Gerüchte.«

»Ja?«

»Bei Fakten ist mir wohler.«

»Hat Lawson die Chorknaben gevögelt?«

»Sie drücken sich immer so gewählt aus.«

»Na, dann rücken Sie mal raus mit Ihren Fakten.«

»Lawson hatte ein paar Wochen vorher einen Scheck über zweihundertfünfzig Pfund für Josephs ausgeschrieben.«

»Verstehe«, sagte Morse nachdenklich. »Was noch?«

»Sonst nichts.«

»Kann ich die Akten einsehen?«

»Natürlich nicht.«

Morse verbrachte die nächsten Stunden in Bells Büro mit der Durchsicht der Unterlagen.

Wenn man den chronischen Personalmangel berücksichtigte, waren die Ermittlungen im Fall Josephs und im Fall Lawson recht sorgfältig durchgeführt worden. Allerdings gab es da ein paar überraschende Lücken. So wären zum Beispiel die Aussagen aller Besucher aufschlussreich gewesen, die an dem Abend, an dem Josephs gestorben war, am Gottesdienst teilgenommen hatten, aber offenbar waren die meisten gar keine Gemeindemitglieder gewesen – unter anderem hatten auch mehrere amerikanische Touristen teilgenommen –, und Lawson hatte ihnen ganz harmlos erklärt, ihre weitere Anwesenheit sei nicht erforderlich. Verständlich, gewiss, aber sehr leichtsinnig und inkorrekt. Unterstellen wir mal, überlegte Morse, Lawson habe gar keinen Wert darauf gelegt, dass die Zeugen der Polizei alles erzählten, was sie gesehen hatten. Manchmal waren es gerade diese Details, diese kleinen Unstimmigkeiten … Von den gewissenhaft abgefassten, sauber getippten Aussagen las Morse nur eine gründlicher. Sie trug die krakelige Unterschrift von Mrs Emily Walsh-Atkins, die bestätigte, dass es sich bei dem Toten um Lawson gehandelt habe.

»Haben Sie das alte Mädchen verhört?«, fragte Morse und schob das Protokoll über den Tisch.

»Nicht persönlich.«

Bisher hatte Bell ein, zwei Längen Vorsprung gehabt, aber Morse hatte den Eindruck, dass er zügig aufholte. »Sie ist blind wie ein Maulwurf, haben Sie das gewusst? Komische Art von Identifizierung. Ich hab sie vor Kurzem kennengelernt, und da …«

Bell sah langsam von dem Bericht auf, den er gerade las. »Wollen Sie damit sagen, dass der Typ, der über der Einfriedung hing, als wir kamen, nicht Lawson war?«

»Ich sage nur, dass Sie wohl ziemlich verlegen um Zeugen waren, wenn die alte Dame zur Identifizierung herhalten musste. Wie gesagt, sie ist –«

»– blind wie ein Maulwurf, genauso hat es mein Sergeant Davies auch ausgedrückt. Aber nehmen Sie es ihr nicht krumm, dass sie mitspielen wollte, so was Aufregendes ist ihr bestimmt in ihrem ganzen Leben nicht passiert.«

»Aber das bedeutet doch nicht –«

»Jetzt mal langsam, Morse. Für die Leichenschau brauchten wir nur eine Identifizierung, also haben wir auch nur sie als Zeugin benannt. Aber wir hatten noch einen zweiten Zeugen in Reserve, und der ist bestimmt nicht blind wie ein Maulwurf, sonst würde er sich nämlich verdammt schwertun, auf seiner Orgel Stücke in dis-Moll zu spielen.«

»Verstehe.« Aber Morse verstand überhaupt nichts mehr.

Was hatte Morris an diesem Vormittag in der Kirche zu suchen gehabt? Ruth Rawlinson würde es wissen. Ruth, die heute Geburtstag hatte und vermutlich gerade dabei war, sich für einen anderen in Schale zu werfen.

»Warum war Morris an dem Vormittag in der Kirche?«

»Wir leben in einem freien Land, Morse. Vielleicht war ihm gerade danach.«

»Haben Sie festgestellt, ob er an dem Tag Orgel gespielt hat?«

»Hat er.« Bell war wieder obenauf – eine seltene Erfahrung bei einem Gespräch mit Morse.

Als Morse weg war, sah Bell minutenlang tatenlos aus dem Fenster. Morse war ein schlauer Hund. Mit einigen Fragen hatte er ihn ziemlich in Bedrängnis gebracht. Aber Unklarheiten gab es bei jedem Fall. Er versuchte, sich mit anderen Dingen zu beschäftigen, aber ihm war heiß, und er schwitzte. Sah ganz danach aus, als ob er sich eine Erkältung eingefangen hatte.

Ruth Rawlinson hatte Morse angeschwindelt. Das heißt, nicht direkt angeschwindelt. Sie war an ihrem Geburtstag tatsächlich abends verabredet, aber zum Glück nicht sehr lange. Danach könnte sie sich mit Morse treffen, falls er noch Lust hatte, mit ihr auszugehen.

Um drei blätterte sie nervös unter M in dem blauen Telefonbuch von Oxford und Umgebung. Sie fand nur einen Morse, wohnhaft in Nord-Oxford. Morse, E. Sie wusste nicht, wie er mit Vornamen hieß, und überlegte kurz, wofür wohl das E stehen mochte. Gegen jede Vernunft hoffte sie bei den ersten Klingeltönen, dass er nicht zu Hause war. Je länger sie es klingeln ließ, desto sehnsüchtiger wünschte sie sich, er möge abnehmen.

Aber er nahm nicht ab.

14

Morse ging an Christ Church vorbei zum Cornmarket. Die Tür zum Carfax-Turm stand offen, ein Schild lud die Touristen ein, hinaufzusteigen und das Panorama von Oxford zu bewundern. Auf dem Turm sah er vier oder fünf Personen stehen, die sich dunkel gegen den Himmel abhoben und auf die eine oder andere Sehenswürdigkeit deuteten. Ein Jugendlicher saß auf der Brüstung und stemmte einen Stiefel gegen die nächstgelegene Zinne. Morse merkte, wie leichte Panik in ihm aufstieg. Er senkte den Blick und ging weiter. Während er sich in die kleine Schlange an der Bushaltestelle vor Woolworth einreihte, dachte er an das gerade Gelesene, an die Lebensläufe von Josephs und von Lawson, die Berichte über ihren Tod und die polizeilichen Ermittlungen. Aber im Augenblick wollte sich kein weiterer Gedankenblitz einstellen. Er wandte sich zur St. Giles und sah zum Turm von St. Frideswide's hinauf. Da oben stand natürlich niemand … Moment mal. War vor Kurzem jemand dort oben gewesen? Plötzlich kam ihm ein ganz verrückter Gedanke. Aber nein, das konnte nicht sein. In Bells Akte hatte gestanden: »Im November geht immer eine Gruppe Freiwilliger hinauf, um das Laub zusammenzukehren.«

Ein Bus zur Banbury Road hielt, und Morse stieg aufs Oberdeck. Als sie an St. Frideswide's vorbeifuhren, sah er erneut zum Turm hinauf und schätzte seine Höhe. Fünfundzwanzig, dreißig Meter? Die Bäume in der St. Giles hatten diesen fernen Hauch von Grün, der das Aufbrechen der Knospen verkündet. Als der Bus in die Haltebucht vor dem Taylorian Institute einfuhr, schrammte das Dach des Fahrzeugs an den Ästen entlang – und bei Morse klickte etwas.

Wie hoch waren die Bäume hier? Vierzehn, fünfzehn Meter, mehr bestimmt nicht. Wie im Namen der Schwerkraft brachte es dann das Herbstlaub fertig, bis auf den Turm von St. Frideswide's zu tanzen? Natürlich gab es auch hier eine simple Antwort. Die Laubfegebrigade brauchte überhaupt nicht auf den Hauptturm zu klettern, sie machte nur die Dächer über dem Mittelschiff und der Marienkapelle sauber. Und damit wurde der verrückte Gedanke, der ihm gekommen war, noch um einiges verrückter. War nach Lawsons Tod, als Bells Männer bestimmt jedes Blatt und jeden Stein umgedreht hatten, jemand auf dem Turm gewesen?

Der Bus hielt in der Einkaufszone von Summertown. Morse schloss sich dem Exodus der Fahrgäste an. In Bells Unterlagen war ein paar Mal taktvoll Josephs' Schwäche für Pferdewetten erwähnt und die durchaus vernünftige Vermutung geäußert worden (das war vor Bells Besuch bei Josephs' Bank gewesen), dass die hundert Pfund in der Brieftasche des Toten relativ harmloser Herkunft waren, nämlich aus dem Wettbüro in Summertown stammten.

Morse stieß die Tür auf – und erlebte eine Überraschung. Der Raum erinnerte eher an eine Filiale von Lloyds Bank als an überlieferte Bilder eines Buchmacherbüros. An der hinteren Wand lief ein Tresen entlang, über dem ein schmales Gitter angebracht war. Dahinter nahmen zwei junge Frauen Geld entgegen und stempelten Wettscheine. An den anderen Wänden hingen die Rennseiten der Tageszeitungen, schwarze Plastikstühle standen bereit, auf denen die Wetter sich niederlassen konnten, um die Form der Pferde zu studieren, ihre eigene Wahl zu treffen oder sich für die Wahl der Tippgeber zu entscheiden. Im Raum waren etwa fünfzehn Kunden, alles Männer. Sie saßen oder standen herum, beschäftigten sich ernsthaft mit Problemen des Geläufs und des Gewichts der jeweiligen Jockeys und horchten auf die Lautsprecherdurchsagen, die alle paar Minuten Meldungen direkt von den Bahnen brachten. Morse setzte sich und starrte unkonzentriert auf eine Seite des *Sporting Chronicle.* Rechts von ihm drehte ein modisch gekleideter Chinese den Knopf eines an der Wand angebrachten Automaten und riss einen Wettschein ab. Aus dem Augenwinkel sah Morse, was er schrieb: »15.35 Uhr Newmarket. 20 Pfund auf Sieg, *Fiddler.*« Nicht schlecht! Die meisten Wettkunden würden sich wohl mit bescheidenen Einsätzen von fünfzig Pence zufriedengeben. Er beobachtete den Chinesen, der jetzt mit vier knisternden Fünf-Pfund-Noten in der Hand an den Zahlschalter trat, und die junge Frau hinter dem Gitter, die mit dem abgeklärten Gleichmut einer buddhistischen Gottheit das Opfer entgegennahm. Zwei Minuten später ließ sich der Lautsprecher wieder vernehmen, ohne Begeisterung meldete eine unpersönliche Stimme den Start, nach kurzem Schweigen die Reihenfolge der Läufer an der Halbmeilen-Marke, dann den Sieger, den Zweiten, den Dritten. *Fiddler* war nicht dabei. Morse, der als Junge noch die mitreißenden Rennkommentare von Raymond Glendenning erlebt hatte, fand die Ansage entsetzlich nüchtern. Sie klang so unbeteiligt, als würde bei Sotheby's ein Cézanne versteigert.

Der Chinese setzte sich wieder neben Morse und zerriss zierlich, als übe er sich in der Kunst des Origami, seinen Wettschein in kleine Stücke.

»Kein Glück gehabt?«, fragte Morse vorsichtig.

»Nein«, erwiderte der Chinese mit höflich-orientalischem Nicken.

»Haben Sie manchmal Glück?«

»Manchmal.« Wieder das halbe Lächeln, das leichte Nicken.

»Kommen Sie oft her?«

»Ja, oft.« Und, wie als Antwort auf Morse' fragenden Blick: »Sie glauben, ich reicher Mann?«

Morse gab sich einen Ruck. »Ich hab mal einen gekannt,

der war fast jeden Tag hier. Josephs hieß er. Hat einen braunen Anzug getragen. Um die fünfzig.«

»Jetzt hier?«

»Nein. Er ist vor einem halben Jahr ums Leben gekommen. Ermordet worden, der arme Kerl.«

»Ah. Sie meine Harrii. Ja. Armer Harrii. Ich ihn gekannt. Wir oft reden. Er ermordet, ja. Ich traurig. Sehr.«

»Ich habe gehört, dass er manchmal ganz schön abgesahnt hat. Na ja, Glück muss der Mensch haben.«

»Sie irren sich. Harrii sehr viel Pech. Er immer nicht ganz da.«

»Sie meinen, er hat eine Menge Geld verloren?«

Der Chinese zuckte die Schultern. »Vielleicht er reicher Mann.« Die Schlitzaugen richteten sich auf die 16-Uhr-Karte von Newmarket, automatisch ging die Rechte zum Drehknopf.

Wahrscheinlich hatte Josephs ziemlich regelmäßig verloren, und zwar mehr, als er sich mit seiner Arbeitslosenunterstützung leisten konnte. Aber irgendwo, irgendwie war er zu Geld gekommen.

Morse überlegte, ob er auch etwas auf die nächste Wahl des Chinesen setzen sollte, aber so bemüht er auch schielte, er konnte den Namen nicht erkennen. Nachdenklich ging er hinaus, und das war schade, denn wenige Minuten, nachdem Morse seine Wohnungstür aufgeschlossen hatte, stand der kleine Chinese mit einem gar nicht besonders unergründlichen Lächeln am Gewinnausgabeschalter. Mit der englischen Syntax mochte er noch auf Kriegsfuß stehen, aber sein Ausspruch war als Epitaph auf Harry Josephs gar nicht so unpassend: »Er immer nicht ganz da.«

15

Nein, tut mir leid, Inspector, da haben Sie Pech.« Es war zehn nach sieben. Mrs Lewis ließ sich nicht gern bei den *Archers* stören und wünschte, Morse würde entweder hereinkommen oder wieder gehen. »Heute spielt Oxford United, und da ist er hin.«

Am Nachmittag hatte es angefangen zu regnen, und noch immer prasselte es auf die Pfützen in der Einfahrt der Familie Lewis. »Der ist ja verrückt«, sagte Morse.

»Bei ihnen funktioniert er doch ganz gut, Inspector. Kommen Sie herein.«

Morse schüttelte den Kopf, ein Regentropfen fiel ihm von dem unbedeckten Kopf aufs Kinn. »Ich will mal sehen, ob ich ihn finde.«

»Sie sind ja verrückt«, sagte Mrs Lewis halblaut.

Morse fuhr vorsichtig durch den Regen nach Headington. Die Scheibenwischer machten bogenförmige Ausschnitte auf der regennassen Windschutzscheibe frei. Dieser verdammte Urlaub brachte ihn ganz durcheinander. Heute hatte ihn am späten Nachmittag in seinem Sessel wieder eine lähmende Lethargie erfasst, die mit jeder Minute schlimmer wurde. Das *Playhouse* bot ihm eine Farce von Joe Orton, die von den Kritikern als klassische Komödie gerühmt worden war. Nichts für ihn. Das *Moulin Rouge* zeigte die feurige Sandra Bergson als Chefin einer sexhungrigen, wilden, unersättlichen Mädchenbande in dem Film »On the Game«. Auch nichts. Niemand konnte es im Augenblick Morse recht machen. Dann war ihm Sergeant Lewis eingefallen.

In der Sandfield Road hatte Morse ohne Mühe einen Parkplatz für den Lancia gefunden. Jetzt ließ er sich von einem knarrenden Drehkreuz ins Stadion schieben. Auf der Westseite standen nur ein paar durchnässte, mit Regenschirmen bewaffnete Figuren, aber auf der überdachten Tribüne am Ende der London Road drängten sich junge Leute mit orange-schwarzen Schals und ließen ihr anfeuerndes »Oxford, hey, hey, hey!« im Stakkatorhythmus über den Platz schallen. Unvermittelt wurde das Flutlicht eingeschaltet, und das nasse Gras glitzerte.

Lautes Gebrüll begrüßte die in blauem Hemd und blauer Hose spielende Heimmannschaft, die sich gegen den schräg einfallenden Regen stemmte. Morse wandte sich um. Hinter ihm war die Haupttribüne, überdacht und unterbesetzt. Er ging zurück zum Eingang und erstand ein Zusatzticket.

Zur Halbzeit hatte Oxford zwei Tore Rückstand, und Morse hatte, so aufmerksam er sich auch umsah, Lewis immer noch nicht entdeckt. Während die Mannschaften das Spielfeld in ein weiches, morastiges Gelände verwandelten, das ihn an Aufnahmen der Schlachtfelder von Passchendaele erinnerte, waren seine Gedanken nicht zur Ruhe gekommen. Eine unwahrscheinliche, unlogische Ahnung hatte sich in seinem Kopf festgesetzt, alle seine Überlegungen kreisten jetzt um den Turm von St. Frideswide's. Dass er selbst nicht imstande war zu überprüfen, wie es in Wirklichkeit um diese Ahnung bestellt war, ließ sie nur noch glaubhafter erscheinen. Kein Zweifel, er brauchte Lewis dringend.

Unter gellenden Pfiffen kam der Schiedsrichter, dessen schwarze Kluft glänzte wie ein Taucheranzug, wieder heraus, um erneut das Spielfeld zu begutachten. Morse sah auf die Uhr neben der riesigen Anzeigetafel. 20.20 Uhr. Hatte das Warten überhaupt noch einen Sinn?

Eine schwere Hand legte sich von hinten auf seine Schulter.

»Sie sind ja verrückt, Sir.«

Lewis schwang sich über die Banklehne und setzte sich neben seinen Chef.

Morse war hochbeglückt. »Hören Sie, Lewis, ich brauche Ihre Hilfe.«

»Natürlich, Sir, jederzeit. Aber sind Sie nicht –«

»Jederzeit?«

Die Frage wirkte sichtlich ernüchternd. »Sie meinen doch nicht etwa …« Natürlich wusste er ganz genau, was Morse meinte.

»Das Match habt ihr sowieso verloren.«

»Ja, wir haben in der ersten Halbzeit ein bisschen Pech gehabt …«

»Sind Sie eigentlich schwindelfrei?«, fragte Morse.

Wie die Straßen um das Stadion herum war auch die St. Giles ziemlich leer, und sie konnten beide Wagen vor dem St. John's College parken.

»Wie wärs mit einem Beefburger, Lewis?«

»Nein, danke, Sir. Meine Frau hat bestimmt Chips gemacht.«

Morse lächelte zufrieden. Es tat gut, wieder im Geschirr zu sein, und es war schön, an Mrs Lewis' Chips erinnert zu werden. Selbst der Regen hatte nachgelassen. Morse hob den Kopf und atmete tief ein, ohne auf Lewis' wiederholte Fragen nach ihrer nächtlichen Mission einzugehen.

Hinter dem großen Westfenster von St. Frideswide's leuchtete es mattgelb, man hörte gedämpft melancholischen Orgelklang.

»Gehen wir zur Kirche?«, fragte Lewis. Wortlos schob Morse den Riegel der Tür am Nordportal zurück und trat ein. Links von ihnen stand eine bunt bemalte Statue der Heiligen Jungfrau im flackernden Licht vieler Kerzen. Einige waren schlank und schon fast heruntergebrannt, andere waren dick und stämmig und würden noch die ganze Nacht brennen. Kaleidoskopartig beleuchteten sie die von stiller Heiterkeit geprägten Züge der Muttergottes.

»Coleridge hatte großes Interesse an Kerzen«, sagte Morse. Aber ehe er Lewis diese rätselhafte Aussage verdeutlichen konnte, tauchte aus der Düsternis eine hochgewachsene, schattenhafte Gestalt in schwarzer Kutte auf.

»Tut mir leid, aber der Gottesdienst ist schon vorbei.«

»Umso besser«, sagte Morse. »Wir wollen auf den Turm.«

»Wie bitte?«

»Wer sind Sie?«, fragte Morse schroff.

»Der Küster. Und auf den Turm können Sie nicht.«

Zehn Minuten später setzte Morse, bewaffnet mit den Schlüsseln und der Taschenlampe des Küsters und dessen Lamento noch im Ohr, die ganze Sache sei absolut gegen die Vorschriften, den Fuß auf die unterste Stufe einer schmalen, steilen Wendeltreppe, die sich in engen Windungen zum Turm hochschraubte. Lewis war dicht hinter ihm. Morse ließ den Strahl der Lampe vor sich herwandern, biss, vor Angst und Anstrengung immer kurzatmiger werdend, die Zähne zusammen und kletterte weiter. Fünfundfünfzig, sechsundfünfzig, siebenundfünfzig. Auf der dreiundsechzigsten Stufe tauchte links ein kleines, schmales Fenster auf. Morse machte die Augen zu und drückte sich noch enger an die rechte Wand. Nach weiteren zehn Stufen – er zählte noch immer gewissenhaft – beschloss er unwiderruflich, nach dem nächsten Schritt kehrtzumachen und Lewis ein Bier im *Randolph* zu spendieren. Kalter Schweiß stand ihm auf der Stirn, und die Vertikale und Horizontale gerieten auf beängstigende Weise in schiebende, gleitende Bewegung. Er wünschte sich nur noch eins: Fest mit beiden Beinen auf der Erde zu stehen, vor diesem grauenhaften Turm, und den so herrlich irdischen Verkehr auf der St. Giles zu beobachten. Zu stehen? Ach was, zu sitzen, zu liegen, mit allen Gliedern die trostreichen Konturen von Mutter Erde zu umfassen.

»Hier, Lewis, nehmen Sie mal die Taschenlampe. Ich – ich komme gleich nach.«

Lewis kletterte leichtfüßig und sicher, immer zwei Stufen auf einmal nehmend, in die ragende Schwärze hinein. Morse folgte ihm. Die Glockenstube lag hinter ihnen, wieder ein Fenster, wieder der schwindelnde Blick auf die tief unter ihnen liegende Erde. Morse dachte mit größter Willensanstrengung an nichts weiter als an den nächsten Schritt gen Himmel, mit allen Fasern seines Seins konzentrierte er sich wie ein mit lokomotorischer Ataxie Geschlagener auf die körperliche Mühsal, abwechselnd die Füße zu heben.

»So, das hätten wir geschafft«, sagte Lewis munter und richtete die Taschenlampe auf eine kleine Tür unmittelbar über ihnen. »Da gehts wohl zum Dach.«

Die Tür war nicht abgeschlossen. Lewis ging hinaus, während Morse sich schwer atmend auf die Schwelle setzte, den Rücken an den Türpfosten gelehnt, die Hände an der feuchten Stirn. Als er endlich einen Blick in die Runde wagte, sah er die ausgezackte Mauerkrönung des Turms, die sich schwarz gegen den Abendhimmel abhob, sah die dunklen Wolken, die über den blassen Mond hinwegeilten, sah den blassen Mond, der hinter den dunklen Wolken hervorkam, sah den Turm, der sich gegen den Himmel lehnte und ebenfalls hinwegzueilen drohte. Schwindel erfasste ihn, sein Magen krampfte sich zusammen, zweimal würgte er trocken. Hoffentlich, dachte er, hat Lewis das nicht gehört.

Lewis sah von der Nordseite des Turms nach unten auf die breite, baumbestandene St. Giles. In der Tiefe – fünfundzwanzig, dreißig Meter mochten es sein – war gerade noch die spitzenbewehrte Einfriedung vor dem Nordportal zu erkennen, dahinter sah man die mondbeschienenen Gräber auf dem kleinen Friedhof. Er leuchtete mit der Taschenlampe den Turm ab. An der Innenseite der etwa zwölf Meter langen Turmwände zog sich eine Abflussrinne entlang; zwischen der Rinne und dem etwa drei Meter hohen pyramidenförmigen Bleidach, auf dem sich eine hölzerne Stange mit einem etwas windschiefen Wetterhahn erhob, verlief ein schmaler, knapp ein Meter breiter Rundgang.

Er trat in die Tür. »Alles in Ordnung, Sir?«

»Ja, ich bin bloß nicht mehr so fit wie Sie.«

»Wenn Sie da sitzen bleiben, kriegen Sie noch das Zipperlein.«

»Haben Sie was gefunden?«

Lewis schüttelte den Kopf.

»Haben Sie sich überall umgesehen?«

»Sehr gründlich noch nicht. Wollen Sie mir nicht verraten, was wir suchen?« Und als Morse nicht gleich antwortete: »Ist Ihnen nicht gut, Sir?«

»Gehen Sie einmal um den Turm herum, Lewis. Ich – äh – das wird gleich wieder.«

»Was ist denn los mit Ihnen, Sir?«

»Haben Sie keine Augen im Kopf, Sie Blödmann!«, knirschte Morse. »Ich leide an Höhenangst.«

Lewis schwieg. Er hatte schon oft mit Morse gearbeitet und reagierte auf seinen Wutausbruch etwa so, wie er früher auf die verletzend-bösartigen Ausbrüche seiner halbwüchsigen Töchter reagiert hatte. Trotzdem tat es ein bisschen weh.

Er leuchtete mit der Taschenlampe an der Südseite des Turms entlang und machte dann langsam die Runde. Taubenkot lag dick auf dem schmalen Rundgang, und irgendwo auf dieser Seite musste der Abfluss verstopft sein, denn an der Südostecke stand das Wasser mindestens fünf Zentimeter hoch. Lewis hielt sich an der Brüstung fest und versuchte, um die Ostecke zu sehen, aber das Mauerwerk war mürbe und wackelig. Vorsichtig lehnte er sich an die

Schräge des Dachkegels und leuchtete mit der Taschenlampe um die Ecke. »O Gott!«, sagte er leise.

An der Ostseite lag der Körper eines Mannes – allerdings erkannte Lewis bereits in diesem Augenblick, dass nur der zerschlissene, durchweichte Anzug und die Beschaffenheit des Haares darauf hindeuteten, dass es sich um einen Mann handelte. Das Gesicht selbst war fast bis auf den Knochen kahlgefressen. Lewis nahm all seine Willenskraft zusammen und richtete den Strahl seiner Taschenlampe auf dieses Nichtgesicht. Zwei Mal. Das reichte ihm.

16

Am nächsten Mittag saß Morse allein im *Bulldog* gegenüber von Christ Church und las eine Frühausgabe der *Oxford Mail.* Die Schlagzeile und drei Spalten auf der ersten Seite behandelten das Thema ZULIEFERSTREIK TRIFFT MÄNNER IN COWLEY, aber die Meldung LEICHE AUF KIRCHTURM GEFUNDEN war immerhin so dramatisch, dass sie noch einen Platz auf der unteren Hälfte der linken Spalte gefunden hatte. Morse schenkte sich die Lektüre. Er hatte vor zwei Stunden in Bells Büro gesessen, als ein Reporter der *Mail* angerufen hatte. Bell hatte sich zurückhaltend und streng sachlich geäußert. »Nein, wir wissen nicht, wer er ist. – Ja, ich sagte ›er‹. – Wie? Ja, ziemlich lange. – Kann ich im Augenblick nicht sagen. Die Obduktion ist heute Nachmittag. – Nein, ich kann Ihnen nicht sagen, wer ihn gefunden hat. – Ja, sicher, da könnte eine Verbindung bestehen. – Nein, das ist alles. Wenn Sie wollen, können Sie morgen noch mal anrufen, vielleicht hab ich dann mehr für Sie.«

Was, wie Morse fand, eine reichlich optimistische Aussage gewesen war. Er blätterte um und las die Schlagzeile im Sportteil: *United total versackt.* Aber auch diesen Artikel führte er sich nicht zu Gemüte. Er war einigermaßen ratlos und brauchte Zeit zum Nachdenken.

In den Taschen des Toten hatten sie nichts gefunden, und der anthrazitgraue Anzug, die Unterwäsche und der hellblaue Schlips hatten nur mit den Etiketten eines britischen Modegroßkonzerns aufgewartet. Morse selbst hatte es abgelehnt, die »klebrige, stinkende Schweinerei«, wie Bell sich ausgedrückt hatte, zu besichtigen, und hatte die Kaltblütigkeit des Polizeiarztes bewundert, der behauptete, der Mann – wer immer er sein mochte – sei lange nicht so abscheulich anzusehen gewesen wie manche Leichen, die sie in Gravesend aus dem Wasser zu ziehen pflegten.

Eins war klar: Es würde viel Mühe und Arbeit kosten, die Leiche zu identifizieren. Wohlgemerkt – Bell würde es viel Mühe und Arbeit kosten. Und Bell hatte ziemlich ungnädig bemerkt, Morse müsse doch eine Ahnung haben, wer der Mann sei. Schließlich und endlich habe er, Morse, Lewis auf den Turm gescheucht. Und wenn er so sicher gewesen war, dass er da eine Leiche finden würde, musste er sich doch zumindest denken können, um wen es sich handelte.

Aber Morse wusste es wirklich nicht. Dank einer seltsamen Verkettung von Umständen hatten sich seine Überlegungen auf den Turm von St. Frideswide's konzentriert, und er war nur einem Instinkt gefolgt, der sogar seine chronische Höhenangst besiegt hatte. Dass er dort oben eine Leiche finden würde, damit hatte er nicht gerechnet. Oder etwa doch? Als Lewis ihm über das Dach hinweg die Kunde von seinem grausigen Fund zugerufen hatte, war Morse sofort der Obdachlose und seine karge Beute vom Kollektenteller eingefallen. Er hatte sich von Anfang an darüber gewundert, dass es der Polizei nicht gelungen war, ihn zu fassen. Solche Leute waren fast ausschließlich auf Wohltätigkeitsorganisationen und Sozialeinrichtungen angewiesen und amtlicherseits meist bestens bekannt. Konnte es nicht einen sehr einleuchtenden Grund dafür geben, dass die Ermittlungen nicht zum Ziel geführt hatten?

Morse holte sich noch ein Bier und wartete, bis die Trübung sich gesetzt hatte. Als er wieder an seinem Platz war, hatte sich auch in seinem Kopf einiges gesetzt. Es war wohl doch nicht der Obdachlose, den sie gefunden hatten. Dagegen sprach seine Kleidung, besonders der hellblaue Schlips. Hellblau ... Cambridge ... Studenten ... Lehrer ... Morris ... Bell war noch im Büro.

»Wo ist Paul Morris abgeblieben?«, fragte Morse.

»Vermutlich ist er mit Josephs' Frau abgehauen.«

»Aber genau wissen Sie es nicht?«

Bell schüttelte den Kopf. Er sah müde aus. »Wir haben uns die größte Mühe gegeben, aber –«

»Haben Sie die Frau gefunden?«

Wieder schüttelte Bell den Kopf. »Wir sind da nicht allzu forsch rangegangen, Sie wissen ja, wie das ist. Morris unterrichtete an der Schule, an der auch sein Sohn war, und –«

»Dass Morris einen Sohn hat, haben Sie mir nicht erzählt.«

Bell seufzte laut. »Ihre Fragerei kann einem ganz schön auf den Geist gehen. Sie kommen her und präsentieren mir eine neue Leiche, für die ich weitere sechs Mann abstellen muss. Eben erfahre ich, dass sie bei Folly Bridge einen aus dem Fluss gezogen haben. In Jericho machen uns Hausbesetzer Ärger.« Er holte ein Taschentuch heraus und nieste heftig. »Und obendrein krieg ich noch die Grippe. Und da verlangen Sie, dass ich einem Typ nachgehe, von dem bekannt war, dass er sich in schöner Regelmäßigkeit mit Josephs' besserer Hälfte getroffen hat, schon lange vor –«

»Ach ja?«, sagte Morse. »Warum stand das nicht in dem Bericht?«

»Jetzt hören Sie aber auf.«

»Vielleicht hat er Josephs umgebracht. Eifersucht. Ideales Motiv.«

»Verdammt noch mal, er hat an der Orgel gesessen, als –«

Wieder nieste Bell geräuschvoll.

Morse lehnte sich zurück und machte plötzlich ein sehr zufriedenes Gesicht. »Glauben Sie immer noch, dass es Lawson war, der vom Turm gefallen ist?«

»Ich sag Ihnen doch, Morse, er ist von zwei Zeugen identifiziert worden.«

»Ja, ich weiß. Von einer fast blinden Frau und von dem Mann, der mit Brenda Josephs durchgebrannt ist.«

»Hauen Sie ab, Mann.«

»Lassen Sie sich einen guten Rat geben, alter Freund. Wenn Sie mit Ihren Hausbesetzern fertig sind, sollten Sie sich ein paar Leute schnappen und Lawsons Sarg ausbuddeln lassen. Ich vermute – ich vermute, wohlgemerkt! –, dass Sie Lawson darin gar nicht finden.« Er grinste boshaft und wandte sich zum Gehen.

»Das ist eine idiotische Bemerkung.«

»Ach ja?«

»Und so einfach ist das auch nicht.« Jetzt war es an Bell, boshaft zu grinsen.

»Nein?«

»Nein. Lawson ist nämlich verbrannt worden.«

Morse ließ kaum Überraschung oder Enttäuschung erkennen. »Ich hab mal einen Pfarrer gekannt –«

»Was Sie nicht sagen«, bemerkte Bell bissig.

»– dem hatten sie im Ersten Weltkrieg einen Fuß amputiert. Er saß in einem Panzer fest, und sie mussten den Mann schnell rausholen, weil das Ding brannte. Und da haben sie seinen Fuß drin gelassen.«

»Sehr interessant.«

»Als ich ihn kennenlernte, war er schon sehr alt«, fuhr Morse fort. »Stand mit einem Fuß im Grab, sozusagen.«

Bell schob seinen Stuhl zurück. »Das können Sie mir gelegentlich mal erzählen.«

»Ja, und als das Gespräch auf die Vor- und Nachteile von Erd- und Feuerbestattungen kam, sagte der alte Knabe, ihm sei ziemlich egal, was sie mit ihm anstellten. Er habe gewissermaßen einen Fuß in beiden Lagern.«

Bell schüttelte einigermaßen ratlos den Kopf. Was zum Teufel sollte das bedeuten?

»Sagen Sie, wie hieß der Sohn von Paul Morris mit Vornamen?«

»Peter, glaube ich. Warum –«

Aber Morse zog ab, ohne Bell aufzuklären.

Am Ende des Cornmarket stand die Ampel auf Rot, und während Morse wartete, sah er wieder einmal zu dem Turm von St. Frideswide's hoch, betrachtete das große Westfenster, das gestern Abend mattgelb durch die Dunkelheit geleuchtet hatte, als er und Lewis … Einem plötzlichen Impuls folgend, bog er in die Beaumont Street ein und parkte vor dem *Randolph.* Sofort stürzte sich ein livrierter junger Schnösel auf ihn. »Hier können Sie Ihren Wagen nicht stehen lassen.«

»Ich kann den Scheißwagen stehen lassen, wo ich will«, fuhr Morse ihn an. »Und beim nächsten Mal sagst du ›Sir‹ zu mir, verstanden?«

Die Tür am Nordportal war abgeschlossen, und ein Schild verkündete: »Aufgrund einiger mutwilliger Zerstörungen im Laufe der letzten Monate sind wir zu unserem Bedauern genötigt, an Wochentagen die Kirche in der Zeit von 11.00 bis 17.00 Uhr für Besucher geschlossen zu halten.« Morse hätte am liebsten den ganzen Satz umformuliert, aber er gab sich damit zufrieden, das »aufgrund« auszustreichen und »infolge« darüberzuschreiben.

17

Morse klopfte energisch an die Tür, auf der »Auskunft« stand, machte sie auf und nickte einer sympathisch aussehenden Schulsekretärin zu.

»Kann ich etwas für Sie tun, Sir?«

»Ist der Direktor da?«

»Erwartet er Sie?«

»Glaub ich kaum«, sagte Morse, durchquerte das kleine Büro, klopfte an die nächste Tür und trat ein.

Direktor Phillipson von der Roger Bacon School erwies sich als sehr hilfsbereit.

Paul Morris war offenbar ein hervorragender Musiklehrer gewesen. Er war beliebt bei Lehrern und Schülern, und seine Kandidaten hatten bei Prüfungen stets erfreulich gut abgeschnitten. Als er so plötzlich verschwand, ohne irgendjemandem ein Wort zu sagen, noch dazu mitten im Trimester, stand man zunächst vor einem Rätsel. Phillipson holte seinen Kalender vom Vorjahr heraus. Am 26. Oktober war es passiert, an einem Mittwoch. Morris war morgens zur gewohnten Zeit zur Schule gekommen und dann wahrscheinlich mittags, wie häufig am Mittwoch, zum Essen nach Hause gegangen. Ja, und danach hatten sie ihn nicht mehr gesehen. Sein Sohn Peter hatte nach Schulschluss, um Viertel vor vier, das Gebäude verlassen, und damit war auch er verschwunden. Am nächsten Tag war mehreren Kollegen aufgefallen, dass die beiden nicht da waren, und sicher wäre jemand bei Morris vorbeigefahren, doch da hatte die Polizei angerufen und von dem anonymen Hinweis eines Nachbarn berichtet, Morris habe mit seinem Sohn Kidlington verlassen, um mit einer Mrs Josephs zusammenzutreffen.

(»Mehr brauche ich Ihnen wohl nicht zu erzählen, Inspector!«) Inspector Bell war höchstpersönlich bei Phillipson gewesen, um ihm zu sagen, dass die Polizei sich schon umgehört und in Erfahrung gebracht hatte, dass von Nachbarn in den vergangenen Monaten öfter ein Wagen vor dem Haus von Morris gesehen worden war, bei dem es sich der Beschreibung nach um Mrs Josephs' Allegro hätte handeln können. Aus anderer Quelle war an die Polizei durchgesickert, dass Morris und Mrs Josephs höchstwahrscheinlich schon seit einiger Zeit liiert waren. Jedenfalls hatte Bell ihn, Phillipson, gebeten, die Geschichte herunterzuspielen und irgendetwas zu erfinden, einen Todesfall in der Familie beispielsweise, was als Erklärung für das Verschwinden von Paul Morris herhalten konnte. Eine Vertretung hatte für den Rest des Herbsttrimesters Morris' Stunden übernommen, und für das nächste Trimester war eine neue Lehrerin eingestellt worden. Die Polizei war im Haus gewesen, das Morris möbliert gemietet hatte, und es stellte sich heraus, dass ein Großteil der persönlichen Habe fehlte; seltsamerweise waren noch ziemlich viele Bücher und ein teurer Plattenspieler da. Ja, und das war eigentlich alles. Von da ab hatte Phillipson nichts mehr von der Sache gehört. Soweit er wusste, hatte sich Morris bei niemandem gemeldet. Er hatte keine Referenzen angefordert und würde das unter diesen Umständen vielleicht auch gar nicht tun.

Morse hatte Phillipson nicht unterbrochen, und als er endlich den Mund aufmachte, sagte er etwas ganz Irrelevantes: »Haben Sie in dem Schrank da vielleicht auch Sherry?«

Zehn Minuten später sah Morse im Vorzimmer der Sekretärin über die Schulter. »Stellen Sie gerade einen Scheck für mich aus, Miss?«

»*Mrs.* Mrs Clarke.« Sie spannte das gelbe Blatt aus, legte es mit der Schriftseite nach unten auf den Schreibtisch und funkelte Morse herausfordernd an. Schon beim

Hereinkommen hatte er sich sehr ungehörig benommen, und jetzt –

»Sie sehen reizend aus, wenn Sie wütend sind«, sagte Morse.

Phillipson rief ihr von seinem Zimmer aus zu: »Ich muss jetzt los, Mrs Clarke. Bringen Sie Chief Inspector Morse bitte zum Musiksaal. Und seien Sie so nett, die Gläser abzuwaschen, wenn Sie zurückkommen.«

Mit schmalen Lippen und hochrotem Gesicht ging Mrs Clarke voraus. »Dort hinein«, sagte sie.

Morse drehte sich um, legte ihr freundlich die rechte Hand auf die Schulter und sah sie aus seinen blauen Augen an. »Vielen Dank, Mrs Clarke. Tut mir furchtbar leid, wenn ich Sie geärgert habe. Bitte verzeihen Sie mir.«

Ihr Ärger verflog. Sie wollte schon gehen, als Morse noch eine Frage stellte. »Wann bekommen die Lehrer ihr Gehalt, Mrs Clarke?«

»Am letzten Freitag im Monat. Ich tippe die Schecks immer am Tag vorher.«

»Das vorhin war also kein Gehaltsscheck?«

»Nein. Morgen ist der letzte Tag vor den Ferien, da habe ich noch schnell einen Spesenscheck für Mr Phillipson ausgestellt. Er hatte gestern eine Sitzung in London.«

»Na, hoffentlich hat er nicht geschummelt.«

Sie lächelte. »Nein, Inspector, er ist sehr nett.«

»Nett wie Sie«, sagte Morse.

Errötend wandte sie sich ab, und in Morse regte sich eine Spur von Neid auf Mr Clarke, während er ihr nachsah, wie sie über den Gang verschwand. Am letzten Freitag im Monat, hatte sie gesagt. Am 28. Oktober also. Morris hatte zwei Tage vor der Gehaltszahlung die Schule verlassen. Sehr merkwürdig.

Morse klopfte und betrat den Musiksaal. Mrs Stewart stand sofort auf und machte Anstalten, den Plattenspieler auszuschalten, aber Morse hinderte sie mit einer Handbewegung daran. Er nahm sich einen Stuhl und setzte sich an die Wand. Die kleine Klasse hörte sich Faurés *Requiem* an. Entzückt schloss Morse die Augen und genoss die ätherischen Klänge des »In Paradisum«: … *aeternam habeas requiem* … und schenke dir die ewige Ruhe … Nur zu bald verhallten die letzten Töne, und Morse überlegte, dass vor nicht allzu langer Zeit einige Leute höchst unfreiwillig in den Genuss dieser ewigen Ruhe gekommen waren. Im Augenblick waren es drei, aber er hatte das dunkle Gefühl, dass es bald vier sein würden. Er stellte sich vor und musterte die sieben Mädchen und drei Jungen im Leistungskurs Musik. Er sei mit Ermittlungen über Mr Morris befasst, sagte er, den sie ja alle gekannt hätten. Es seien da gewisse geschäftliche Dinge zu klären, und die Polizei wisse nicht genau, wo Mr Morris abgeblieben sei. Vielleicht könne einer von ihnen ihm weiterhelfen? Die Schüler schüttelten stumm den Kopf. Morse stellte noch eine Reihe von Fragen, auf die sie ebenso stumm reagierten. Zwei oder drei Mädchen waren sehr hübsch, besonders eine mit strahlenden Augen, die hinten saß. Ob da nicht Morris hin und wieder in Versuchung gekommen war?

Morse wechselte unvermittelt die Taktik und nahm einen blässlichen, langhaarigen Knaben in der ersten Reihe aufs Korn. »Kannten Sie Mr Morris?«

»Ich?« Der Knabe schluckte. »Ich habe zwei Jahre Unterricht bei ihm gehabt, Sir.«

»Wie haben Sie ihn genannt?«

»Ja, ich … Mr Morris …« Die anderen grinsten, als habe Morse nicht alle Tassen im Schrank.

»Sie haben ihn nie anders genannt?«

»Nein.«

»Sie haben ihn nie mit ›Sir‹ angeredet?«

»Doch, natürlich, aber –«

»Sie scheinen den Ernst der Lage noch nicht erfasst zu haben, mein Junge. Ich wiederhole die Frage. Wie haben Sie ihn sonst noch genannt?«

»Ich weiß nicht recht, wie Sie das meinen …«

»Hatte er keine Beinamen?«

»Na ja, die meisten Lehrer – «

»Wie lautete sein Spitzname?«

Einer seiner Mitschüler sprang in die Bresche. »Manche haben ihn ›Fatzke‹ genannt.«

»Ja, das ist mir bekannt. Und warum wohl?«

Jetzt meldete sich eins der Mädchen zu Wort, ein ernsthaftes Wesen mit einer breiten Lücke zwischen den Schneidezähnen und einem merklichen Lispeln. »Er hat sich immer sehr nett angezogen, Sir.« Die anderen Mädchen kicherten und flüsterten und stießen sich verständnisvoll an.

»Möchte sonst noch jemand etwas dazu sagen?«

Jetzt nahm der dritte Junge das Thema auf. »Er hatte immer einen Anzug an, und die meisten Lehrer … na ja, die meisten haben Bärte, die Männer, meine ich (lautes Gelächter), und tragen Jeans und Pullis und so. Aber Mr Morris hat immer einen Anzug angehabt und hat … na ja, immer richtig smart ausgesehen.«

»Was für Anzüge waren denn das, die er angehabt hat?«

»Dunkle Anzüge«, ließ sich derselbe Junge vernehmen. »Wie für 'ne Party. Und da haben wir ihn eben ›Fatzke‹ getauft.«

Die Pausenklingel schrillte, und die Schüler griffen nach ihren Büchern und Ringheftern.

»Und seine Schlipse?«, fragte Morse. Aber der psychologisch günstige Moment war vorbei. Die Farbe von Morris' Schlipsen war offenbar dem kollektiven Gedächtnis entfallen.

Während er über die Auffahrt zu seinem Wagen ging, überlegte Morse, ob er noch mit dem einen oder anderen

Lehrer sprechen sollte, aber er hatte nicht genug in der Hand und beschloss, erst den Bericht des Pathologen abzuwarten.

Er hatte gerade den Motor angelassen, als ein junges Mädchen vor dem Fenster an der Fahrerseite erschien. »Hallo«, sagte er. Es war das Mädchen aus der hintersten Reihe, die mit den strahlenden Augen. Sie lehnte sich vor. »Sie haben doch nach den Schlipsen gefragt. Mir ist einer eingefallen, Sir. Den hat er oft getragen. Hellblau. Hat gut zu den Anzügen gepasst.«

Morse nickte verständnisvoll. »Das hilft mir schon weiter. Herzlichen Dank.« Er sah zu ihr hoch, und erst jetzt fiel ihm auf, wie hochgewachsen sie war. Im Sitzen sahen sie alle etwa gleich groß aus, als sei die Größe nicht so sehr von den Gesamtmaßen abhängig, sondern von der Länge der Beine. In diesem Fall zweier sehr schöner Beine. »Haben Sie Mr Morris gut gekannt?«

»Nein, gut eigentlich nicht.«

»Wie heißen Sie?«

»Carole. Carole Jones.«

»Ja, dann schönen Dank noch mal, Carole. Und alles Gute.«

Carole ging nachdenklich zum Haupteingang zurück und zu ihrer nächsten Stunde. Sie überlegte, warum sie sich so oft von älteren Männern angezogen fühlte. Männern wie diesem Inspector. Und Mr Morris. Sie dachte daran, wie sie zusammen in seinem Wagen gesessen hatten. Wie seine Hand leicht über ihre Brüste gestreift war und ihre Linke sich sanft zwischen die Knöpfe seines weißen Hemdes geschoben hatte – unter den hellblauen Schlips. Und wie sie auf seine Einladung hin zu ihm gekommen war und er sie an der Tür abgefertigt hatte. Er habe gerade unerwartet Besuch bekommen, hatte er gesagt, und würde sich bei ihr melden. Sehr bald. Aber er hatte es nie getan.

18

Am nächsten Morgen holte das Läuten des Telefons neben seinem Bett Morse aus dem Schlaf. »Mich haben die Kollegen aus Oxford angerufen«, ließ sich Superintendent Strange von der Thames Valley Police vernehmen. »Liegen Sie noch im Bett?«

»Aber nein. Ich tapeziere gerade das Badezimmer, Sir.«

»Ich denke, Sie haben Urlaub.«

»Man muss ja seine Freizeit nutzbringend – «

»Mit nächtlichen Kletterpartien auf Kirchturmspitzen zum Beispiel?«

»Das wissen Sie?«

»Ich weiß noch mehr, Morse. Bell hat die Grippe. Und da Sie offenbar den Fall sowieso schon übernommen haben, wollte ich fragen, ob Sie – na ja, den Fall übernehmen wollen. Offiziell, meine ich.«

Morse setzte sich kerzengerade auf. »Das hört man gern, Sir. Wann – «

»Sofort. Am besten arbeiten Sie von St. Aldates aus, die haben alle Akten, und Sie können Bells Büro nehmen.«

»Kann ich Lewis haben?«

»Ich denke, den haben Sie schon.«

Morse strahlte. »Vielen Dank, Sir. Ich zieh mir nur schnell was an und – «

»Tapezieren Sie im Schlafanzug, Morse?«

»Nein, Sir, Sie kennen mich doch. Beim ersten Hahnenschrei raus – «

» – und mit den Hühnern zu Bett, ich weiß. Würde uns ganz gut zu Gesicht stehen, wenn Sie diese komische Geschichte aufklären könnten. Also raus aus den Federn, ja?«

Fünf Minuten später erfuhr Lewis die frohe Botschaft. »Was machen Sie heute, alter Freund?«

»Ich hab meinen freien Tag, Sir, ich will mit meiner Frau –«

»Was wollten Sie?«

Der Unterschied zwischen Präsens und Imperfekt war Lewis nicht entgangen. Ganz vergnügt nahm er seine Anweisungen entgegen. Besuche bei seiner betagten Schwiegermutter waren ihm ohnehin ein Gräuel.

Der Lancia brauchte nur eineinhalb Stunden für die etwa achtzig Meilen nach Stamford in Lincolnshire, wo die Lawson-Sippe seit mehreren Generationen ansässig war. Der Tacho war ein paar Mal über die Fünfundachtzig-Meilen-Marke geklettert. Sie rollten durch Brackley, Silverstone und Towcester, vorbei an Northampton, wanden sich durch Kettering und sahen von Easton Hill auf Stamford herunter, dessen Häuser aus grauem Stein so gut mit den Türmen der vielen alten Kirchen harmonierten. Unterwegs hatte Morse, der bester Laune war, für Lewis den Hintergrund der Morde in St. Frideswide's skizziert. Doch jetzt war der Himmel bleigrau und verhangen, und der Anblick Tausender abgestorbener Ulmen, die in Northamptonshire die Straße säumten, gemahnte sie düster an die Wirklichkeit.

»Es heißt, die Bäume hätten Selbstmord begangen«, hatte Lewis unterwegs gesagt. »Sie sondern eine Art Sekret ab und versuchen –«

»Es ist nicht immer leicht, zwischen Mord und Selbstmord zu unterscheiden«, sagte Morse halblaut.

Am späten Nachmittag hatten die beiden eine recht brauchbare Sammlung von Daten über den toten (und offenbar kaum betrauerten) Lionel Lawson zutage gefördert. Die alten Lawsons hatten zwei Söhne gehabt, Lionel Peter und den anderthalb Jahre jüngeren Philip Edward. Beide hatten mit einem Stipendium eine etwa zehn Meilen entfernte Privatschule besucht, beide hatten während ihrer Schulzeit die Woche über im Internat der Schule gewohnt, die Wochenenden aber bei den Eltern verbracht, die einen kleinen, auf die Restauration alter Bauwerke spezialisierten Handwerksbetrieb führten. Die beiden Jungen waren in der Schule gut zurechtgekommen, wobei Philip offenbar die besseren Anlagen besaß, aber weit weniger Fleiß und Ehrgeiz entwickelte. Nach dem Schulabschluss hatten sie beide achtzehn Monate Wehrdienst absolviert, und in der Army hatte der von jeher ernsthaftere Lionel einen besonders überzeugend psalmodierenden Pater kennengelernt und die Überzeugung gewonnen, er sei zum Seelenhirten berufen. Nach der Entlassung hatte er ein Jahr fleißig zu Hause studiert und war dann in Cambridge zum Theologiestudium angenommen worden. Philip hatte zunächst im Betrieb seines Vaters gearbeitet, für diese Tätigkeit offenbar aber wenig Begeisterung aufbringen können. Schließlich hatte er sich ganz von seinem Elternhaus gelöst und kam nur noch gelegentlich zu Besuch. Doch er hatte kein eigentliches Lebensziel und keinen Beruf, und es bestand wenig Aussicht, dass er das eine oder das andere noch finden würde. Vor fünf Jahren waren Lawson senior und seine Frau auf der Rückreise von einem Urlaub in Südjugoslawien bei dem berühmt-berüchtigten Flugzeugunglück in Zagreb ums Leben gekommen, das Familienunternehmen war verkauft worden, und jeder Sohn hatte etwa fünfzigtausend Pfund netto geerbt.

Morse und Lewis hatten den Tag vorwiegend mit getrennten Ermittlungen verbracht. Erst zu dem letzten Punkt auf ihrer Liste, dem Gespräch mit dem früheren Direktor der Schule, auf die die Lawson-Söhne gegangen waren, kamen sie wieder zusammen.

Dr. Meyers Redeweise verriet den alten Schulmeister,

sie war gemessen und mit reichlich Latein durchsetzt, und seine größte Angst schien zu sein, sich ungenau auszudrücken. »Ein gescheiter Bursche, der Philip. Wäre er nur ein bisschen fleißiger und stetiger gewesen, hätte etwas aus ihm werden können.«

»Sie haben keine Ahnung, wo er jetzt steckt?«

Der alte Herr schüttelte den Kopf. »Lionel war da ganz anders. Er hat geschuftet wie ein Pferd, wenn ich das mal so volkstümlich ausdrücken darf. Sein größter Wunsch war, ein Stipendium für Oxford zu bekommen, aber …« Er unterbrach sich unvermittelt.

Morse half vorsichtig nach. »Wie lange war Lionel in der Oberstufe?«

»Drei Jahre, wenn ich mich recht erinnere. Er hat nach zwei Jahren die Reifeprüfung gemacht und auch bestanden. Kurz danach hat er sich für die Oxford-Aufnahmeprüfung gemeldet, aber ich hatte wenig Hoffnung für ihn. Seine geistige Ausrüstung war nicht … nicht ganz erstklassig. Ich wurde natürlich verständigt. Ein Stipendium könnten sie ihm nicht geben, hieß es, aber seine Leistungen zeigten durchaus vielversprechende Ansätze. Sie rieten ihm, noch ein Jahr anzuhängen und einen zweiten Anlauf zu machen.«

»War er sehr enttäuscht?«

Der alte Herr warf Morse einen durchdringenden Blick zu und brachte bedächtig seine Pfeife wieder in Gang. »Was glauben Sie, Inspector?«

Morse zuckte die Schultern, als messe er der Sache weiter keine Bedeutung bei. »Sie haben vorhin gesagt, er sei sehr ehrgeizig gewesen.«

»Ja, das war er«, sagte der alte Herr nachdenklich.

»Er blieb also noch ein Jahr auf der Schule.«

»Ja.«

Lewis rutschte etwas unbehaglich auf seinem Stuhl herum. Wenn das so weiterging, waren sie frühestens um Mitternacht zu Hause. Es war, als stünden Morse und Meyer am Billardtisch und spielten beide auf Nummer sicher.

Morse machte den nächsten Stoß. »Und dann hat er die Reifeprüfung wiederholt?«

Meyer nickte. »Die Ergebnisse waren nicht ganz so gut wie im Jahr davor, wenn ich mich recht erinnere, aber das hat man öfter.«

»Sie meinen, er hatte mehr Lampenfieber wegen der Oxfordprüfung?«

»Ja, das war wohl der Grund.«

»Aber er hat es wieder nicht geschafft?«

»Ähm … nein.«

Lewis merkte, dass Morse etwas beschäftigte. Hatte er eine heiße Spur? Nein, wohl doch nicht. Morse war aufgestanden und zog seinen Mantel an. »Sonst können Sie mir nichts über ihn sagen?«

Meyer schüttelte den Kopf und machte Anstalten, seine Besucher hinauszubringen. Er war klein und weit über achtzig, aber seine Haltung forderte noch immer Respekt, ja Unterordnung. Lewis hatte gehört, dass Meyer an seiner Schule ein strenges Regiment geführt hatte. Angeblich hatten Schüler und Lehrer gleichermaßen vor ihm gezittert. Nachdem Lewis ihn kennengelernt hatte, konnte er sich das durchaus vorstellen.

»Gar nichts?«, wiederholte Morse, als sie an der Tür standen.

»Nein, mehr kann ich Ihnen nicht sagen.«

Hatte er das »kann« etwas stärker als nötig betont? Lewis fand sich wieder mal nicht zurecht.

Auf der Rückfahrt war Morse zunächst schweigsam. Als er schließlich den Mund aufmachte, konnte sich Lewis nur wieder wundern.

»An welchem Tag ist Lionel Lawson von der Schule abgegangen?«

Lewis sah in seinem Notizbuch nach. »Am 8. November.« Morse nickte nachdenklich. »Sagen Sie mir Bescheid, wenn wir an einer Telefonzelle vorbeikommen.«

Als Morse zehn Minuten später wieder einstieg, sah Lewis ihm an, dass er sehr mit sich zufrieden war. »Bringen Sie mich auch auf den neuesten Stand, Sir?«

»Aber ja.« Morse warf seinem Sergeant einen leicht überraschten Seitenblick zu. »Wir sind doch Partner, wir ziehen an einem Strang. Sehen Sie, der junge Lionel Lawson war ein ehrgeiziger kleiner Streber. Der liebe Gott hatte ihm nicht allzu viel Grips mitgegeben, aber das machte er durch harte Arbeit wieder wett. Er will unbedingt nach Oxford. Warum auch nicht? Es ist ein ehrenwertes Ziel. Der erste Versuch misslingt. Der Junge lässt nicht locker. Er bleibt noch ein Jahr an der Schule und paukt den Prüfungsstoff. Im Herbsttrimester geht er noch mal an die Schule zurück, weil dann die Aufnahmeprüfung fällig ist. Er macht sich zum Endspurt bereit.«

»Und schafft es wieder nicht.«

»Sehr richtig. Aber nicht deshalb, weil er die Prüfung nicht bestanden hätte. Lawson, L., ist am 8. November von der Schule abgegangen, sagen Sie. Dann will ich Ihnen mal was erzählen. In dem Jahr war die Aufnahmeprüfung in der ersten Dezemberwoche, ich habe eben in Oxford angerufen. Und Lawson, L., war nicht zur Prüfung gemeldet.«

»Vielleicht hatte er seine Meinung geändert.«

»Vielleicht nicht ganz freiwillig?«

Lewis begann zu begreifen. »Sie meinen, er ist relegiert worden?«

»Ja, so denke ich mir das. Deshalb war der alte Meyer so zugeknöpft. Er wusste mehr, als er uns sagen wollte.«

»Aber beweisen können wir das nicht.«

»Stimmt. Aber in unserem Beruf braucht man außerdem noch eine Portion Fantasie, und die lassen wir jetzt mal ein bisschen spielen. Warum fliegt ein Junge normalerweise von der Schule?«

»Drogen?«

»Gab es damals noch nicht.«

»Tja, dann weiß ich nicht, Sir. Ich war ja nicht auf einer Privatschule mit Griechisch und Latein. Wir haben die drei Grundfertigkeiten gelernt, Lesen, Schreiben, Rechnen, und damit war Schluss.«

»Uns interessieren drei andere Grundfertigkeiten – Schikanieren, Schlagen, Sex. Lawson, L., war nach allem, was man so hört, ein braver Knabe, und ich kann mir nicht vorstellen, dass sie ihn rausgesetzt haben, weil er schikaniert oder geschlagen hat. Was meinen Sie?«

Lewis schüttelte bekümmert den Kopf. Er kannte das schon. »Sie können so was nicht einfach aus der Luft greifen, Sir, das ist nicht fair.«

Morse zuckte die Schultern. »Dann eben nicht.« Der Tacho stieg auf neunzig Meilen pro Stunde, als der Lancia über die Ortsumgehung von Northampton brauste.

19

Am gleichen Nachmittag gingen gegen halb fünf zwei Männer, von der Carfax her kommend, langsam über die Queen Street. Dem Älteren, etwas Größeren, dessen lang gezogenes, ausdrucksloses Gesicht mit grauen Stoppeln bedeckt war, schlotterte ein alter blauer Nadelstreifenanzug um die hagere Gestalt. In der rechten Hand hatte er eine bauchige Flasche Woodpecker-Apfelwein. Der jüngere, bärtig und ungepflegt, der zwischen Mitte vierzig und Mitte fünfzig sein mochte, trug einen langen, bis zum Hals zugeknöpften Uniformmantel. Die Rangabzeichen waren längst abhandengekommen.

Am Bonn Square gingen sie über den Rasen, der das steinerne Ehrenmal umgibt, und setzten sich auf eine der grün gestrichenen Bänke unter den alten Bäumen. Neben der Bank stand ein Papierkorb aus Draht, aus dem der Jüngere die *Oxford Mail* vom Vortag angelte. Der Ältere schraubte gemächlich die Apfelweinflasche auf, nahm einen kurzen Schluck, wischte mit dem Jackenärmel über den Flaschenhals und reichte sie seinem Begleiter. »Steht was drin?«

»Nee.«

In der Fußgängerzone vor dem Park herrschte lebhafter Betrieb. Passanten strömten durch die Arkaden zwischen dem hellgelben Backsteinbau von Selfridges und dem stumpfgelben Gebäude der Stadtbücherei. Ein paar flüchtige Blicke streiften die beiden auf der Parkbank – Blicke ohne Interesse oder Mitgefühl. In den Büroblocks ging unvermittelt das Licht an. Der Abend hatte begonnen.

»Gib mal her, wenn du fertig bist.«

Wortlos wurde die Zeitung weitergereicht. Die Flasche wechselte in regelmäßigem Rhythmus hin und her. Jeder trank immer nur einen Schluck.

»Das is das Ding, über das sie im Asyl geredet haben.« Der Ältere deutete mit einem hageren, schmutzigen Finger auf die erste Seite. Sein Begleiter antwortete nicht, sondern sah starr zu Boden.

»Sie haben da ’nen Typ auf dem Turm gefunden, direkt gegenüber von …« Aber dann hatte er den Faden verloren. »Armes Schwein«, sagte er schließlich.

»Wir sind alle arme Schweine«, bestätigte der andere. So offen äußerte er sich selten und hüllte sich danach auch gleich wieder in Schweigen. Stumm nahm er eine Dose

Tabak aus einer der großen Taschen des Uniformmantels und begann, eine Zigarette zu drehen.

»Du warst vielleicht damals noch nich hier, aber da is doch einer ermordet worden, wann war das … letztes Jahr irgendwann … ach Mann, mein Gedächtnis … jedenfalls is 'n paar Tage später der Pfarrer vom Kirchturm gehüpft. Komisch, nich?«

Der Jüngere schien die Geschichte nicht weiter bemerkenswert zu finden. Er fuhr von links nach rechts mit der Zunge über das weiße Zigarettenpapier, wiederholte den Vorgang und schob das windschiefe Stäbchen zwischen die Lippen.

»Wie hieß er doch gleich … Herrgott, wenn man älter wird, is das Gedächtnis … Wie hieß er doch gleich …« Er wischte wieder über den Flaschenhals und reichte die Flasche weiter. »Hat den Pfarrer gekannt, war 'n Verwandter oder so. Hat manchmal im Pfarrhaus gewohnt. Erinnerste dich nich an ihn?«

»Nee, ich war doch damals gar nicht hier.«

»War immer im Gottesdienst.« Er schüttelte fast ungläubig den Kopf. »Gehste zur Kirche?«

»Ich? Nee.«

»Und als Kind?«

»Auch nicht.«

Ein gut gekleideter Mann mit Aktentasche und Schirm kam auf dem Weg vom Bahnhof an ihnen vorbei.

»Haben Sie 'n bisschen Knete für 'ne Tasse Tee, Mister?« Für den Jüngeren war es ein langer Satz. Er hätte sich die Mühe sparen können.

»Hab ihn lange nich mehr gesehen«, fuhr der Ältere fort. »Nich mehr, seit der Pfarrer sich runtergeschmissen hat. Warste da, als die Bullen ins Asyl gekommen sind?«

»Nee.«

Der Ältere hustete rasselnd und spuckte einen Klumpen

gelben Auswurf aufs Pflaster. Er fühlte sich müde und krank und dachte an sein Zuhause, an die Hoffnungen seiner frühen Jahre.

»Nichts drin in der Zeitung«, sagte sein Begleiter.

Durch schmale, bläulich verfärbte Lippen pfiff der Ältere jetzt mit der Rührseligkeit des Angetrunkenen leise die Melodie von »Old Folks at Home«. Dann sang er: »Wa-a-ay down upon the –« Plötzlich unterbrach er sich. »Irgendwas mit Swan. *Swanpole,* ja, so hat er geheißen. Komischer Name. Swanny haben wir ihn immer genannt. Haste ihn gekannt?«

»Nee.« Der Jüngere faltete die *Oxford Mail* sorgsam zusammen und steckte sie in den Mantel. »Da musste aber aufpassen, mit deinem Husten«, sagte er mit einer für ihn ungewohnten Redseligkeit.

Der Alte hustete wieder und stand auf. »Ich will mal wieder los. Kommste mit?«

»Nee.« Die Flasche war leer, aber der Mann, der auf der Bank sitzen blieb, hatte Geld in der Tasche, und in seinen Augen stand eine boshafte Genugtuung, nur sah man das nicht, weil sie hinter einer dunklen Sonnenbrille verborgen waren.

Es war kälter geworden, aber daran hatte der Mann auf der Bank sich mittlerweile gewöhnt. Es war mit die erste Lektion gewesen, die er gelernt hatte. Nach einiger Zeit vergisst man, wie kalt einem ist, man akzeptiert es, und dieses Akzeptieren ist wie eine zusätzliche Isolierung. Abgesehen von den Füßen. Ja, abgesehen von den Füßen. Er stand auf und ging über den Rasen, um die Inschriften auf dem steinernen Obelisken zu lesen. Unter den Hornisten und Gemeinen, deren Taten dort verewigt waren, fiel ihm der eigenartige Familienname eines jungen Soldaten auf, der 1897 von den Aufständischen umgebracht worden war. Der Mann hieß Death.

20

Am Freitag der gleichen Woche, nachmittags um halb fünf, schob Ruth Rawlinson ihr Fahrrad in den schmalen Durchgang und lehnte es in dem vollgestopften Geräteschuppen an den Rasenmäher. Hier musste sie bald einmal wieder Ordnung schaffen. Sie nahm eine Plastiktüte vom Gepäckständer und ging zur Haustür. Die *Oxford Mail* steckte im Briefkasten, und sie zog die Zeitung leise heraus.

Die Meldung war heute nur kurz, stand aber immer noch auf der ersten Seite.

LEICHE NOCH IMMER NICHT IDENTIFIZIERT
Die Polizei hat immer noch keinen Hinweis auf die Identität des Toten, der auf dem Turmdach von St. Frideswide's gefunden worden ist. Chief Inspector Morse wiederholte heute, der Tote sei wahrscheinlich Ende dreißig. Er trug einen anthrazitfarbenen Anzug, weißes Hemd und hellblauen Schlips. Zweckdienliche Informationen sind an das Polizeipräsidium in St. Aldates, Oxford 49881, zu richten. Nach den bisherigen Ermittlungen zeichnet sich noch keine Verbindung zu dem noch ungeklärten Mord an Harry Josephs ab, der im vergangenen Jahr in derselben Kirche begangen wurde.

Ruth durchzuckte es unwillkürlich. Zweckdienliche Informationen … Informationen hatte sie genug, mehr als ihr lieb war. Und die belasteten ihr Gewissen täglich mehr. Demnach hatte also jetzt Morse den Fall übernommen …

Während sie aufschloss, wappnete sie sich gegen den erschreckend vorhersehbaren Dialog mit ihrer Mutter.

»Bist du das, Ruthie?«

Wer sonst, dämliche Kuh. »Ja, Mutter.«

»Ist die Zeitung gekommen?«

Weißt du ganz genau. Deinen scharfen alten Ohren entgeht doch kein Rascheln. »Ja, Mutter.«

»Bring sie mit, Liebes.«

Ruth stellte die schwere Tüte auf den Küchentisch, hängte ihren Regenmantel über einen Stuhl und ging ins Wohnzimmer. Sie beugte sich über ihre Mutter und gab ihr einen leichten Kuss auf die eisige Wange, legte ihr die Zeitung in den Schoß und wandte sich zur Gasheizung. »Du stellst sie nie hoch genug, Mutter. Es ist diese Woche viel kälter geworden, und du musst dich warm halten.«

»Wir können schließlich das Geld nicht zum Fenster rauswerfen, Ruthie.«

Fang bloß nicht wieder damit an. Ruth mobilisierte alle Reserven an Geduld und töchterlicher Nachsicht. »Bist du mit dem Buch fertig?«

»Ja, Liebes. Sehr raffiniert geschrieben.« Aber was sie wirklich interessierte, war die Abendzeitung. »Noch was über den Mord drin?«

»Ich weiß nicht. War es denn ein Mord?«

»Sei nicht albern, Ruthie.« Gierig verschlang sie den Artikel. »Der Mann, der hier war, Ruthie – dem haben sie den Fall übertragen.«

»Ach ja?«

»Der weiß mehr, als er rauslässt, das sag ich dir.«

»Glaubst du?«

Die Alte nickte weise. »Du kannst noch das eine oder andere von deiner alten Mutter lernen.«

»Zum Beispiel?«

»Erinnerst du dich an diesen Penner, der Harry Josephs ermordet hat?«

»Wer sagt denn, dass er –«

»Kein Grund, gleich böse zu werden, Liebes. Die Sache

interessiert dich, das merke ich doch. Du hast dir alle Zeitungsausschnitte aufgehoben.«

Neugierige alte Kuh. »Ich hab dir schon einmal gesagt, du sollst nicht in meiner Handtasche herumschnüffeln, Mutter. Eines Tages – «

» – finde ich Sachen, die ich nicht finden soll. Wolltest du das sagen?«

Ruth starrte wütend in die blaue Flammenreihe der Gasheizung und zählte bis zehn. An manchen Tagen wagte sie es neuerdings kaum mehr, den Mund aufzumachen.

»Also das ist er«, sagte ihre Mutter.

»Wie meinst du?«

»Der Mann auf dem Turm, Liebes. Das ist der Penner.«

»Ein bisschen zu gut angezogen für einen Penner, findest du nicht, Mutter? Weißes Hemd und – «

»Ich denke, du hast die Zeitung noch nicht gelesen, Liebes?«, sagte Mrs Rawlinson seidenweich.

Ruth holte tief Atem. »Ich hab nur gedacht, du willst dich lieber selbst informieren.«

»Du fängst an, mich anzuschwindeln, Ruthie. Das muss aufhören.«

Ruth sah sich rasch um. Was sollte das heißen? Ihre Mutter konnte unmöglich wissen … »Du redest Unsinn, Mutter.«

»Du glaubst also nicht, dass es der Penner ist?«

»Ein Penner wäre anders angezogen.«

»Kleidung kann man wechseln.«

»Du liest zu viele Krimis.«

»Man kann doch einen Menschen ermorden und ihn dann umziehen.«

»Unsinn.« Ruth beobachtete ihre Mutter scharf. »So einfach geht das nicht. So wie du es sagst, hört es sich an, als ob man eine Puppe anzieht.«

»Ich weiß, Liebes, es wäre kompliziert. Aber das Leben

steckt voller Komplikationen. Ich sag ja bloß, dass es nicht unmöglich ist.«

»Ich hab bei Sainsbury's zwei schöne Steaks gekauft. Am besten mach ich ein paar Chips dazu.«

»Man könnte einen Menschen auch umziehen, ehe man ihn ermordet.«

»Wie? Sei nicht albern, Mutter. Man identifiziert eine Leiche nicht nach den Sachen, sondern nach dem Gesicht und dergleichen.«

»Und wenn nichts mehr von seinem Gesicht übrig ist, Liebes?«, fragte Mrs Rawlinson unschuldig.

Ruth ging zum Fenster. Sie wollte dieses Gespräch beenden. Es war widerwärtig und machte ihr Angst. Vielleicht war ihre Mutter doch nicht so senil, wie sie gedacht hatte. Ruth sah deutlich den »Penner« vor sich, von dem ihre Mutter gesprochen hatte, den Mann, von dem Ruth wusste – obschon es ihr niemand gesagt hatte –, dass er Lionel Lawsons Bruder war. Ein Parasit, untüchtig und minderwertig, der nach Alkohol, Dreck und Gosse stank. Allerdings nicht immer. Zweimal hatte sie ihn erstaunlich manierlich erlebt, frisch rasiert, mit ordentlich geschnittenem Haar, sauberen Fingernägeln und einem anständigen Anzug auf dem Leib. In diesem Zustand war die Familienähnlichkeit zwischen den beiden Brüdern geradezu frappant.

»… sie mich fragen, was sie zweifellos nicht tun werden …«

Mrs Rawlinson hatte unaufhörlich weitergeschwatzt, aber erst jetzt nahm Ruth ihre Worte wieder auf. »Was würdest du ihnen sagen?«

»Davon red ich doch die ganze Zeit. Hörst du nicht zu, Liebes? Fehlt dir was?«

Ja, eine ganze Menge fehlt mir. Ruhe zum Beispiel. Und wenn du nicht aufpasst, geliebte Mama, werde ich dir eines schönen Tages den Hals umdrehen, dir andere Sachen anziehen, deinen mageren kleinen Körper auf den Turm tragen und den Vögeln zum Fraß vorwerfen. »Was soll mir fehlen? Ich kümmere mich ums Abendessen.«

Schwarze, faulige Flecken kamen unter der Schale der ersten Kartoffel zum Vorschein, und sie griff nach der nächsten. Sie hatte den Beutel gerade erst gekauft. Über dem Slogan »Buy British« prangte ein großer Union Jack. Rot, weiß und blau ... Sie dachte an Paul Morris an der Orgelbank mit seiner roten Kappe, dem weißen Hemd, dem blauen Schlips. An Paul Morris, der nach gängiger Meinung mit Brenda Josephs durchgebrannt war. Was natürlich nicht stimmte. Jemand hatte dafür gesorgt, dass ihm das nicht gelungen war. Jemand, der in diesem Augenblick irgendwo saß und sich an seinem Erfolg weidete. Das Dumme war, dass nicht mehr viele übrig waren. Eigentlich gab es nur noch eine, die eventuell ... Aber nein, Brenda Josephs konnte doch damit nichts zu tun haben. Oder doch?

Ruth schüttelte überzeugt den Kopf und schälte die nächste Kartoffel.

21

Obgleich ihr Mann ohne ihr Wissen einen Kredit auf das Haus in Wolvercote aufgenommen hatte, war Brenda Josephs jetzt finanziell abgesichert, und das Schwesternheim im General Hospital am Rand von Shrewsbury bot ihr eine sehr angenehme Unterkunft. Auf Pauls ausdrücklichen Wunsch hatte sie ihm nicht ein einziges Mal geschrieben und nur diesen einen Brief von ihm bekommen, den sie gewissenhaft unter dem Futter ihrer Handtasche aufbewahrte und den sie fast auswendig kannte: »... und vor allem verlier nicht die Geduld, mein Liebling. Es wird ein bisschen, vielleicht sogar eine ganze Weile dauern, und wir müssen vor allem sehr vorsichtig sein. Bisher brauchen wir uns keine Sorgen zu machen, und so soll es auch bleiben. Hab nur Geduld, dann wird alles gut werden. Ich sehne mich danach, dich wiederzusehen und deinen wunderschönen Körper neben mir zu spüren. Ich liebe dich, Brenda, das weißt du, und bald werden wir ein neues Leben miteinander beginnen können. Sei verschwiegen und unternimm nichts, bis du wieder von mir hörst. Verbrenne diesen Brief sofort.«

Brenda hatte seit halb acht auf der Frauenabteilung der Chirurgie Dienst gemacht. Jetzt war es Viertel nach vier. Den Freitagabend und den ganzen Samstag hatte sie frei. Sie lehnte sich in einem Sessel im Schwesternzimmer zurück und zündete sich eine Zigarette an. Seit sie nicht mehr in Oxford war, führte sie – auch ohne Paul – ein erfüllteres, freizügigeres Leben, als sie je zu hoffen gewagt und als sie es sich je vorgestellt hatte. Sie hatte neue Freundschaften geschlossen, neue Interessengebiete entdeckt. Geschmeichelt nahm sie zur Kenntnis, dass sie noch immer auf Männer wirkte. Schon eine Woche nach ihrer Einstellung (als Referenz hatte sie den Namen der Oberin angegeben, unter der sie vor ihrer Tätigkeit im Radcliffe gearbeitet hatte) hatte einer der jungen verheirateten Ärzte sie gefragt: »Hast du Lust, mit mir ins Bett zu gehen, Brenda?« Einfach so … Sie lächelte, als sie an den Vorfall zurückdachte. Nicht zum ersten Mal ging ihr ein ketzerischer Gedanke durch den Kopf. Hatte sie Paul jetzt eigentlich noch nötig? Und da war noch der Sohn, Peter. Ein netter Junge, aber trotzdem … Sie drückte die Zigarette aus und griff nach dem *Guardian.* Bis zum Abendessen waren es noch eineinhalb Stunden. Die Inflationsrate sah ausnahmsweise einmal günstiger aus, was man von den Arbeitslosenzahlen leider nicht sagen konnte – und sie wusste nur zu gut, was Arbeitslosigkeit einem Menschen antun kann. Die Friedensgespräche im Nahen Osten gingen weiter, aber Bürgerkriege in Afrika bedrohten das heikle Gleichgewicht der Kräfte zwischen den Supermächten. Unter den Inlandsnachrichten, ganz unten auf Seite drei, war eine kurze Meldung über die Entdeckung einer Leiche auf einem Kirchturm in Oxford, aber so weit kam Brenda nicht. Der junge Arzt setzte sich neben sie, sehr nah, aber nicht so nah, dass es ihr unangenehm gewesen wäre.

»Hallo, Schätzchen! Wollen wir das Kreuzworträtsel zusammen lösen?«

Er nahm ihr die Zeitung aus der Hand und holte einen Kugelschreiber aus der Brusttasche seines weißen Kittels.

»Ich bin nicht besonders gut im Kreuzworträtseln«, sagte Brenda.

»Dafür bist du gut im Bett.«

»Wenn Sie – «

»Eins waagerecht. Sechs Buchstaben. ›Frau mit Waffe geht zum Anklagevertreter‹. Was kann das sein?«

»Keine Ahnung.«

»Moment. Wir wärs mit Brenda? Passt doch, oder? Waffe = Bren. D. A. = District Attorney.«

Brenda nahm ihm das Blatt aus der Hand. »Das haben Sie erfunden«, lachte sie.

Er schrieb in Druckbuchstaben BRENDA an den Zeitungsrand und machte Kringel um die Buchstaben B, E und D. »Bett – ein schönes Wort«, sagte er zufrieden. »Was meinst du, ob ich Chancen habe?«

»Sie sind verheiratet.«

»Und du bist durchgebrannt.« Er lächelte verschmitzt. »Es braucht doch keiner zu wissen. Wir gehen rasch auf dein Zimmer, und – «

»Seien Sie nicht albern.«

»Ich bin nicht albern. Kann ich was dafür, dass ich scharf

werde, sobald ich dich in deiner Schwesterntracht sehe?« Er wurde ernst, als zwei junge Schwestern hereinkamen. »Sei nicht böse, wenn ich es immer wieder versuche«, sagte er leise. »Willst du mir das versprechen?«

»Abgemacht«, flüsterte Brenda.

Er wandte sich wieder dem Kreuzworträtsel zu und las ihr das Stichwort für Eins senkrecht vor, aber Brenda hörte nicht hin. Weil sie nicht wollte, dass man sie so dicht an dicht mit dem jungen Arzt sah, ging sie bald unter einem Vorwand auf ihr Zimmer. Dort legte sie sich auf das schmale Bett und sah lange zur Decke. Die Tür ließ sich abschließen, niemand brauchte es zu wissen, er hatte schon recht. Wenn er jetzt anklopfen und sie noch einmal fragen würde, in seiner direkten, unkomplizierten Art, würde sie ihn hereinbitten. Würde sich hinlegen, so wie sie jetzt lag, würde mit Freuden dulden, dass er ihre Tracht aufknöpfte …

Sie war müde, und das Zimmer war überheizt. Der Heizkörper war so heiß, dass man ihn nicht anfassen konnte. Sie döste ein bisschen. Als sie aufwachte, hatte sie einen trockenen Mund. Was hatte sie geweckt? Jetzt hörte sie es wieder – ein leises Klopfen an der Tür. Nach ihrer Uhr war es Viertel vor sechs. Sie brachte ihr Haar in Ordnung, zog die Tracht glatt, fuhr rasch mit einem Lippenstift über den Mund und ging mit leichtem Lampenfieber zu der weiß lackierten Tür.

Hinter dieser Tür fand eine Putzfrau sie am nächsten Morgen. Irgendwie hatte sie sich von der Mitte des kleinen Zimmers bis dorthin geschleppt, hatte vergeblich nach der Türklinke getastet. Der untere Teil des Türblatts war verschmiert von dem Blut, das ihr aus dem Mund gequollen war. Niemand schien genau zu wissen, woher sie kam, doch der Brief, den die Polizei im Futter ihrer Handtasche fand, deutete darauf hin, dass eine sehr enge Beziehung zu einem gewissen Paul bestand oder bestanden hatte, einem

Paul, der als Adresse lediglich Kidlington angegeben und die Adressatin angewiesen hatte, den Brief unverzüglich zu verbrennen.

22

Am Samstagmorgen kam Morse auf Seite zwei des längst überfälligen Obduktionsberichts über die auf dem Turm gefundene Leiche zu dem Schluss, dass er ebenso gut die Chinesische Volkszeitung hätte lesen können. Ein gewisses Maß an Fachausdrücken war wohl unerlässlich, aber ein medizinisch nicht vorgebildeter Zeitgenosse konnte sich in dem Gewirr physiologischer Details unmöglich zurechtfinden. Immerhin war der erste Absatz noch allgemein verständlich ausgedrückt, und Morse reichte den Bericht Lewis hinüber.

Es handelt sich um die Leiche eines weißen Erwachsenen, brachyzephalischer Typ. Größe 1,69. Alter schwer zu schätzen, höchstwahrscheinlich aber zwischen 35 und 40. Haar hellbraun, wahrscheinlich eine Woche vor dem Tod geschnitten. Augenfarbe nicht mehr feststellbar. Zähne auffallend gut, starker Schmelz, nur eine Füllung (Sechser unten links). Besondere Kennzeichen: Nicht feststellbar, allerdings auch nicht auszuschließen. Das größte Hautstück, das aus dem unteren Spann (links) entnommen werden konnte, hat nur die Abmessungen …

Lewis gab den Bericht zurück. Er war nicht scharf darauf, an das Bild erinnert zu werden, das ihm der schmale Strahl der Taschenlampe auf dem Turm gezeigt hatte. Was ihm bevorstand, war schon unerfreulich genug. Er musste sich nämlich mit den Plastiktüten beschäftigen, in denen die

Überreste der Kleidung verwahrt waren, die der Tote getragen hatte. Morse hatte es abgelehnt, sich an diesem unappetitlichen Geschäft zu beteiligen, und ließ nur mäßiges Interesse erkennen, als er seinen Untergebenen befriedigt pfeifen hörte.

»Was haben Sie gefunden, Lewis? Ein Etikett mit seinem Namen und seiner Telefonnummer?«

»So was in der Art, Sir.« Mit einer Pinzette hob Lewis einen Papierstreifen hoch. Es war ein Busfahrschein. »Hat in der Brusttasche der Jacke gesteckt. Fahrschein für dreißig Pence, am 26. Oktober. Dürfte der Fahrpreis von Kidlington nach Oxford sein.«

»Bestimmt inzwischen schon wieder teurer geworden«, brummte Morse.

Lewis' Augen funkelten vor Aufregung. »Das war der Tag, an dem Paul Morris verschwunden ist, stimmts?«

»Daten waren noch nie meine Stärke«, sagte Morse.

Aber jetzt war Lewis voll in Fahrt. »Schade, dass er so gute Zähne hatte, Sir. Wahrscheinlich war er seit Jahren nicht mehr beim Zahnarzt. Trotzdem müsste es möglich sein –«

»Sie setzen da eine Menge als selbstverständlich voraus. Wir haben keinen Beweis dafür, wer der Mann ist. Und bis dahin ...«

»Stimmt. Aber es ist auch sinnlos, vor dem, was klar auf der Hand liegt, die Augen zu verschließen.«

»Und das wäre?«

»Dass der Mann, den wir gefunden haben, Paul Morris ist«, erklärte Lewis überzeugt.

»Nur weil irgendwelche Schulkinder sagen, dass er dunkle Anzüge trug –«

»– und einen blauen Schlips.«

»Schön. Aber deshalb braucht er noch nicht Paul Morris zu sein. Sie treibens schon so schlimm wie ich, Lewis.«

»Glauben Sie, dass ich unrecht habe?«

»Das würde ich nicht sagen. Ich bin vielleicht nur ein bisschen vorsichtiger als Sie.«

Das war nun wirklich zum Totlachen. Morse war, wie Lewis nur zu gut wusste, immer bereit, einen Schuss ins Blaue abzugeben. Und doch schien er jetzt für die Fakten blind zu sein. Ach, was sollte er sich groß aufregen …

Binnen zehn Minuten hatte Lewis festgestellt, dass Paul Morris in der Gemeinschaftspraxis von Kidlington in Behandlung gewesen war, und nachdem er die Leute dort höflich, aber deutlich unter Druck gesetzt hatte, suchte ihm der Seniorpartner der Praxis die Karteikarte heraus.

»Na?«, fragte Morse, als Lewis aufgelegt hatte.

»Passt recht gut. Achtunddreißig, 1,70 Meter, hellbraunes Haar …«

»Passt auf eine Menge Leute. Der typische Durchschnittsmensch.«

»Ich habe fast den Eindruck, als ob Sie überhaupt nicht wissen wollen, wer der Mann ist.« Lewis stand auf und sah Morse ungewohnt verärgert an. »Tut mir ja leid, wenn das nicht zu einer Ihrer schlauen Theorien passt, aber irgendwo müssen wir doch mal anfangen.«

Morse schwieg eine Weile, und als er den Mund aufmachte, schämte sich Lewis seines Ausbruchs.

»Begreifen Sie denn nicht, Lewis, warum ich immer noch hoffe, dass dieser faulende Kadaver nicht Paul Morris ist? Wenn Sie nämlich recht haben, müssen wir uns tummeln. Dann müssen wir die nächste Leiche suchen, alter Freund. Eine Leiche im Alter von etwa zwölf Jahren.«

Der Besitzer der Liegenschaft Home Close 3 in Kidlington hatte, wie Bell, die Grippe, gestattete aber Morse unter wiederholtem Niesen, sich in dem Haus umzusehen, das nach dem Verschwinden von Morris an ein junges Ehepaar mit kleiner Tochter vermietet worden war. Als Lewis klopfte, rührte sich nichts. »Wahrscheinlich einkaufen«, sagte er und setzte sich wieder neben Morse in den Dienstwagen.

Morse nickte und sah sich um. Die Bebauung der kleinen Straße stammte aus den dreißiger Jahren, etwa ein Dutzend Doppelhaushälften aus Backstein, denen man allmählich ihr Alter ansah. Besonders an den hölzernen Zäunen hatte der Zahn der Zeit schon ganz erheblich genagt. »Sagen Sie mal, Lewis, wer hat Ihrer Meinung nach Josephs umgebracht?«, fragte er plötzlich.

»Ich weiß, dass es keine besonders originelle Lösung ist, Sir, aber ich tippe auf den Obdachlosen. Vermutlich war er auf die Kollekte aus, Josephs ist ihm in die Quere gekommen, und da hat er ihn erstochen. Eine andere Möglichkeit – «

»Aber warum hat Josephs nicht Zeter und Mordio geschrien?«

»Er hat ja versucht, um Hilfe zu rufen, Sir. Vielleicht war er über der Orgel nicht zu hören.«

»Könnte sein«, sagte Morse so ernsthaft, als sei ihm plötzlich aufgegangen, dass es nicht unbedingt verkehrt war, sich auch einmal mit dem Naheliegenden zu beschäftigen. »Und was ist mit Lawson? Wer hat den umgebracht?«

»Sie wissen besser als ich, Sir, dass die Mehrzahl der Mörder sich entweder selbst stellt oder Selbstmord begeht. Es kann wohl kaum ein Zweifel bestehen, dass Lawson sich selbst getötet hat.«

»Aber nach Ihrer Theorie hat Lawson Josephs gar nicht umgebracht. Sie sagten eben – «

»Eine andere Möglichkeit, wollte ich sagen, wäre, dass Lawson zwar Josephs nicht eigenhändig umgebracht hat, dass er aber für den Mord verantwortlich war.«

Morse sah seinen Untergebenen mit ungeheucheltem Interesse an. »Ach ja? Das müssen Sie mir schon ein bisschen genauer erklären, da komme ich nämlich nicht mehr mit.«

Lewis gestattete sich ein zufriedenes Lächeln. Es passierte nicht oft, dass Morse das Schlusslicht machte. Meist war er ihm um drei oder vier Längen voraus. »Ich halte es für sehr wahrscheinlich, dass Lawson diesen Obdachlosen dazu gebracht hat, Josephs umzubringen. Wahrscheinlich hat er ihm Geld dafür geboten.«

»Aber warum sollte Lawson Josephs umbringen wollen?«

»Josephs muss ihn irgendwie in der Hand gehabt haben.«

»Und Lawson muss diesen Obdachlosen in der Hand gehabt haben.«

»Ganz recht, Sir.«

Morse sah seinen Sergeant leicht verblüfft an. Er erinnerte sich an seine Aufnahmeprüfung fürs Gymnasium. Da hatte er neben einem Jungen gesessen, dessen Blödheit sprichwörtlich war und der schon das zehnte Anagramm gelöst hatte, während er, Morse, noch über dem dritten brütete.

»Wie ich es sehe«, fuhr Lewis fort, »hat Lawson sich doch rührend um ihn gekümmert, hat ihn verpflegt, gekleidet, untergebracht.«

»Hat gewissermaßen den Bruder für ihn gespielt, meinen Sie?«

»Wohl nicht nur gespielt, Sir.«

»Sie sollten nicht jeden Klatsch glauben, den Sie hören.«

»Und Sie sollten so was nicht automatisch abtun.«

»Wenn wir nur ein bisschen handfestere Beweise hätten, Lewis.« Und dann kam ihm, wie meist, die Erkenntnis in einem jähen Geistesblitz. Seit dem Besuch in Stanford hatte er ja seinen Beweis. Der Name »Swanpole« war mehrmals in Bells Unterlagen aufgetaucht, man nahm an, dass dies der Name des Mannes war, um den sich Pfarrer Lionel Lawson so liebevoll gekümmert hatte und der nach dem Mord an Josephs spurlos verschwunden war. Doch wenn die Gerüchte stimmten, hieß der Mann in Wirklichkeit Philip Edward

Lawson, und ob man ein ziemlich schüchterner Knabe war, der sich mit seinem Fragebogen für die Aufnahmeprüfung mühte, oder ein säuerlicher Kriminalbeamter mittleren Alters in einem Streifenwagen – die Tatsache blieb, dass *Swanpole* ein Anagramm für *P. E. Lawson* war.

»Das dürften sie sein«, sagte Lewis leise. Tatsächlich bestätigte die hochschwangere, nachlässig gekleidete junge Frau, die ein zweijähriges Kind über den Gehsteig zerrte, dass sie in der Home Close 3 wohne. Ja, dies sei ihre Tochter Eve, und wenn der Hauswirt nichts dagegen hatte, könnten sie gern hereinkommen und sich umsehen.

Morse lehnte die angebotene Tasse Tee ab und ging nach hinten in den Garten. Dort war offensichtlich jemand sehr fleißig gewesen. Das Gelände war gründlich umgegraben worden, und die Zinken der Grabgabel und der untere Teil des Spatens in dem kleinen Geräteschuppen waren spiegelblank. »Ihr Mann isst wohl gern selbst angebautes Gemüse«, sagte Morse leichthin, während er sich auf der Matte an der Hintertür die Schuhe abputzte.

Sie nickte. »Vorher war das alles Rasen, aber bei den heutigen Preisen …«

»Sieht aus, als wäre er zweimal drübergegangen.«

»Stimmt. Es hat eine kleine Ewigkeit gedauert, aber anders geht es nicht, sagt er.«

Morse, der kaum eine Zuckererbse von einer Stangenbohne unterscheiden konnte, nickte weise und nahm dankbar zur Kenntnis, dass er den Garten abhaken konnte. »Kann ich wohl mal eben nach oben gehen?«

»Aber ja. Wir benutzen nur zwei Schlafzimmer, wie die Leute, die vor uns hier gewohnt haben. Aber man kann nie wissen …« Morse warf einen Blick auf ihren gewölbten Leib und überlegte, wie viele Schlafzimmer sie wohl noch brauchen würde, ehe ihre Gebärfähigkeit zu Ende war.

In Eves Zimmer roch es nach Urin, und Morse rümpfte

angeekelt die Nase, während er sich über die nackten Dielenbretter beugte. Die Donald Ducks auf den frisch tapezierten Wänden schienen sich über seine ziellose Erkundung lustig zu machen. Er ging schnell hinaus und machte die Tür hinter sich zu.

»In den anderen Räumen ist auch nichts, Sir«, sagte Lewis, als er auf dem kleinen Treppenvorplatz wieder zu Morse stieß. Dort waren die Wände in hellem Beige gestrichen, die Balken in weißem Lack abgesetzt. Morse, dem die Farbkombination gefiel, sah zur Decke – und stieß einen leisen Pfiff aus. Direkt über seinem Kopf war eine kleine rechteckige Falltür, die ebenfalls liebevoll gestrichen war. »Haben Sie eine Leiter?«, rief Morse nach unten.

Zwei Minuten später steckte Lewis den Kopf durch die Luke und leuchtete mit einer Taschenlampe zwischen den Dachsparren herum. Hier und da fiel das Nachmittagslicht durch Ritzen zwischen nicht ganz sauber gelegten Ziegeln, aber ansonsten wirkte der überraschend große Dachboden düster und sehr still, als Lewis sich vorsichtig hochzog und von Balken zu Balken ging. Zwischen der Falltür und dem Schornsteinkasten stand eine große Truhe, und als Lewis den Deckel aufklappte und die angeschimmelten Buchdeckel anleuchtete, krabbelte eine dicke schwarze Spinne rasch außer Reichweite. Aber Lewis hatte nichts gegen Spinnen. Er sah gewissenhaft nach, ob in der Truhe tatsächlich nur Bücher waren, dann stöberte er in dem übrigen Trödel herum. Er fand einen zusammengerollten Union Jack an einer langen blauen Stange. Ein altes Feldbett, das noch aus der Zeit von Baden-Powell zu stammen schien. Ein brandneues, aus unerfindlichen Gründen mit braunem Klebestreifen repariertes Klobecken. Einen antiquierten Teppichkehrer. Zwei Rollen gelbes Isolierband. Und ein großes, undefinierbares Bündel, das zwischen Balken und Dachschräge steckte. Lewis beugte sich vor und streckte die

Hand aus. Seine Fingerspitzen berührten etwas Weiches, der Lichtstrahl erfasste einen schwarzen Schuh; die Schuhspitze, die an einem Ende heraussah, war mit grauem Staub bedeckt.

»Was gefunden?« Lewis antwortete nicht. Die Schnur, die das Bündel zusammenhielt, riss, als er daran zog, und vor ihm lag eine Kollektion guter Kleidung: Hosen, Hemden, Unterwäsche, Socken, Schuhe und ein halbes Dutzend Schlipse, darunter einer in hellem Cambridge-Blau.

Lewis' ernstes Gesicht zeigte sich in der Luke. »Am besten kommen Sie selber mal hoch, Sir.«

Sie fanden noch eine Rolle mit ganz ähnlicher Kleidung, nur kleiner. Die beiden Paar Schuhe sahen aus, als könnten sie einem etwa elf- bis zwölfjährigen Jungen passen. Auch ein Schlips war dabei. Ein Schlips in den Farben der Roger-Bacon-Gesamtschule.

23

Ein Großteil der Besucher waren ältere Damen, von denen sich etliche sofort mit säuerlicher Miene nach den beiden fremden Neuankömmlingen umsahen, die in der hintersten Bank saßen, neben dem leeren Platz, auf dem jetzt unübersehbar »Kirchenvorsteher« stand. Lewis fühlte sich sehr unbehaglich, was man ihm auch anmerkte, während Morse sich scheinbar munter und unbeschwert umsah.

»Wir machen es wie die anderen, klar?«, flüsterte Morse, als das traurig-mahnende Geläut der Kirchenglocke verstummt und der Chor in feierlicher Prozession aus der Sakristei über den Hauptgang geschritten war, gefolgt von den Weihrauchschwenkern, Messgehilfen und Fackelträgern, dem Zeremonienmeister und drei würdigen Gestalten, die ähnlich, aber nicht identisch gekleidet waren. Der letzte trug Albe, Barett und Messgewand. Im Chor nahmen die Mitwirkenden rasch und routiniert ihre gewohnten Plätze ein, dann herrschte wieder Ruhe. Ruth Rawlinson, in schwarzem quadratischem Chorhut, stand unmittelbar unter einem steinernen Engel. Inzwischen hatte auch der Kirchenvorsteher lautlos seinen Platz eingenommen und reichte Morse einen Zettel: »Satz: *Iste Confessor.* Palestrina«, worauf Morse weise nickte und ihn an Lewis weiterreichte.

Zur Halbzeit legte eine der würdigen Gestalten das Messgewand ab und bestieg die Kanzel, um die Gemeinde vor den Gefahren und Torheiten der Unzucht zu warnen. Morse saß da wie jemand, der diese Mahnung nicht so recht auf sich zu beziehen weiß. Vorher hatte sich sein Blick ein- oder zweimal mit dem von Ruth gekreuzt, aber die Sängerinnen waren jetzt alle hinter einer dicken achteckigen Säule außer Sicht. Er lehnte sich zurück und betrachtete die rautenförmigen Buntglasscheiben – dunkles Rubin, Rauchblau, leuchtendes Smaragdgrün – und dachte unbestimmt an seine Kindheit zurück, wo er auch im Chor gesungen hatte.

Auch Lewis verlor, wenn auch aus anderen Gründen, bald jedes Interesse am Thema Unzucht. Da es ihm ohnehin nicht lag, den Blick begehrlich auf seines Nachbarn Weib zu richten, knobelte er stattdessen wieder einmal an dem Fall herum. Ob sich wohl Morse' Aussage bestätigte, dass der Kirchgang bestimmt irgendwelche Assoziationen auslösen würde?

Es dauerte zwanzig Minuten, bis der Prediger mit seinen Auslassungen über die Fleischeslust zu Ende gekommen war. Dann verließ er die Kanzel, verschwand hinter einer Trennwand in der Marienkapelle und kam, wiederum im Messgewand, im Chor heraus. Das war das Zeichen für die anderen beiden Mitglieder des Triumvirats, aufzustehen und im Gleichschritt zu ihrem Mitbruder an den Altar zu marschieren. Der Chor hatte wieder die Palestrina-Noten zur Hand, und mit zahlreichen Kniefällen und Kreuzeszeichen steuerte die Messe ihrem Höhepunkt zu. »Nehmt und esst, das ist mein Leib«, sagte der Priester, und seine zwei Helfer verbeugten sich in perfekter Übereinstimmung zum Altar hin, als seien sie ein einziger Mensch.

Morse dachte daran, wie er als Kind mit seinen Eltern im Varieté gewesen war. Da hatte eine Frau vor einem großen Spiegel getanzt, und zuerst war er aus der Sache überhaupt nicht schlau geworden. Die Frau war gar nicht mal besonders gelenkig, und trotzdem waren die Zuschauer hingerissen. Endlich war der Groschen gefallen. Sie hatte gar nicht vor einem Spiegel getanzt. Das scheinbare Spiegelbild war in Wirklichkeit eine zweite Tänzerin, die die gleichen Schritte, dieselben Bewegungen machte, das gleiche Kostüm trug. Es waren zwei Frauen und nicht eine. Konnte es in der Nacht, als Josephs ermordet wurde, dann nicht auch zwei Priester gegeben haben?

Wieder erhob sich seine Fantasie in schwindelnde Höhen.

Fünf Minuten nach dem Segen war die Kirche leer. Ein junger Mann in Soutane hatte die letzte Kerze gelöscht, und selbst die fromme Mrs Walsh-Atkins war gegangen. *Missa est ecclesia.*

Morse stand auf, schob die dünne rote Gottesdienstordnung in die Brusttasche, ging mit Lewis in die Marienkapelle und las das Messingschild an der Südwand: *In der Gruft sind die irdischen Überreste des Ehrenwerten Jn. Baldwin beigesetzt, Wohltäter und getreuer Diener dieser Gemeinde. Gestorben 1732, 68 Jahre alt. Requiescat in Pace.*

Meiklejohn lächelte freudlos, als er, das Chorhemd über dem linken Arm, zu ihnen trat. »Können wir etwas für Sie tun, meine Herren?«

»Wir brauchen die Schlüssel zur Kirche.«

Meiklejohn runzelte leicht die Stirn. »Wir haben zwar Zweitschlüssel, aber wozu –«

»Sehr einfach. Wir möchten die Möglichkeit haben, die Kirche zu betreten, wenn sie normalerweise abgeschlossen ist.«

»Verstehe. Wir hatten in letzter Zeit bedauerlich viel Vandalismus, meist von Schulkindern, leider. Ich frage mich manchmal –«

»Wir brauchen sie nur für ein paar Tage.«

Meiklejohn führte sie in die Sakristei, stieg auf einen Stuhl und nahm ein Schlüsselbund von einem Haken unter dem Vorhangbrett. »Ich hätte sie gern möglichst bald wieder zurück. Wir haben alles in allem nur vier Schlüsselbünde, und jemand braucht ständig welche – zum Glockenläuten und so.«

Morse steckte das Schlüsselbund ein. Schöne, altmodische Schlüssel, ein großer, drei kleinere, alle kunstvoll geschmiedet.

»Sollen wir hinter uns abschließen?«, fragte Morse.

»Nein, danke. Wir haben sonntags viele Besucher, die gern hierher in die Stille kommen, um über das Leben nachzudenken oder auch, um zu beten.«

Weder Morse noch Lewis hatten sich während des Gottesdienstes hingekniet, und zumindest Lewis hatte ein etwas schlechtes Gewissen, als er die Kirche verließ. So, als habe er ein hochherziges Angebot ausgeschlagen.

»Na los«, sagte Morse. »Die Pubs sind längst auf. Wir vertrödeln nur kostbare Zeit.«

Am gleichen Tag lief um 12.25 Uhr bei der Thames Valley Police in Kidlington ein Anruf der Shrewsbury Constabulary ein. Der diensthabende Sergeant notierte die Nachricht gewissenhaft. Nein, er selbst könne mit dem Namen nichts anfangen, würde ihn aber an die zuständige Stelle weiterleiten. Erst als er aufgelegt hatte, dämmerte ihm, dass er keine Ahnung hatte, wer in diesem Fall die »zuständige Stelle« war.

24

Morse ließ sich ungewöhnlich viel Zeit, und es war Lewis, der sein Glas zuerst geleert hatte.

»Alles in Ordnung, Sir?«

Morse steckte die Gottesdienstordnung wieder ein und leerte sein Glas in drei oder vier Riesenschlucken. »Bestens, Lewis. Noch mal dasselbe.«

»Ihre Runde, wenn ich nicht irre, Sir.«

»Ach so.« Morse stützte die Ellbogen auf den Tisch. »Die entscheidende Frage ist doch wohl die: Wer hat Harry Josephs umgebracht?«

Lewis nickte. »Mir ist da beim Gottesdienst so eine Idee gekommen …«

»Bitte keine neuen Ideen, davon hab ich schon mehr als genug. Hören Sie zu, Lewis. Der Hauptverdächtige ist der Obdachlose, nach dem Bell vergeblich gesucht hat, stimmts? Der Typ, der ein paar Mal bei Lawson im Pfarrhaus übernachtet hat, der in der Kirche war, als Josephs ermordet wurde, und der hinterher verschwunden ist. Wir glauben zu wissen, dass dieser Typ Lionel Lawsons Bruder Philip Lawson war. Er ist knapp bei Kasse, er trinkt. Er sieht Bargeld auf dem Kollektenteller und will es klauen. Josephs will ihn daran hindern. Alles, was er davon hat, ist ein Messer im Rücken. Einwände?«

»Wie ist Philip Lawson an das Messer gekommen?«

»Er hats im Pfarrhaus herumliegen sehen und eingesteckt.«

»Einfach so, nur für alle Fälle?«

»Genau«, sagte Morse ungerührt.

»Aber es war höchstens eine Handvoll Besucher da, und in der Kollekte können kaum mehr als zwei Pfund gewesen sein.«

»Genau.«

»Warum hat er nicht bis zum Gottesdienst am Sonntagmorgen gewartet? Da hätte er mindestens fünfzig Pfund kassieren können.«

»Ja, das stimmt.«

»Und warum hat ers nicht gemacht?«

»Das weiß ich nicht.«

»Aber niemand hat ihn in der Sakristei beobachtet.«

»Er ist entwischt, sobald er Josephs erstochen hatte.«

»Aber da hätte ihn doch bestimmt jemand gesehen – oder gehört.«

»Vielleicht hat er sich nur in der Sakristei versteckt. Hinter dem Vorhang.«

»Ausgeschlossen.«

»Na, dann hinter der Tür zum Turm. Vielleicht ist er auf den Turm gestiegen, hat sich in der Glockenstube versteckt oder auf dem Dach, was weiß ich.«

»Aber die Tür war abgeschlossen, als die Polizei kam. Das steht im Bericht.«

»Na und? Die kann er ja von innen abgeschlossen haben.«

»Sie meinen, er hatte einen Schlüssel?«

»Ich denke, Sie haben den Bericht gelesen, Lewis? Wissen Sie nicht mehr, was man in Josephs' Taschen gefunden hat?«

Langsam ging Lewis ein Licht auf. »Keine Schlüssel«, sagte er zögernd.

»Keine Schlüssel.«

»Sie meinen, er hat sie Josephs aus der Tasche genommen?«

»Warum nicht?«

»Aber – aber wenn er in Josephs Taschen herumgewühlt hat, warum hat er das Geld nicht gefunden? Die hundert Pfund?«

»Ist es nicht eine etwas vorschnelle Folgerung, dass Josephs nur hundert Pfund bei sich hatte?«, fragte Morse sanft. »Wenn es nun – sagen wir – tausend waren?«

»Sie meinen –?« Aber Lewis wusste selbst nicht recht, was Morse meinen könnte.

»Ich meine, Lewis, dass jeder – fast jeder – so denken würde wie Sie: Der Mörder kann sich gar nicht an Josephs' Taschen zu schaffen gemacht haben. Dieser Punkt lockt alle auf die falsche Fährte, legt den Schluss nahe, dass es sich um einen kleinen Diebstahl gehandelt hat, ein paar Groschen vom Kollektenteller, wie Sie sagen. Über die Ausführung des Verbrechens hat sich unser Mörder vielleicht gar keine Gedanken gemacht. Dass er es schaffen würde, stand für ihn fest. Nein, seine Angst war, dass jemand das Motiv allzu genau unter die Lupe nehmen könnte.«

Lewis wurde immer ratloser. »Moment mal, Sir. Sie sagen, dass er sich über die Ausführung des Verbrechens keine großen Gedanken gemacht hat. Aber Josephs ist ja nicht nur erstochen, sondern auch vergiftet worden.«

»Vielleicht hat er ihm einen Schluck Schnaps gegeben. Mit einem Schuss Morphium.«

Lewis hatte das Gefühl, dass Morse mal wieder Katz und Maus mit ihm spielte. Hinter dem einen oder anderen Argument witterte er einen jener Geistesblitze, die er inzwischen von Morse schon kannte. Aber genial war die Lösung bisher noch nicht. Da konnte er es ja besser. »Josephs könnte beim Abendmahl vergiftet worden sein.«

»Und wie kommen Sie darauf?«

»Der Kirchenvorsteher geht wohl meist als Letzter zur Kommunion …«

»Wie heute Vormittag, ja.«

»… und da kniet sich dieser Obdachlose neben ihn und tut ihm was in den Wein.«

»Und wie hat er das Gift bei sich gehabt?«

»Vielleicht in einem dieser Ringe, die braucht man bloß aufzuschrauben und – «

»Sie sitzen zu viel vor dem Fernseher«, sagte Morse.

» – und streut das Zeug in den Wein.«

»Es wäre dann ein weißliches Pulver gewesen, Lewis, das sich nicht sofort auflöst. Der Pfarrer hätte es auf der Oberfläche schwimmen sehen.«

»Vielleicht hatte er die Augen geschlossen. Es wird doch ständig gebetet und so weiter, wenn – «

»Und Josephs? War der auch ständig am Beten und so weiter?«

»Könnte doch sein.«

»Warum ist dann nicht Lawson vergiftet worden? Es ist Sache des Pfarrers, den Wein auszutrinken, der noch im Kelch ist, und Josephs war, wie gesagt, mit ziemlicher Sicherheit der Letzte, der das Abendmahl empfing.«

»Vielleicht hatte Josephs alles ausgetrunken«, meinte Lewis hoffnungsvoll. Dann blitzte es plötzlich erregt in seinen Augen auf. »Oder vielleicht, Sir … vielleicht haben die beiden Lawson-Brüder unter einer Decke gesteckt. Damit wären gleich ein paar Fragen auf einmal beantwortet.«

Morse lächelte zufrieden. »Sie werden mit jedem Tag gescheiter, Lewis. Macht wohl der Umgang mit mir.« Er schob sein Glas über den Tisch. »Ihre Runde, nicht?«

Er sah sich in dem Pub um, während Lewis geduldig am Tresen wartete. Es war halb zwei, und der sonntägliche Mittagstrubel war auf seinem Höhepunkt angelangt. Ein Mann mit struppigem Bart und langem Uniformmantel schlurfte herein und blieb etwas ängstlich am Tresen stehen. Ein Mann mittleren Alters, wieder mit dieser unpassenden

Sonnenbrille, eine leere Apfelweinflasche in der Hand. Morse stand auf und ging zu ihm hinüber. »Wir kennen uns doch?«

Der Mann sah Morse nachdenklich an und schüttelte den Kopf. »Tut mir leid, Chef.«

»Das Leben meints nicht gut mit dir, was?«

»Nee.«

»Schon lange auf Achse?«

»Ziemlich am Ende.«

»Kanntest du einen Mann, der sich Swanpole nannte?«

»Nee, Kumpel.«

»Macht nichts. Ich frag nur, weil ich ihn gekannt habe.«

»Ich kannte jemanden, der ihn gekannt hat«, sagte der Obdachlose leise.

»Ja?« Morse kramte in seinen Taschen und drückte dem Mann ein Fünfzig-Pence-Stück in die Hand.

»Der Alte, mit dem ich neulich rumgezogen bin, der hat den Namen mal erwähnt. Swanny, so haben sie ihn genannt. Aber der ist nicht mehr hier.«

»Und der Alte, ist der noch hier?«

»Der ist gestorben. Gestern. Lungenentzündung.«

»Oh.«

Morse ging nachdenklich an seinen Tisch zurück und beobachtete ein paar Minuten später mit einigem Bedauern, wie der Wirt dem Obdachlosen die Tür wies. An diesem Nachmittag würde es keinen Apfelwein geben, den man langsam auf einer Parkbank trinken konnte. Jedenfalls nicht aus diesem Pub.

»Freund von Ihnen?«, fragte Lewis grinsend, als er die frisch gefüllten Gläser auf den Tisch stellte.

»Ich glaube, dieser Mann hat keine Freunde.«

»Vielleicht, wenn Lawson noch am Leben wäre …«

»Über den wollte ich gerade mit Ihnen sprechen. Unser Verdächtiger Nummer zwei.«

»Sie meinen, er ist schnell mal vom Altar weg, hat Josephs umgebracht und dann ungerührt den Gottesdienst fortgesetzt?«

»So in der Art.«

Das Bier war gut, und Lewis lehnte sich zufrieden zurück. »Schießen Sie los, Sir. Ich weiß doch, dass Sies mir erzählen wollen.«

»Betrachten wir erst mal die Möglichkeit, dass das Gift in dem Abendmahlskelch war. So wie Sie es darstellen, ist es zu unwahrscheinlich. Aber wenn nun Hochwürden Lionel das Morphium selbst in den Wein getan hat? Nachdem sein Bruder getrunken hat, kann er so tun, als sei der Kelch leer, kann sich zum Altar umdrehen, das Zeug hineingeben, noch einen Schuss Wein nachgießen – kein Problem. Oder er hatte zwei Kelche und hat sie schnell ausgetauscht. Wenn einer der Brüder Josephs vergiftet hat, tippe ich auf Hochwürden Lionel.«

»Jetzt will ich doch mal wissen, ob ich das richtig mitgekriegt habe. Sie sagen, Lionel Lawson hätte versucht, Josephs umzubringen, und muss wenig später feststellen, dass jemand die Sache noch gründlicher besorgt hat. Mit einem Messer.« Lewis schüttelte den Kopf. »Auf keinen Fall, Sir.«

»Warum nicht? Hochwürden Lionel weiß, dass Josephs zur Sakristei gegangen ist und in wenigen Minuten mausetot sein wird. Er wird ganz friedlich hinübergehen, denn eine Morphiumvergiftung ist kein schmerzhafter Tod. Hochwürden wird man den Mord nicht anhängen. Der Kelch ist ausgewaschen und abgetrocknet, streng nach kirchlicher Etikette. Ein Paradebeispiel für eine hundertprozentig sichere Spurenbeseitigung. Interessante Methode! Aber so glatt läuft die Sache nicht. Josephs muss gemerkt haben, dass irgendwas mit ihm nicht in Ordnung ist, und ehe er in der Sakristei zusammenbricht, kann er sich noch zum Vorhang schleppen und um Hilfe rufen. Einige Gottesdienstbesucher haben ihn gehört. Aber da ist jemand, der die Sakristei nicht aus dem Auge gelassen hat, nämlich Hochwürden Lionel. Sobald er Josephs sieht, saust er wie von Furien gehetzt hin, ehe sich sonst jemand rühren kann. Er stößt Josephs ein Messer in den Rücken, dreht sich zu seinen Schäflein um und berichtet ihnen, dass Josephs in seinem Blut liegt.« Morse beglückwünschte sich innerlich zu einem Bericht, der sehr viel farbiger und dramatischer war als Bells prosaische Rekonstruktion.

»Er wäre überall voller Blut gewesen«, wandte Lewis ein.

»Bei dem Zeug, das er heute anhatte, wäre das nicht weiter aufgefallen.«

Lewis dachte an das Rot der Messgewänder. Rot wie Blut. »Aber warum hat er Josephs mit einem Messer den Rest gegeben? Der Mann muss doch schon fast hinüber gewesen sein.«

»Weil er Angst hatte, Josephs könnte ihn beschuldigen. Das mit dem Gift hätte er sich bestimmt zusammengereimt.«

»Aber die anderen doch wohl auch.«

»Ja, aber wenn sie ein Messer in Josephs' Rücken sehen, fragen sie sich automatisch, wer das wohl angestellt hat.«

»Und müssten dabei auf Lawson kommen. Schließlich war es Lawsons Messer.«

»Das wusste damals niemand«, sagte Morse, in die Defensive gedrängt.

»Glaubt Bell, dass es sich so abgespielt hat?«

Morse nickte.

»Und Sie, Sir?«

Morse schien ernsthaft über die Frage nachzudenken. »Nein«, sagte er schließlich.

Lewis lehnte sich zurück. »Genau genommen ist es doch ziemlich unwahrscheinlich, dass ein Pfarrer ein Mitglied der eigenen Gemeinde ermordet, wie? Im wirklichen Leben passiert so was nicht.«

»Hoffentlich doch«, sagte Morse leise.

»Wie meinen Sie, Sir?«

»Ich hoffe sehr, dass so was im wirklichen Leben doch passiert. Sie haben mich gefragt, ob meiner Meinung nach Lionel Lawson Josephs auf eine bestimmte Art und Weise umgebracht hat, und ich habe Nein gesagt. Allerdings glaube ich nach wie vor, dass Lawson der Täter war. Meiner Ansicht nach hat sich aber die Tat weit unkomplizierter abgespielt. Er geht in die Sakristei, ersticht Harry Josephs – «

» – und geht wieder zurück.«

»Genau.«

Lewis richtete den Blick zur tabakgeschwärzten Decke. War es denkbar, dass das Bier dem Inspector auf den Verstand geschlagen war? »Vor der versammelten Gemeinde, ja?«

»Nein, das nicht.«

»Ach nein?«

»Nein. Der Gottesdienst, bei dem Josephs ermordet wurde, war in der Marienkapelle. Sie erinnern sich sicher, dass in der Trennwand zwischen Kapelle und Chor ein Bogengang ist. Ich nehme nur an, dass Lawson nach der Kommunion ein paar Sachen vom Altar in der Marienkapelle zum Hauptaltar gebracht hat – das machte er wahrscheinlich häufig, also fiel es gar nicht auf.«

Lewis hörte kaum mehr hin. Der Wirt putzte die Tische, räumte Gläser ab und leerte die Aschenbecher.

»Ausgeheckt haben den Plan Hochwürden Lionel und sein Bruder. An dem fraglichen Abend steckten sie beide in Priestergewändern. Hochwürden Lionel verlässt kurz die Marienkapelle, aber der Mann, der zurückkommt, ist nicht Hochwürden Lionel. Nur eine Handvoll alter Mütterlein nehmen an der Messe teil. Der Mann, der in den entscheidenden Minuten vor dem Altar steht, kniet und betet, ohne sich der Gemeinde zuzuwenden, ist Lawsons Bruder Philip. Was meinen Sie, Lewis? Ob ihn jemand durchschaut hätte?«

»Und wenn nun Philip Lawson eine Glatze hatte?«

»Kaum, ob man eine Glatze kriegt, hängt vom Großvater ab.«

»Wenn Sie meinen, Sir.« Lewis wurde dieser Hokuspokus um doppelte Kelche und doppelte Priester langsam unheimlich. Außerdem zog es ihn nach Hause. Er stand auf und verabschiedete sich.

Morse blieb, wo er war, und führte mit dem Zeigefinger der Linken versprengte Biertröpfchen auf der Tischplatte zu einem See zusammen. Seine Rekonstruktion des Mordes an Josephs befriedigte ihn ebenso wenig wie Lewis. Aber eins stand für ihn fest: Hier mussten etliche Leute unter einer Decke gesteckt haben, und höchstwahrscheinlich waren die beiden Brüder an dem faulen Zauber beteiligt. Aber wie? Minutenlang drehten Morse' Gedanken sich im Kreis. Zum tausendsten Mal fragte er sich, wo er anfangen sollte, zum tausendsten Mal sagte er sich, dass er zunächst feststellen musste, wer Harry Josephs umgebracht hatte. Gut, mal angenommen, es war Hochwürden Lionel – unter der Voraussetzung, dass irgendetwas ihn ja zum Selbstmord getrieben haben musste. Aber wenn es nicht Lionel war, der sich vom Turm gestürzt hatte? Wenn Philip unfreiwillig den Weg in die Tiefe gegangen war? Das hörte sich zwar recht überzeugend an, die Argumente, die dagegensprachen, wogen aber entschieden schwerer. Hochwürden Lionel hätte der Leiche seines Bruders die eigenen Sachen anziehen müssen, bis hin zum schwarzen Priesterrock und weißen Kragen. Und das war in so kurzer Zeit nach dem Gottesdienst rein physisch unmöglich. Aber wenn ... Ja, wenn es nun Lionel irgendwie gelungen war, Philip zum Kleidertausch zu überreden? War das denkbar? Natürlich war es denkbar. Nicht nur denkbar, sondern sehr wahrscheinlich. Und warum? Weil Philip Lawson das nicht zum ersten Mal machte. Er hatte sich einverstanden erklärt, das Priestergewand des Bruders zu tragen, um am Altar zu stehen, während Josephs ermordet wurde. Da er für diesen Einsatz bestimmt ein hübsches Sümmchen kassiert hatte, war er vermutlich zu einer Wiederholungsvorstellung gern bereit gewesen. Dass er damit sozusagen seine eigene Beerdigung vorbereitete, ahnte er ja nicht. Aber kaum hatte Morse dieses Problem gelöst, kam schon das nächste. Zwei Zeugen hatten den Mann, der vom Turm gefallen war, zweifelsfrei identifiziert. Allerdings war dieser Einwand relativ leicht zu widerlegen. Hatte es Mrs Walsh-Atkins wirklich fertiggebracht, das blutige, zerschmetterte Gesicht genau zu betrachten? War es nur ein Zufall gewesen, dass sie vor der Kirche gestanden hatte? Denn da war noch jemand gewesen. Jemand, der sofort bereit war, die falsche Identität der Leiche zu bezeugen: Paul Morris. Und Paul Morris war hinterher ermordet worden, weil er zu viel wusste, weil er insbesondere wusste, dass Hochwürden Lionel noch unter den Lebenden weilte und obendrein noch ein Mörder war. Ein Doppelmörder, ein Dreifachmörder …

»Bitte trinken Sie aus, Sir«, sagte der Wirt. »Am Sonntagvormittag schaut oft die Polizei bei uns vorbei.«

25

Am gleichen Tag saß kurz nach acht abends ein Mann mittleren Alters in weißem Hemd ohne Krawatte in einem hell erleuchteten, hübsch eingerichteten Zimmer und wartete. Er hatte auf einem bequemen Chintzsofa mit braunweißem Blütenmuster Platz genommen und starrte mit ziemlich leerem Blick auf den Fernseher, wobei er eine lange Benson-&-Hedges-Zigarette rauchte. Sie hatte sich heute Abend ein bisschen verspätet, aber kommen würde sie bestimmt, denn sie brauchte ihn ebenso sehr, wie er sie brauchte. Manchmal, vermutete er, sogar noch mehr. Eine bereits geöffnete Flasche Rotwein und zwei Weingläser standen auf dem Beistelltisch neben ihm, und durch die halb geöffnete Schlafzimmertür sah er die Hypotenuse der zurückgeschlagenen Bettdecke.

Jetzt komm endlich, Schätzchen.

Es war zehn nach acht, als er hörte, dass die Tür leise aufgeschlossen wurde. Obgleich es draußen stetig nieselte, sah ihr hellblauer Regenmantel, den sie von den Schultern nahm und ordentlich zusammengefaltet über eine Sessellehne legte, trocken aus. Die weiße Baumwollbluse saß straff über dem Busen, der enge schwarze Rock folgte der Rundung ihrer Hüften. Eine Weile sagte sie nichts, sondern sah ihn nur an. In ihrem Blick lagen weder Freude noch Zärtlichkeit, nur eine glimmende animalische Sinnlichkeit.

Sie ging auf ihn zu und blieb in aufreizender Haltung vor ihm stehen. »Du hast mir doch gesagt, dass du mit dem Rauchen aufhören würdest.«

»Setz dich und hör auf zu meckern. In diesen Klamotten machst du mich an.«

Die Frau gehorchte. Es schien fast, als beugte sie sich widerspruchslos seinen Wünschen und Launen, als bereite ihr seine schroffe Art, sie herumzukommandieren, so etwas wie Genuss. Es gab keine zärtlichen Worte, keine Liebkosung, aber sie saß dicht neben ihm, als er den Wein einschenkte, und er spürte den Druck ihres schwarz bestrumpften Beines (brav, sie hatte es also nicht vergessen). Mit einem Rest von gegenseitiger Achtung ließen sie die Gläser aneinanderklingen, und sie lehnte sich zurück.

»Hast du den ganzen Abend ferngesehen?«, fragte sie, offenbar nur, um etwas zu sagen.

»Ich bin erst um halb sieben zurückgekommen.«

Jetzt sah sie ihn zum ersten Mal voll an. »Es ist Wahnsinn, dass du da draußen rumläufst. Besonders am Sonntag. Ist dir nicht klar –«

»Reg dich ab. Ich bin kein Trottel, das weißt du ganz genau. Niemand hat mich je hier rauskommen sehen. Und wenn schon. Jetzt erkennt mich doch keiner.« Er lehnte sich rasch zu ihr hinüber und öffnete den obersten Blusenknopf. Und den nächsten.

Wie immer mischten sich in ihrer Reaktion Ekel und Lust – eine gefährliche Kombination. Bis vor Kurzem war sie noch Jungfrau gewesen. Erst jetzt war sie sich der Macht ihres Körpers richtig bewusst geworden. Sie legte sich passiv zurück, während er sie streichelte – weit über den Punkt hinaus, den sie noch bis vor ein paar Monaten genossen oder sich auch nur gestattet hätte. Willenlos ließ sie sich vom Sofa hochziehen und folgte ihm ins Schlafzimmer.

Der Koitus war nicht besonders aufregend, ganz gewiss nicht ekstatisch, aber er befriedigte sie, wie meist. Doch danach lag sie wieder schweigend im Bett und kam sich billig und gedemütigt vor. Nicht nur ihr Körper war nackt, sondern auch ihre Seele war entblößt. Instinktiv zog sie sich die Decke bis zum Hals und hoffte, dass er sie wenigstens eine Weile mit seinen Händen und seinen Blicken in Ruhe lassen würde. Wie sie ihn verachtete. Aber nicht halb so sehr wie sich selbst.

Es musste aufhören. Sie hasste den Mann und die Macht, die er über sie hatte, und doch brauchte sie ihn und seine Männlichkeit. Er hatte sich erstaunlich fit gehalten … aber das … war ja auch eigentlich … kein Wunder …

Sie schlief ein.

Als sie an der Tür stand, den Regenmantel locker über den Schultern, fragte er: »Mittwoch um dieselbe Zeit?«

Wieder sah sie ganz klar das Entwürdigende ihrer Lage. Ihre Lippen zuckten. »Einmal muss Schluss sein. Das weißt du.«

Er lächelte arrogant. »Red dir nichts ein. Du kannst doch gar nicht Schluss machen.«

»Ich kann damit aufhören, wann ich will, und weder du noch sonst jemand – «

»Ach ja? Du steckst in der Sache ebenso tief drin wie ich, vergiss das nicht.«

Sie schüttelte heftig den Kopf. »Du hast gesagt, dass du weggehen würdest. Du hast es versprochen.«

»Mach ich auch. Sehr bald sogar, Schätzchen. Ehrlich. Aber bis ich gehe, treffen wir uns, klar? Wir treffen uns, wann ich will und so oft ich will. Und erzähl mir nicht, dass es dir keinen Spaß macht, das nehm ich dir nicht ab.«

Ja, es machte ihr Spaß, und ihre Augen brannten bei seinen gemeinen Worten. Wie konnte sie einen Mann so sehr hassen und trotzdem zulassen, dass er mit ihr schlief? So konnte es nicht weitergehen. Dabei gab es eine sehr einfache Lösung. Sie brauchte nur zu Morse zu gehen, ihm alles zu sagen und die Folgen auf sich zu nehmen. So viel Mut würde sie doch wohl noch aufbringen können?

Der Mann beobachtete sie scharf. Er erriet einiges von dem, was ihr durch den Kopf ging. Er war es gewohnt, schnelle Entscheidungen zu treffen. Und er sah seinen nächsten Zug so klar vor sich wie ein Großmeister, der mit einem Neuling am Schachbrett sitzt. Dass er das Problem, das die Frau darstellte, irgendwie würde lösen müssen, hatte er von Anfang an gewusst. Er hatte zwar gehofft, er könne es noch eine Weile vor sich herschieben, aber jetzt eilte es. Für ihn kam weit vor dem Sex die Macht, und so sollte es auch bleiben.

Er trat zu ihr, legte ihr leicht die Hände auf die Schultern und sah ihr forschend in die Augen. Sein Gesicht wirkte überraschend freundlich und verständnisvoll. »Ich will dir keinen Kummer machen, Ruth«, sagte er leise. »Komm, setz dich noch einen Augenblick. Ich möchte mit dir reden.« Sanft nahm er ihren Arm und führte sie zum Sofa. Sie wehrte sich nicht. »Ich werde nichts mehr von dir verlangen, Ruth, das verspreche ich dir. Wir werden uns nicht mehr treffen, wenn du es wirklich nicht willst. Ich kann es nicht ertragen, wenn du so unglücklich bist.«

Es war viele Wochen her, seit er so geredet hatte, und in ihrer tiefen Zerstörung war sie ihm plötzlich unendlich dankbar für seine Worte.

»Wie gesagt, bald gehe ich weg, dann kannst du mich vergessen, und wir werden beide versuchen, nicht mehr an das Unrecht zu denken, das wir begangen haben. Denn es war Unrecht. Nicht dass wir zusammen ins Bett gegangen sind, das meine ich nicht. Das war etwas sehr Schönes für mich, etwas, was ich nie bereuen werde. Und ich hatte gehofft, du würdest ebenso empfinden. Aber lassen wir das. Versprich mir eins, Ruth. Wenn du doch wieder zu mir kommen willst, solange ich noch hier bin, komm bitte. Du weißt, dass ich mich nach dir sehne. Dass ich auf dich warte.«

Sie nickte stumm, mit Tränen in den Augen, während er ihren Kopf an seine Schulter legte und sie an sich zog.

Sie hatte den Eindruck, dass sie lange Zeit so saßen. Für ihn war es nur ein unvermeidliches Zwischenspiel. Seine kalten Augen blickten über Ruths Schulter auf die verhasste Tapete hinter dem Fernseher. Er würde sie umbringen müssen, ganz klar. Die Entscheidung war schon längst gefallen. Aber er konnte sich die Verzögerung nicht erklären. So dumm, wie sie tat, konnte die Polizei doch unmöglich sein. Noch kein Wort über den Mord in Shrewsbury. Nichts

Definitives über die Leiche auf dem Turm. Kein einziges Wort über den Jungen …

»Gehts deiner Mutter gut?«, fragte er fast zärtlich.

Ruth gab es einen Ruck. Es wurde Zeit, dass sie heimging. Zur Mutter.

»Gehst du immer noch in die Kirche zum Putzen?«

Sie nickte, schnüffelte ein bisschen und löste sich von ihm.

»Montags, mittwochs und freitags?«

»Jetzt nur noch montags und mittwochs. Mit zunehmendem Alter werde ich lässiger.«

»Immer noch vormittags?«

»Ja. Meist so um zehn. Danach gehe ich neuerdings auf einen Drink ins *Randolph.*« Sie lachte verlegen und schnaubte sich laut in ihr nasses Taschentuch. »Ich könnte jetzt auch einen gebrauchen, wenn …«

»Natürlich.« Er holte eine Flasche Teacher's Whisky aus dem Sideboard und gab einen großzügigen Schuss in ihr Weinglas. »Hier, der wird dir guttun. Dir ist jetzt schon besser, nicht?«

»Ja, das stimmt.« Sie nahm einen Schluck. »Weißt du noch, als ich dich gefragt habe, ob du etwas von … von dem weißt, was sie auf dem Kirchturm gefunden haben?«

»Ja.«

»Und du hast gesagt, dass du keine Ahnung hast.«

»Hab ich auch nicht. Aber die Polizei wird es schon herausbekommen.«

»Es heißt nur, dass die Ermittlungen laufen.«

»Haben sie dich etwa wieder belästigt?«

Sie atmete tief und stand auf. »Nein. Allerdings könnte ich ihnen darüber auch nichts sagen.«

Einen Augenblick dachte sie an Morse mit seinen durchdringenden Augen. Traurigen Augen, als seien sie ständig auf der Suche nach etwas, was sie nicht finden konnten. Ein gescheiter Mann, und auch ein netter Mann. Warum war ihr nicht vor Jahren jemand wie Morse über den Weg gelaufen?

»Was denkst du?« Seine Stimme klang wieder fast schroff.

»Dass du schrecklich nett sein kannst, wenn du willst.«

Sie hatte es jetzt eilig. Ihr war, als winke die Freiheit hinter der geschlossenen Tür. Aber da war er schon bei ihr, seine Hände gingen wieder zärtlich über ihren Körper. Und bald hatte er sie mit sich zu Boden gezogen, wo er – wenige Zentimeter vor der Tür – erneut in sie eindrang. Er keuchte wie ein Tier, während sie mit stumpfem Blick auf einen Haarriss an der Decke starrte.

26

Es heißt ja, dass man diese industriell hergestellte Wurst als Grundlage für Fibroblasten hernehmen kann«, sagte Morse und rieb sich hocherfreut die Hände, als er den mit Würstchen, Eiern und Chips beladenen Teller sah, den Mrs Lewis ihm hingestellt hatte. Es war Sonntagabend um halb neun.

»Was sind Fibroblasten?«

»Es hat etwas damit zu tun, dass man ein Stück Gewebe abnimmt und am Leben erhält. Ziemlich gruselige Geschichte eigentlich. Wahrscheinlich könnte man auch vom Menschen so ein Stück abnehmen und auf unbestimmte Zeit am Leben erhalten. Unsterblichkeit des Körpers sozusagen.« Er stippte eine goldbraune Kartoffel in das blassgelbe Dotter.

»Macht Ihnen doch nichts aus, wenn ich den Fernseher anstelle?« Mrs Lewis setzte sich mit einer Tasse Tee zu ihnen und schaltete das Gerät ein. »Mir ist es egal, was sie mit mir machen, wenn ich tot bin, Inspector. Hauptsache, ich bin wirklich hinüber.«

Das waren alte Ängste. Reiche Viktorianer hatten in ihren Särgen komplizierte Apparaturen installieren lassen, damit eine entgegen den Erwartungen der Ärzte wieder zum Leben erwachte Leiche die Kunde vom wiederkehrenden Bewusstsein aus dem Untergrund unverzüglich nach oben melden konnte. Solchen Ängsten entsprangen auch Poes grausig-faszinierende Geschichten über diese Dinge. Und Morse unterdrückte die Bemerkung, dass Leute, deren größte Sorge es war, lebendig begraben zu werden, sich gar nicht aufzuregen brauchten. Die bittere medizinische Wahrheit war, dass dies ohnehin mit ihnen geschehen würde.

»Was bringen sie denn?«, fragte Morse mit vollem Mund. Aber Mrs Lewis hörte ihn nicht. Schon hatte der Fernseher sie – einem modernen Zauberer gleich – in Trance versetzt.

Zehn Minuten später verglich Lewis seinen Totoschein mit den Ergebnissen aus dem *Sunday Express,* und Morse lehnte sich auf dem Sofa zurück und schloss die Augen, in Gedanken beschäftigt mit dem Tod und mit Leuten, die in ihr Grab … in ihr Grab gesenkt wurden …

Wo war er nur? Morse zuckte zusammen, blinzelte und war wach. Lewis las noch die letzte Seite des *Sunday Express,* und auf dem Fernsehschirm stieg ein Butler gemessenen Schrittes die Treppe zum Weinkeller hinunter.

Da war die Lösung. Noch heute Vormittag hatte er sie vor Augen gehabt. Lautlos verfluchte Morse seine Blindheit. »In der Gruft sind die irdischen Überreste …« Erregung rann kribbelnd durch seinen ganzen Körper. Er stand auf und zog den Vorhang ein Stück zurück. Es war dunkel, an der Scheibe hingen feine Tröpfchen. Hatte das nicht Zeit? Was war mit einem weiteren nächtlichen Besuch in einer dunklen, verlassenen Kirche gewonnen? Aber Morse wusste, dass er nicht warten konnte, und er wollte es auch gar nicht.

»Tut mir leid, Mrs Lewis, ich muss Ihnen Ihren Mann noch mal entführen. Aber es dauert nicht lange. Und herzlichen Dank für das gute Abendessen.«

Mrs Lewis holte schweigend die Schuhe ihres Mannes aus der Küche. Auch Lewis sagte nichts. Er legte die Zeitung zusammen und fand sich damit ab, dass sein System ihm wieder nicht das große Geld gebracht hatte. Immer waren es die angeblich todsicheren Tipps, über die er stolperte. Wie in diesem Fall auch, dachte er, während er sich die Schuhe anzog. Und wo, zum Teufel, sollte es jetzt wieder hingehen?

Es zeigte sich, dass die Kirche weder dunkel noch verlassen war. Als sich die Tür am Nordportal knarrend öffnete, sahen sie in gedämpftes Licht.

»Glauben Sie, dass der Mörder hier ist, Sir, und seine Sünden beichtet?«

»Irgendjemand beichtet jedenfalls«, sagte Morse halblaut. Er hatte leises Murmeln gehört und deutete auf die geschlossenen Vorhänge des Beichtstuhls.

Gleich darauf kam eine ihrer Sünden vermutlich ledige junge Frau heraus und verließ mit klappernden Absätzen die Kirche, ohne die beiden Männer anzusehen.

»Hübsches Ding, Sir.«

»Hm. Mag sein, dass sie was zu bieten hat, Lewis, aber ob Ihnen das so richtig schmecken würde …«

»Wie bitte, Sir?«

Reverend Meiklejohn kam ihnen auf leisen Gummisohlen entgegen und nahm die lange, grün bestickte Stola vom Hals. »Welcher von Ihnen möchte den Anfang machen?«

»Bedaure, aber mein Sündenregister ist heute noch nicht lang genug«, sagte Morse.

»Wir sind allzumal Sünder«, sagte Meiklejohn ernst. »Leider ist nun mal die Sünde der natürliche Zustand der verderbten Menschheit.«

»Hat die Kirche eine Krypta?«, fragte Morse.

Meiklejohn kniff ein wenig die Augen zusammen. »Ja, aber – äh – die kann nicht besichtigt werden. Man hat mir gesagt, dass seit zehn Jahren niemand mehr unten war. Die Stufen sind morsch und –«

Wieder fiel ihm Morse ins Wort. »Wie kommen wir hinein?«

Meiklejohn, der diese Tonart nicht gewohnt war, runzelte verstimmt die Stirn. »Sie können nicht hinein. Jedenfalls nicht jetzt. Ich muss zu einer Sitzung, um –«

»Es dürfte Ihnen bekannt sein, Sir, dass wir nicht hier sind, um Ihr normannisches Taufbecken zu besichtigen. Die Polizei ermittelt in einem Mordfall – in einer Serie von Mordfällen – und erwartet ein gewisses Maß an Unterstützung von der Öffentlichkeit. Und im Augenblick sind Sie die Öffentlichkeit. Wie kommen wir hinein?«

Meiklejohn holte tief Luft. Es war ein langer Tag gewesen, und er war müde. »Sie brauchen mit mir nicht zu reden wie mit einem bockigen Kind, Inspector. Warten Sie, ich hole nur meinen Mantel.«

Er verschwand kurz in der Sakristei. Morse sah, wie abgetragen der dicke dunkle Mantel war. Die schwarzen Schuhe waren alt und rissig.

»Die werden wir brauchen.« Meiklejohn deutete auf eine sechs Meter lange Leiter, die am Südportal lehnte.

Ziemlich umständlich manövrierten Morse und Lewis die lange Leiter auf den Friedhof. Dort folgten sie Meiklejohn über das nasse Gras. Eine Straßenlampe warf mattes Licht auf die unregelmäßigen Gräberreihen zu ihrer Rechten, aber die Kirchenmauer lag in tiefem Dunkel.

»Hier wären wir«, sagte Meiklejohn. Seine Gestalt hob sich schwarz über einem etwa eineinhalb mal zwei Meter großen Eisengitter ab, das auf den Rändern eines rechteckigen gemauerten Schachtes lag. Durch die ursprünglich schwarz angestrichenen und jetzt rostfleckigen Gitterstäbe fiel der Strahl der Taschenlampe auf den Schachtboden etwa vier Meter unter ihnen, der mit Papiertüten und Zigarettenschachteln bedeckt war. An der Seite des Schachtes, gegenüber der Kirchenmauer, war eine gebrechlich aussehende hölzerne Leiter, parallel dazu verlief ein metallener Handlauf steil nach unten. Direkt unterhalb der Kirchenmauer war eine kleine Tür zu erkennen, der Eingang zur Gruft.

Minutenlang sahen sie alle drei in das schwarze Loch hinunter und dachten das Gleiche: Sollte man nicht das helle Licht des Tages abwarten, ein Licht, das alle Vorstellungen von grinsenden Schädeln und grausigen Skeletten vertreiben würde? Doch da griff Morse mit den Händen unter die Eisenstäbe und hob das Gitter ohne Mühe hoch. »Sind Sie sicher, dass seit zehn Jahren niemand mehr hier unten war?«, fragte er.

Lewis beugte sich in die Dunkelheit hinunter und tastete nach den Leitersprossen. »Fühlt sich ziemlich fest an, Sir.«

»Sicher ist sicher, Lewis. Es braucht ja nicht unbedingt noch eine Leiche zu geben.«

Meiklejohn sah zu, wie sie die Leiter nach unten schoben, und als sie fest auf der anderen lag, nahm Lewis die Taschenlampe und begann vorsichtig den Abstieg.

»Schätze, dass vor Kurzem jemand hier war, Sir. Eine der Sprossen weiter unten ist kaputt, aber die Bruchstellen sind noch ziemlich frisch.«

»Wahrscheinlich wieder einer unserer Rowdys«, sagte Meiklejohn zu Morse. »Sie machen alles kaputt, um sich einen Kick zu verschaffen, wie sie es ausdrücken. Aber ich muss jetzt wirklich gehen, Inspector. Tut mir leid, wenn … äh …«

»Schon gut«, sagte Morse. »Wenn wir was finden, sagen wir Ihnen Bescheid.«

»Rechnen Sie damit, etwas zu finden?«

Wäre er ehrlich gewesen, hätte er Ja sagen müssen. Er

rechnete damit, die Leiche eines Jungen namens Peter Morris zu finden. »Eigentlich nicht, Sir. Wir müssen nur jeder Möglichkeit nachgehen.«

»Die Tür ist abgeschlossen«, klang es dumpf von unten. »Können Sie – «

Morse warf sein Schlüsselbund hinunter. »Sehen Sie zu, ob einer passt.«

»Wenn nicht, werden Sie wohl wirklich bis morgen früh warten müssen«, sagte Meiklejohn. »Ich habe genau die gleichen Schlüssel, und – «

»Hat geklappt«, rief Lewis aus der Tiefe.

Morse wandte sich an Meiklejohn. »Gehen Sie nur. Wie gesagt, wir sagen Ihnen Bescheid, wenn ... falls ...«

»Vielen Dank. Lassen Sie uns beten, dass nichts gefunden wird, Inspector. Es ist auch jetzt schon schlimm genug, und – «

»Gute Nacht, Sir.«

Äußerst misstrauisch schwang sich Morse auf die Leiter und bewegte sich unter wiederholten Mahnungen an Lewis, das verdammte Ding auch ja festzuhalten, mit den tastenden Schritten eines Seiltänzerlehrlings nach unten. Auch er sah jetzt, dass auf der Holzleiter die dritte Sprosse von unten in der Mitte durchgebrochen war. Die linke Seite hing in einem Winkel von 45 Grad herunter. Die Splitter waren noch ganz hell. Hier war offensichtlich eine schwere Person heruntergestiegen. Oder jemand, der eine zusätzliche Last auf dem Rücken getragen hatte.

»Glauben Sie, dass hier Ratten sind?«, fragte Morse.

»Kann ich mir nicht vorstellen. Hier haben sie ja nichts zu fressen.«

»Leichen vielleicht?« Morse erwog erneut, seine unheimliche Mission bis zum Morgen aufzuschieben. Ein leiser Schauer überlief ihn, als er zu dem hellen Rechteck über sich aufsah, und halb und halb erwartete er jeden Augenblick, dort eine teuflisch grinsende Fratze zu sehen. Er holte tief Luft. »Auf gehts, Lewis.«

Die Tür knarrte und jaulte in den rostigen Angeln, als Lewis sie langsam aufstieß, und Morse ließ die Taschenlampe nervös hin und her tanzen. Es stellte sich heraus, dass die Stützpfeiler der Kirche bis in die Krypta herunterreichten. Dadurch war eine Reihe steinerner Nischen entstanden, die das unterirdische Gewölbe in kellerartige Gelasse unterteilte, an denen zumindest Lewis nichts Unheimliches finden konnte. Die zweite Nische links jedenfalls ließ keinen Gedanken an Skelette oder Gespenster aufkommen, denn dort lagerte trocken und sicher ein großer Haufen Koks (vermutlich für das frühere Heizsystem der Kirche), darauf lag eine Art Spaten mit langem Griff.

»Bisschen kostenloser Koks gefällig, Sir?« Lewis ging voran, nahm Morse die Taschenlampe ab und leuchtete den überraschend trockenen Innenraum ab. Doch je tiefer sie in die Finsternis eindrangen, umso schwieriger wurde es, sich ein zusammenhängendes Bild von der Anordnung der Gewölbe zu machen, und Morse war schon ein Stück zurückgeblieben, als Lewis den Strahl der Taschenlampe auf einen Stapel von Särgen richtete, deren Deckel krumm und schief über den geschrumpften, konkaven Seitenteilen hingen.

»Leichen gibts hier genug«, sagte Lewis.

Aber Morse hatte sich umgewandt und starrte düster in die Finsternis. »Es ist wohl am vernünftigsten, wenn wir morgen früh wiederkommen, Lewis. War eigentlich eine blödsinnige Idee, mitten in der Nacht hier rumzukriechen.« Seine Unruhe steigerte sich, als er etwas fast greifbar Bedrückendes in der trockenen Luft witterte. Als Junge hatte er Angst vor der Dunkelheit gehabt, und auch jetzt wieder lief es ihm eisig den Rücken hinunter.

Sie machten kehrt. Morse hatte kalten Schweiß auf der Stirn. Er atmete ein paar Mal tief durch, und die Aussicht, den Fuß auf die feste Leiter zu setzen, die ihn in die Oberwelt zurückbringen würde, bedeutete Befreiung von der Panik, die ihn zu erfassen drohte. Doch zeigte sich seine Genialität gerade darin, dass er es fertigbrachte, seine Schwächen zu beherrschen und auf wunderbare Weise in Stärken zu verwandeln. Wenn jemand hierher kam, um eine Leiche zu verstecken, konnte es gar nicht ausbleiben, dass er etwas von dieser unvernünftigen Furcht vor der Dunkelheit und vor den Toten, etwas von der Angst spürte, die immer in unserem Unterbewussten herumspukt. Niemand würde sich allein und bei Nacht allzu weit in diese hallenden Gewölbe vorwagen. Als Morse an dem Kokshaufen vorbeiging, stieß er mit dem Fuß an eine Zigarettenschachtel, hob sie auf und bat Lewis, sie anzuleuchten. Es war eine goldene Packung Benson & Hedges. Sie war leer. An einer der Schmalseiten stand: »Das Gesundheitsministerium warnt: Zigaretten können Ihre Gesundheit ernsthaft gefährden. Mittlerer Teergehalt.« Wann hatte die Regierung entschieden, diese eindringliche Warnung an Raucher vorzuschreiben? Vor drei, vier, fünf Jahren? Was hatte Meiklejohn gesagt? Seit zehn Jahren sei niemand mehr hier unten gewesen …

»Schauen Sie mal unter dem Koks nach«, sagte Morse leise.

Fünf Minuten später hatte Lewis ihn gefunden. Ein Junge von elf oder zwölf Jahren, gut erhalten, etwa 1,50 Meter groß, in Schuluniform. Der Schulschlips war so fest um den Hals zusammengezogen, dass er tief ins Fleisch schnitt. Ein Schlips in Rot-Grau. Die Farben der Roger Bacon School, Kidlington.

Im Eingangskorb des diensthabenden Sergeants der Thames Valley Police in Kidlington lag noch immer die handgeschriebene Nachricht aus Shrewsbury.

27

Lewis kam am nächsten Morgen um Viertel nach zehn in Bells Büro. Morse war schon da und tobte am Telefon herum.

»Dann holen Sie den Trottel. Ja, sofort.« Er winkte Lewis, sich zu setzen, und trommelte gereizt auf die Schreibtischplatte.

»Was denken Sie sich eigentlich?«, brüllte er in die Muschel. »Seit gestern Mittag liegt Ihnen die Nachricht vor, und Sie sitzen auf Ihrem fetten Hintern und sagen, dass es Ihnen leidtut. Das wird Ihnen auch noch leidtun, mein Junge, darauf können Sie Gift nehmen. Jetzt hören Sie mal genau zu. Sobald ich Ihnen erlaube aufzulegen, gehen Sie zum Super und schildern ihm ausführlich, was Sie getan und unterlassen haben. Klar?«

Der Unglückliche am anderen Ende der Leitung war wohl mit seinen Beschwichtigungsversuchen nicht sehr erfolgreich, und selbst Lewis bekam es bei der nächsten Salve mit der Angst zu tun.

»Was Sie ihm sagen sollen? Na, da passen Sie mal gut auf, mein Junge. Erstens sagen Sie ihm, dass Sie einen Orden verdienen. Zweitens, dass es Zeit ist, Sie zum Chief Constable von Oxfordshire zu machen, das wird er schon kapieren. Drittens, dass Sie sich den idiotischsten Schnitzer geleistet haben, der je bei der Polizei vorgekommen ist. Das werden Sie ihm sagen.« Er knallte den Hörer auf die Gabel und saß eine Weile schweigend da, während die Wut in ihm tobte.

Vernünftigerweise hielt auch Lewis den Mund, bis Morse ihn aufklärte.

»Mrs Josephs ist ermordet worden. Am Freitag. In einem Schwesternheim in Shrewsbury.«

Lewis starrte auf den abgetretenen Teppich zu seinen Füßen. »Wie viele noch, Sir?«

Morse atmete tief durch und schien plötzlich wieder die Ruhe selbst zu sein. »Wenn ich das wüsste …«

»Auf nach Shrewsbury, Sir?«

Morse machte eine fast hoffnungslose Handbewegung. »Wenn ich das wüsste …«

»Sie glauben, es ist derselbe Täter?«

»Wenn ich das wüsste …« Morse brütete stumm vor sich hin und starrte mit leerem Blick auf den Schreibtisch. »Geben Sie mir noch mal die Akte.«

»Wen hat denn Ihr Donnerwetter getroffen, Sir?«

Morse lächelte säuerlich. »Dickson, diesen verdammten Idioten. Er hat gestern Dienst gehabt. Ich hätte ihn nicht so anbrüllen dürfen.«

»Und warum haben Sies dann getan?« Lewis legte die Akte auf den Schreibtisch.

»Wahrscheinlich, weil ich wütend auf mich selber war. Ich hätte wohl voraussehen müssen, dass sie die Nächste sein würde. Der Fall läuft aus dem Ruder, Lewis. Ich finde mich nicht mehr zurecht.«

Der Zeitpunkt war günstig, fand Lewis. Morse' Wut war verraucht, er wirkte nur noch gereizt und frustriert. Vielleicht war er da für einen guten Rat zugänglich. »Gestern Abend habe ich mir das noch mal überlegt, was Sie im *Bulldog* gesagt haben, Sir. Wissen Sie noch? Sie haben gesagt, dass Lawson, Hochwürden Lawson, meine ich, geradewegs – «

»Verschonen Sie mich, Lewis. Wir finden auf Schritt und Tritt eine Leiche, wir stecken in dem schlimmsten Schlamassel seit Menschengedenken, und da kommen Sie her und sagen – «

»Sie haben das gesagt, Sir.«

»Ich weiß, aber … Ach, lassen Sie mich doch in Ruhe, Mann. Merken Sie nicht, dass ich versuche nachzudenken? Irgendjemand in diesem Saftladen muss es ja tun.«

»Ich wollte doch nur –«

»Jetzt vergessen Sie mal, was ich gesagt habe, und halten Sie sich zur Abwechslung an die Fakten.« Er schlug wütend mit der Faust auf die vor ihm liegende Akte. »Und die stehen alle hier drin. Josephs wird ermordet, klar? Hochwürden Lionel Lawson springt von dem verdammten Turm, klar? Morris senior wird ermordet und auf ebenjenen verdammten Turm geschleppt. Morris junior wird erwürgt und in der Krypta verbuddelt. Das sind Fakten, und die müssen wir akzeptieren. Alles andere ist Quatsch.«

Lewis ging hinaus und machte die Tür geräuschvoll hinter sich zu. So langsam reichte es ihm. Undank war der Welten Lohn, gewiss, aber das war zu viel. Er ging in die Kantine und bestellte sich einen Kaffee. Sollte der Kerl doch in seinem eigenen Saft schmoren. Vor der Mittagspause würde Lewis sich nicht mehr bei ihm sehen lassen. Er las den *Daily Mirror* und trank eine zweite Tasse Kaffee. Er las die *Sun* und trank eine Dritte. Und dann beschloss er, nach Kidlington zu fahren.

Am Himmel waren jetzt Andeutungen von Blau zu sehen, und der nächtliche Regen war auf den Gehsteigen schon fast getrocknet. Er fuhr über die Banbury Road und an der Linton und der Belbroughton Road vorbei. Die Kirsch- und Mandelbäume waren ein rosaweißes Blütenmeer, am Rand der gepflegten Rasenflächen standen Narzissen und Hyazinthen. Nord-Oxford zu Beginn des Frühjahrs war eine Pracht. Als er in Kidlington ankam, fand Lewis das Leben schon wieder wesentlich erfreulicher.

Dickson würde wohl in der Kantine sein. Dickson war fast immer in der Kantine.

»Sie haben ja heute ne schöne Abreibung gekriegt«, meinte Lewis.

»Und ob. Den hätten Sie mal hören sollen.«

»Hab ich«, gestand Lewis.

»Und dabei hab ich nur Vertretung gemacht. Wir sind hier so knapp dran, dass es mich mit dem Telefondienst erwischt hat. Und dann passiert so was. Woher soll ich wissen, wer die Frau ist? Sie hatte ihren Namen geändert, und die haben bloß gesagt, dass sie vielleicht mal in Kidlington gewohnt hat. Manchmal ist das Leben wirklich sehr unfair.«

»Er kann ein richtiger Arsch sein.«

»Wie bitte?«

»Morse. Ich sagte, er kann – «

»Nicht so schlimm.« Dickson wirkte durchaus nicht niedergeschlagen, als er genüsslich in einen Donut biss.

»Waren Sie noch nicht beim Super?«

»Das hat er nicht so gemeint.«

»Hören Sie mal, Dickson, Sie sind hier bei der Polizei, nicht im Kindergarten. Wenn Morse gesagt hat – «

»Hat er aber nicht. Eine halbe Stunde später hat er noch mal angerufen und gesagt, dass es ihm leidtut. Vergessen Sies, hat er gesagt.«

»Das darf nicht wahr sein.«

»Doch, ehrlich, Sarge. Wir haben uns zum Schluss richtig nett unterhalten. Ich hab ihn gefragt, ob ich ihm irgendwie helfen kann, und wissen Sie, was er gesagt hat? Ich soll bei den Kollegen in Shrewsbury rausfinden, ob die Frau am Freitag umgebracht worden ist. Das ist alles, hat er gemeint. Ihm ists egal, ob sie erstochen oder erwürgt worden ist oder sonst was, ihm gehts nur darum, obs am Freitag war. Immer so komische Fragen, nie das, womit man rechnet. Der ist mit allen Wassern gewaschen, sag ich Ihnen.«

Lewis wandte sich zum Gehen.

»Es war kein Sexualmord, Sarge.«

»Nein?«

»Soll ne hübsche Frau gewesen sein. Nicht mehr die Jüngste, aber offenbar haben ein paar von den Ärzten versucht, sich an sie ranzumachen. Also, ich find schwarze Strümpfe auch sexy.«

»Trug sie schwarze Strümpfe?«

»Die Schwestern tragen doch alle –«

Aber Lewis war schon weg. Er fühlte sich gekränkt und zurückgesetzt. Wer war denn dazu da, Morse zu helfen, er oder Dickson?

Viertel vor zwölf kam Lewis ins Präsidium zurück und betrat Bells Büro. Morse saß noch da, wo er vorhin gesessen hatte, doch jetzt ruhte sein Kopf, in die linke Armbeuge gebettet, auf der Schreibtischplatte. Er schlummerte friedlich.

28

Als Ruth um fünf vor eins noch nicht zu Hause war, begann Mrs Rawlinson sich ernstlich Sorgen zu machen. Sie ahnte – nein, sie wusste –, dass Ruths mittägliche Einkehr im *Randolph* inzwischen zur Gewohnheit geworden war, und es wurde höchste Zeit, dass sie ihr wieder einmal klarmachte, wo ihre Pflichten lagen. Im Augenblick aber überwog der nackte Mutterinstinkt, besonders, als zehn Minuten nach eins die Nachrichten zu Ende waren, ohne dass ihre Tochter sich hatte blicken lassen. Um Viertel nach eins läutete das Telefon. Mrs Rawlinsons Hand zitterte, als sie abnahm, und Panik stieg in ihr auf, als der Anrufer seinen Namen nannte.

»Mrs Rawlinson? Hier Chief Inspector Morse.«

»Mein Gott, was ist passiert?«, stieß sie hervor.

»Geht es Ihnen gut, Mrs Rawlinson?«

»Ja. Ich … ich dachte nur …«

»Kein Grund zur Sorge.« (Aber klang nicht seine Stimme doch etwas besorgt?) »Ich möchte nur ganz kurz mit Ihrer Tochter sprechen.«

»Tut mir leid, sie ist nicht zu Hause. Sie –« Jetzt drehte sich ein Schlüssel in der Haustür. »Moment bitte, Inspector.«

Ruth erschien vergnügt auf der Schwelle.

»Hier, für dich.« Die Mutter drückte ihr den Hörer in die Hand, lehnte sich in ihrem Rollstuhl zurück und überließ sich einer befreienden Aufwallung der Wut.

»Miss Rawlinson? Hier Morse. Ich habe nur eine Routinefrage. Können Sie mir sagen, ob Pfarrer Lawson eine Brille trug?«

»Ja. Warum?«

»Hatte er sie nur zum Lesen, oder trug er sie ständig?«

»Er hatte sie immer auf. Jedenfalls immer, wenn ich ihn gesehen habe. Eine Brille mit Goldrand.«

»Sehr interessant. Erinnern Sie sich – äh – noch an diesen Obdachlosen, der manchmal in die Kirche kam?«

»Ja, an den erinnere ich mich«, sagte Ruth langsam.

»Hatte er eine Brille?«

»Ich glaube nicht.«

»Das dachte ich mir. Ja, das wärs zunächst. Wie gehts Ihnen sonst?«

»Danke, gut.«

»Und Sie tun immer noch Ihr gutes Werk? In der Kirche, meine ich.«

»Ja.«

»Montags und mittwochs, nicht?«

»Ja.« Schon zum zweiten Mal innerhalb kurzer Zeit hörte sie diese Frage. Jetzt würde er gleich wissen wollen, um welche Zeit sie hinging. Es war wie eine Wiederholungssendung im Radio.

»Meist so gegen zehn, stimmts?«

»Ja. Warum fragen Sie?«

Und warum bekam sie es plötzlich mit der Angst zu tun? »Nur so. Ich – ähm – dachte nur, dass wir uns vielleicht wieder mal dort sehen.«

»Kann schon sein.«

»Passen Sie schön auf sich auf.«

Warum konnte *er* nicht auf sie aufpassen? »Mach ich«, hörte sie sich sagen.

»Wiederhören.« Morse legte auf und blickte abwesend durch das Fenster auf den asphaltierten Innenhof. Warum war sie immer so gehemmt ihm gegenüber? Warum konnte sie sich nicht zumindest telefonisch ein bisschen gehen lassen?

»Sie stellen aber komische Fragen«, sagte Lewis.

»Es waren sehr wesentliche Fragen«, gab Morse ziemlich hochtrabend zurück. »Lawsons Brille steckte in seiner Manteltasche, als sie ihn fanden. Eine Brille mit Goldrand. Da stehts.« Er tippte auf die Akte, die vor ihm auf dem Schreibtisch lag. »Und Miss Rawlinson sagt, dass er immer eine Brille trug. Interessant, wie?«

»Sie meinen … Sie meinen, dass es nicht Lionel Lawson war, der – «

»Ich meine ganz im Gegenteil, Lewis, dass es tatsächlich Lionel Lawson war, der sich vom Turm gestürzt hat.«

»Das verstehe ich nicht.«

»Nein? Die Sache ist so, Lewis. Kurzsichtige nehmen unweigerlich die Brille ab und stecken sie in die Tasche, ehe sie springen. Spuren von Glas im Gesicht eines Selbstmörders sind deshalb ein sicheres Zeichen dafür, dass es kein Selbstmord, sondern Mord war.«

»Aber woher wissen Sie, dass Lawson kurzsichtig war? Wenn er nun – «

»Ob kurzsichtig, ob weitsichtig – das spielt keine Rolle.«

»Ist das Ihr Ernst?«

»Andere Leute nehmen ja auch die Hörhilfe oder das Gebiss raus, ehe sie in die Badewanne beziehungsweise ins Bett steigen.«

»Meine Frau nimmt ihr Gebiss nie raus, wenn sie ins Bett geht.«

»Was hat Ihre Frau damit zu tun?«

Lewis war drauf und dran, gegen die Ungerechtigkeit einer so albernen Logik zu protestieren, aber dann sah er, dass Morse grinste. »Woher wissen Sie das überhaupt? Das mit den Selbstmördern, meine ich.«

Morse machte ein nachdenkliches Gesicht. »Ich glaube, ich habs auf einer Streichholzschachtel gelesen.«

»Und das genügt Ihnen?«

»Es ist besser als nichts. Wir haben es mit einem sehr gerissenen Täter zu tun. Aber dass er Lawson ermordet, ihm dann die Brille abnimmt und sie ins Etui steckt – das kann ich mir einfach nicht vorstellen.«

Lewis konnte es sich auch nicht vorstellen, aber seine Vorstellungen waren, was diesen Fall betraf, ohnehin noch recht nebulös. »Kommen wir voran, Sir?«

»Gute Frage. Und wie einer meiner Lehrer zu sagen pflegte: ›Wir haben dem Problem von Angesicht zu Angesicht gegenübergestanden, jetzt lasst uns weiterziehen.‹ Zeit zum Essen, was?«

Die beiden verließen den lang gestreckten, dreigeschossigen Bau, in dem das Präsidium untergebracht war, und gingen vorbei an Christ Church und Carfax zum *Golden Cross,* da Morse entschieden hatte, dass er nur eine Stärkung in flüssiger Form zu sich nehmen würde. Bier, fand er, regte seine Denktätigkeit an. Ihm war durchaus klar, dass er eigentlich jetzt schon unterwegs nach Shrewsbury sein müsste. Aber die Aussicht, Krankenhauspförtner, Schwestern und Ärzte nach Ort und Zeit, Alibi und Motiv zu befragen, erfüllte ihn mit Widerwillen. Außerdem gab es in Oxford eine Menge Routinearbeit.

Lewis führte sich ein Bier zu Gemüte und ging dann wieder, während Morse sich zurücklehnte, um nachzudenken. Ein fleißiges Schiffchen webte die verschiedensten Muster in seinem Kopf, die er aber alle wieder verwarf. Nach dem dritten Bier stand als Ergebnis dieses Denkprozesses lediglich fest, dass seine fantasievollen Theorien alle miteinander nichtig und seine Überlegungen undurchsichtig waren. Mit einem Wort: Fortschritt gleich null. Dabei hatte er das bestimmte Gefühl, etwas übersehen zu haben, einen Schlüssel zu diesem Labyrinth. Schlüssel? Er hatte noch die Schlüssel zur Kirche. War vielleicht dort der entscheidende Hinweis zu finden?

29

Morse schloss die Tür am Nordportal hinter sich wieder ab. Ich muss mir die Kirche mit anderen Augen ansehen, überlegte er. Bisher hatte er sich, auf seiner Kirchenbank sitzend, nur vage umgeschaut, und der allgegenwärtige, süßliche Weihrauchduft und die düstere Pracht der Glasfenster hatten seinen Geist in erhabene Höhen entschweben lassen.

Er blätterte eine Handvoll Traktätchen durch, die an einem Wandbrett links von der Tür gestapelt waren. Er warf einen Blick auf die Formulare zur Eintragung in die Listen zur Wahl des Kirchenrats. Er zog einen Vorhang hinter dem Taufbecken zurück, wo er einen Eimer, einen Schrubber und zwei Handfeger vorfand. Ja, so kam er ein Stück weiter, das hatte er im Gefühl. Er besah sich die Postkarten (Stück sechs Pence) mit Außenansichten der Kirche aus verschiedenen Blickwinkeln, Nahaufnahmen des berühmten

Taufbeckens (das offenbar jedermann außer Morse unermesslich bewunderte) und einer Frontalansicht eines grinsenden Wasserspeiers auf dem Turm (wer mochte die wohl aufgenommen haben?). Dann besah er sich einen Stapel von Führern durch St. Frideswide's (Stück zehn Pence) und einen Stoß Gemeindemitteilungen (Stück zwei Pence), in denen die Veranstaltungen des laufenden Monats aufgeführt waren, registrierte die Gebetbücher in ihren mattroten Einbänden, die Gesangbücher in ihren – er hielt inne. Plötzlich war er davon überzeugt, dass er den entscheidenden Hinweis bereits übersehen hatte. War es ein Bild gewesen, ein Geräusch? Oder ein Geruch?

Er ging zurück zur Tür und versuchte nachzuvollziehen, was er in den letzten Minuten gemacht hatte. Aber es hatte keinen Zweck – der vage Eindruck ließ sich nicht greifen. In den Anzeigetafeln steckten noch die Nummern der Choräle vom Vorabend, weiße Karten mit roten Zahlen. Merkwürdig. Warum waren die noch nicht weg? War dafür vielleicht Ruth Rawlinson zuständig? Eimer und Schrubber sahen aus, als seien sie erst vor Kurzem benutzt worden. Hatte sie die Anzeigetafeln vergessen? Oder war das Aufgabe des Pfarrers? Eines Chormitglieds? Eines der Hilfsgeistlichen? Denn irgendjemand musste sich ja um diese Dinge kümmern, musste die Choräle, Psalmen, Gebete, Episteln und Evangelien aussuchen. Vermutlich stand das alles in einem dicken frommen Buch, in dem die Geistlichkeit nachschlagen konnte. Wie die Heiligenfeste und kirchlichen Feiertage. Kein Mensch konnte so was auswendig wissen. Außerdem musste sich jemand Aufzeichnungen über die Gottesdienste machen, besonders wenn es so viele waren wie – Ja, das war der entscheidende Punkt. Er ging rasch zurück zum Nordportal und griff sich eine der Gemeindemitteilungen.

ST. FRIDESWIDE'S CHURCH, OXFORD
Gottesdienste
Sonntags Messe und Heiliges Abendmahl 8.00
10.30 (Hochamt) und 17.30
Abendgottesdienst 18.00
Wochentags Dienstag und Freitag Messe 19.30
an Feiertagen 7.30 und 19.30 (Feierliches Hochamt)

Beichtgelegenheit
Freitag- und Samstagmittag oder nach Vereinbarung

Geistliche
Reverend K. D. Meiklejohn (Pfarrer),
Pfarrhaus St. Frideswide's;
Neil Armitage (Hilfspfarrer), Port Meadow Lane 19

April
01.04. Zur Oster-Oktave
02.04. Um 10.30 Uhr predigt der Bischof von Brighton.
Gemeindeversammlung 18.15 Uhr
03.04. St. Richard von Chichester
Messe 8.00 Uhr und 19.30 Uhr
04.04 Rosenkranz 11.00 Uhr
05.04 Mütterkreis 14.45 Uhr
06.04 Dekanatssynode 19.45 Uhr
07.04. Rosenkranz 17.00–18.00 Uhr
08.04. Ostern

Und so weiter durch den ganzen Monat; in zwei der folgenden drei Wochen war jeweils ein Feiertag. Und? Hatte ihn das jetzt einen Schritt weitergebracht? Der Name Armitage war Morse bisher noch nicht untergekommen, vermutlich war der Hilfspfarrer eine Neueinstellung und wohl einer der drei feierlichen Herren in den Purpurgewändern gewesen. Bei so vielen Gottesdiensten war ja auch Beistand nötig. Einer allein war damit entschieden überfordert, vor allem, wenn ihm zusätzlich noch die seelsorgerliche Pflicht oblag, die Lahmen, Kranken und Blinden zu besuchen. Und dann kam Morse ein Gedanke, bei dem ihm eiskalt wurde. Hatte Lawson einen Hilfspfarrer gehabt? Nun, das würde sich unschwer feststellen lassen.

Er steckte die Gemeindemitteilungen ein und wandte sich wieder der Kirche zu. Eine lange, mit Troddeln verzierte Kordel versperrte den Zugang zum Altar der Marienkapelle. Morse stieg respektlos darüber hinweg und blieb vor der üppigen Altardecke stehen. Links von ihm war der Bogengang, der zum Hauptaltar führte. Er durchschritt ihn langsam. In einer Nische links vom Durchgang stand ein frühgotisches Taufbecken. Morse betrachtete es genau und nickte vor sich hin. Dann wandte er sich nach links, ging an dem Lettner entlang, der die Marienkapelle vom Hauptschiff trennte, und machte vor der Sakristei halt. Er zog ein zufriedenes Gesicht und nickte noch ein paar Mal leicht lächelnd vor sich hin.

Morse war jetzt nur wenige Schritte von dem Hinweis entfernt, der einige seiner früheren Hypothesen null und nichtig machen sollte, doch das wusste er noch nicht. Die Tür am Nordportal ging auf, und Meiklejohn, eine Schachtel mit Glühbirnen in der Hand, kam herein. Ihm folgte ein junger Mann, der eine Ausziehleiter auf der Schulter balancierte.

»Guten Tag, Inspector«, sagte der Pfarrer. »Haben Sie noch etwas entdeckt?«

Morse grunzte unverbindlich und beschloss, die Besichtigung der Sakristei fürs Erste zu vertagen.

»Wir wollen eben mal die Glühbirnen auswechseln«, fuhr Meiklejohn fort. »Das machen wir alle drei, vier Monate. Ziemlich viele sind schon durchgebrannt.«

Morse blickte nach oben. In zwölf Meter Höhe sah er, jeweils paarweise angeordnet und in etwa sechs Meter Abstand, eine Reihe elektrischer Beleuchtungskörper. Inzwischen war die Leiter an das nächstgelegene Lampenpaar angelegt worden, und unter immer heftigerem Schwanken schob sich die Leiter immer höher, bis die dritte, oben schmal zulaufende Ausziehstufe zwanzig oder dreißig Zentimeter unterhalb des ersten Lampenpaares lehnte. »So leid es mir tut«, sagte Morse, »das kann ich nicht mit ansehen.«

»Sieht schlimmer aus, als es ist, Inspector, man muss nur ein bisschen aufpassen. Allerdings bin ich auch immer froh, wenn es vorbei ist.«

»Er ist der bessere Mann.« Morse deutete auf den jungen Helfer, der – etwas ängstlich, wie ihm schien – auf der zweiten Sprosse von unten stand und sich bemühte, der Leiter zu einem festeren Stand zu verhelfen.

Meiklejohn lächelte leicht. »Er ist fast ebenso schlimm dran wie Sie, vielleicht noch schlimmer. Nein, da muss ich schon selber hoch.«

Gott behüte, dachte Morse und entfernte sich schleunigst. Darüber vergaß er ganz, dass er der Kirche zwei Pence schuldete. Und dass er dem wagemutigen Pfarrer von St. Frideswide's noch eine äußerst wichtige Frage hatte stellen wollen.

Alles in allem mussten zwanzig Glühbirnen ausgewechselt werden. Es war wie immer eine langwierige Aktion. Der junge Mann, der pflichtschuldigst einen Fuß fest auf die unterste Leitersprosse gestellt hatte, sah krampfhaft geradeaus, während Meiklejohn immer wieder in schwindelnde Höhen kletterte, wo er sich, auf der vorvorletzten Stufe stehend, mit der linken Hand an die nackte Wand stützte, sich streckte, die alte Birne herausdrehte, sie sorgsam in die Jackentasche steckte und mit einer Aufwärtsbewegung seines rechten Arms, der praktisch seinen Körper in den leeren Raum hob, eine neue Birne einschraubte. Bei der kleinsten Unvorsichtigkeit, beim leisesten Schwindelgefühl hätte der gute Pfarrer das schwankende Gleichgewicht verloren und sich zu Tode gestürzt. Aber zum Glück war er jetzt fast fertig. Die Leiter stand unter dem letzten Lampenpaar, als die Tür sich knarrend öffnete. Auf der Schwelle stand eine absonderliche Erscheinung, ein Mann mit ungepflegtem Bart in einem langen, abgetragenen Mantel und einer dunklen Sonnenbrille. Er sah sich einen Augenblick um und hatte offenbar noch nicht gemerkt, dass er nicht allein war. Der Himmel hatte sich bezogen, und der Strom war zum Auswechseln der Birnen abgestellt worden.

»Kann ich etwas für Sie tun?«, fragte Meiklejohn.

Der Besucher fuhr zusammen. »Mann, Sie können einen aber erschrecken, Chef.«

»Bitte schauen Sie sich nur um, bei uns ist jeder willkommen.«

»Nein, schon gut. Ich wollte nur … ähm …«

»Ich kann Sie gleich selbst herumführen, wenn Sie –«

»Nee, nee. Ist schon gut, Chef.« Er schlurfte hinaus, und Meiklejohn sah seinen Helfer mit gerunzelter Stirn an. Die Leiter stand bereit, und er legte die rechte Hand auf die Sprosse über seinem Kopf. Dann hielt er inne.

»Erinnern Sie sich noch an meinen Vorgänger, den armen Mr Lawson? Er soll mit diesen Obdachlosen sehr gut zurechtgekommen sein. Hat oft welche auf ein oder zwei Tage mit nach Hause genommen. Vielleicht sollte ich auch mehr in der Richtung tun. Aber der liebe Gott hat uns eben alle verschieden erschaffen.« Er lächelte ein wenig bekümmert und begann den Aufstieg. »Vielleicht hat der arme Mr Lawson nicht so gut Glühbirnen auswechseln können.«

Sein Helfer lächelte blässlich und bezog wieder seinen Posten an der untersten Sprosse, wobei er es vermied, den rasch entschwindenden Sohlen der schwarzen Pfarrerschuhe nachzublicken. Er war seit etwa einem Jahr in der Gemeinde (er studierte am Hertfort College) und hatte Meiklejohns Vorgänger noch gut in Erinnerung. Und nicht nur ihn. Zum Beispiel glaubte er sich an den Obdachlosen zu erinnern, der eben hereingekommen war. Hatte er ihn nicht ein- oder zweimal in der Kirche gesehen?

30

Die Entscheidung, nach Shrewsbury zu fahren, fällte Morse spontan, als er auf dem Weg zurück nach St. Aldates war. Und während Lewis den Streifenwagen über den Kreisel an der Woodstock Road lenkte und auf die A34 fuhr, machten sich beide insgeheim Gedanken über den Zeitplan. Es war schon zwanzig nach vier. Zwei Stunden bis Shrewsbury, wenn es einigermaßen gut lief. Zwei Stunden vor Ort, zwei Stunden für die Rückfahrt. Mit einigem Glück konnten sie gegen halb elf wieder in Oxford sein.

Morse sprach wie immer wenig während der Fahrt. Und Lewis war froh, dass er sich ganz auf den Verkehr konzentrieren konnte. Sie waren so rechtzeitig weggefahren, dass sie dem täglichen Massenexodus aus Oxford zuvorgekommen waren, der Viertel vor fünf einsetzt und eine Stunde den Verkehr fast völlig lahmlegt. Es hatte seine Vorteile, in einem auf den ersten Blick erkennbaren Polizeifahrzeug zu sitzen. Auch heute hielten sich die anderen Verkehrsteilnehmer plötzlich äußerst gewissenhaft an die Geschwindigkeitsbeschränkungen, sobald sie den hellblau-weißen Wagen im Rückspiegel sahen. Sie legten eine Vorsicht und Rücksicht an den Tag, die in auffallendem Widerspruch zu ihrer sonstigen aggressiven Fahrweise standen.

Lewis bog von der A34 links ab nach Chipping Norton, fuhr durch Bourton-on-the-Hill, Moreton-in-March und dann, während das Tal von Evesham sich in einem weiten Panorama vor ihnen öffnete, die lange abfallende Strecke nach Broadway hinunter, dessen Häuser aus Cotswold-Stein in warmem Gelb in der Nachmittagssonne leuchteten. In Evesham bestand Morse darauf, dass sie über Pershore fuhren, wo er sich an den roten Backsteinhäusern mit den weißen Fensterstürzen begeisterte, und in Worcester wies er Lewis den Weg zur Bromyard Road.

»Eine der schönsten Straßen Englands«, erklärte Morse, als sie nach Leominster auf die A49 einbogen.

Lewis hüllte sich in Schweigen. Es war auch ein schöner Umweg, und wenn das so weiterging, waren sie nicht vor sieben in Shrewsbury. Aber als sie an Church Stretton vorbeifuhren, fand Lewis, dass Morse vielleicht gar nicht so unrecht hatte. Hinter dem Long Mynd ließ die Sonne, die noch abschiednehmend über den walisischen Bergen im Westen stand, den Abendhimmel rot erglühen, und das Weiß der Wolken wandelte sich zu zartestem Violett.

Es war halb acht, als sie endlich im Büro des Superintendenten in Shrewsbury saßen, und als sie herauskamen, war es halb neun. Morse hatte wenig gesagt, Lewis noch weniger, beide wussten, dass das Gespräch reine Routine gewesen war. Der Verdacht richtete sich auf keine bestimmte Person, ein Motiv war nicht erkennbar. Die Mitarbeiterinnen waren der Toten mit kameradschaftlicher Sympathie begegnet, die Sympathie der Ober- und Assistenzärzte stand ebenso wenig außer Zweifel, war allerdings wohl weniger kameradschaftlicher Art gewesen. An ihren pflegerischen Qualifikationen hätte selbst Florence Nightingale kaum etwas auszusetzen gehabt. Einer der Ärzte hatte am Vorabend mit ihr gesprochen, hatte neben ihr im Schwesternzimmer gesessen, sie hatten ein Kreuzworträtsel vor sich gehabt. Er war vermutlich der Letzte gewesen, der sie – wenn man von dem Mörder absah – vor ihrem Tod gesehen hatte, aber es bestand kein Grund zu der Annahme, dass er in die Sache verwickelt war. Fest stand nur, dass jemand sie mit ihrem eigenen Gürtel brutal erwürgt und, in der Annahme, sie sei tot, neben dem Bett hatte liegen lassen, von wo sie sich dann später zur Tür geschleppt und verzweifelt versucht hatte, um Hilfe zu rufen. Aber niemand hatte sie gehört, niemand war gekommen.

»Tja, dann sehen wir sie uns wohl am besten mal an«, sagte Morse widerstrebend.

In der cremefarbenen gekachelten Leichenschauhalle der Polizei zog ein Constable ein Fach aus dem Stahlrahmengestell und nahm das Tuch von dem weißen, wächsernen Gesicht. Die weit aufgerissenen, blutunterlaufenen Augen zeugten von einem qualvollen Tod. Am Hals und bis hinauf zum rechten Ohr verlief die grausige Spur des Gürtels.

»Wahrscheinlich Linkshänder«, brummelte Lewis. »Das heißt – wenn er sie von vorn gewürgt hat.« Er sah sich um. Morse hatte die Augen geschlossen.

Fünf Minuten später, als sie sich im Vorraum den Inhalt der Taschen und der Handtasche der Toten ansahen, war Morse wieder bedeutend munterer.

»Die Handschrift dürfte sich leicht überprüfen lassen«, meinte Lewis, als er sah, dass Morse den Brief aus Kidlington in der Hand hatte.

»Das wird kaum nötig sein.« Morse nahm sich die übrigen Sachen aus der Handtasche vor. Zwei Taschenkalender, ein Damentaschentuch, eine lederne Geldbörse, drei Essensmarken und das übliche Sammelsurium: Parfum, Nagelfeile, Kamm, Handspiegel, Lidschatten, Lippenstift, Kosmetiktücher.

»Trug sie viel Make-up, als sie gefunden wurde?«, fragte Morse.

Der Superintendent sah etwas betreten drein. »Etwas wohl, aber –«

»Sie war gerade vom Dienst gekommen, nicht? Krankenschwestern dürfen doch sicher nicht stark geschminkt sein?«

»Sie meinen, dass sie vielleicht Besuch erwartet hat?«

Morse zuckte die Schultern. »Möglich wärs.«

Der Superintendent nickte nachdenklich und fragte sich, warum er daran nicht selbst schon gedacht hatte. Aber Morse kümmerte sich nicht weiter darum, als sei es für ihn nicht mehr wichtig.

In der Geldbörse waren sechs Pfundnoten, etwa fünfzig Pence in Münzen und ein Busfahrplan. »Kein Führerschein«, sagte Morse nur. Der Superintendent bestätigte, dass sie keinen Wagen besessen hatte.

»Sie hat sich sehr bemüht, ihre Spuren zu verwischen, Super. Vielleicht hatte sie Angst, jemand könnte sie finden.« Aber auch an diesem Gedankengang schien er schnell wieder das Interesse zu verlieren. Einer der Taschenkalender war vom laufenden, der andere vom vergangenen Jahr.

»Das Tagebuchschreiben à la Samuel Pepys war leider nicht ihre Sache«, sagte der Superintendent. »Hier und da mal eine Notiz, aber nichts, was uns weiterhelfen würde, soweit ich sehe.«

Mrs Brenda Josephs hatte beide Jahre mit den besten Vorsätzen begonnen. Die ersten Januartage waren ziemlich ausführlich dokumentiert. Aber auch Vermerke wie »Sechs Fischstäbchen« oder »Schwesternabend 20.30« brachten sie der Ergreifung ihres Mörders nicht viel näher. Mit säuerlicher Miene und einigermaßen ziellos blätterte Morse herum. Am Tag von Brendas Tod las er die Eintragung: Periode fällig. Rührend, aber bedeutungslos.

Lewis, der fand, dass er bei diesem Besuch bisher eine wenig konstruktive Rolle gespielt hatte, griff nach dem

Kalender vom vergangenen Jahr und sah ihn in seiner gewohnt gründlichen Art durch. Die Schrift war klar und deutlich, aber meist so klein, dass er das Buch auf Armeslänge von sich abhalten und mit zusammengekniffenen Augen anpeilen musste. Praktisch an allen Sonntagen bis Mitte September waren die Buchstaben SF eingetragen. Die gleiche Abkürzung tauchte in diesem Zeitraum auch in der Woche in unregelmäßigen Abständen auf. Bei SF fiel Lewis zunächst nur Science-Fiction ein, aber das war vermutlich abwegig. Außerdem erschienen von Juli bis September mit Bleistift geschriebene Ps, kaum zu erkennen auf der blauen Trennlinie zwischen den Wochentagen. Und zwar immer am Mittwoch.

»Was heißt SF, Sir?«

»St. Frideswide's«, antwortete Morse wie aus der Pistole geschossen.

Natürlich, das musste es sein. Lewis fiel jetzt ein, dass Harry Josephs den Führerschein losgeworden war und dass ihn deshalb seine Frau immer zur Kirche gebracht hatte. Das kam hin. Sonntagvormittag zur Messe, dazwischen an den Wochentagen zu Heiligenfesten, Feiertagen und dergleichen. »Und was bedeutet das P, Sir?«

Morse spulte die Vorschläge ab wie jemand, der allzu viele Stunden seines Lebens damit verbracht hat, Kreuzworträtsel zu lösen. »Präsident, Prinz, Paginierung, Partizip …«

»Sonst nichts?«

»Phosphor.«

Lewis schüttelte den Kopf. »Wahrscheinlich der Anfangsbuchstabe eines Namens. Es ist ein großes P.«

»Zeigen Sie mal her, Lewis.«

»Könnte es Paul sein, Sir? Paul Morris.«

»Oder Peter, wenn sie pädophil war.«

»Wie bitte?«

»Schon gut.«

»Und immer am Mittwoch, Sir. Vielleicht wollte sie plötzlich öfter mit ihm zusammen sein …«

»Und dabei war ihr ihr Mann im Weg, und sie hat ihn umgebracht.«

»So unsinnig ist das gar nicht. Sie hat ausgesagt, dass sie an dem Abend im Kino war, nicht?«

»Hm.« Endlich schien Morse' Interesse geweckt. »Wie viel muss man heutzutage für einen Kinobesuch anlegen?«

»Keine Ahnung. Ein Pfund? Eins fünfzig?«

»Teurer Film, wie? Sie kann höchstens eine Stunde drin gewesen sein.«

»Wenn sie überhaupt hingegangen ist. Ich meine, sie war vielleicht gar nicht im Kino, sondern hat sich heimlich wieder in die Kirche geschlichen und …«

Morse nickte. »Wahrscheinlich hatte sie von allen das überzeugendste Motiv. Aber Sie haben etwas vergessen. Die Kirchentüren knarren wie verrückt.«

»Nur die am Nordportal.«

»Ach ja?« Morse interessierte sich offenbar nicht mehr für knarrende Türen, und Lewis fragte sich nicht zum ersten Mal, weshalb sie eigentlich hergekommen waren. Sie hatten nichts erfahren, waren keinen Schritt weitergekommen.

»Es gibt noch ein P«, sagte Morse plötzlich. »Wir haben Philip Lawson vergessen.«

Der Constable steckte Brenda Josephs' Habseligkeiten wieder in die Plastiktüten, die er in einem mit Schildchen versehenen Schrank verwahrte. Morse bedankte sich bei dem Superintendent für die Unterstützung, schüttelte ihm die Hand und setzte sich neben Lewis in den Wagen.

Auf der Straße nach Kidderminster, etwa sechs oder sieben Meilen südlich von Shrewsbury, meldete sich das vertraute Kribbeln. »Sagten Sie, dass Brenda Josephs notiert hat, wann sie ihren Mann zur Kirche brachte?«

»Sieht so aus, Sir. Und oft nicht nur sonntags.«

»SF hat sie hingeschrieben, sagten Sie?«

»Ja. Könnte St. Frideswide's heißen, ganz wie Sie sagen. Scheint ziemlich klar zu sein.« Er sah rasch zur Seite. Morse starrte angespannt in die Dunkelheit hinaus. »Oder meinen Sie, es heißt was anderes?«

»Nein, es heißt nichts anderes.« Und dann sagte Morse sehr ruhig: »Wenden Sie, wir fahren zurück.«

Die Leuchtziffern der Uhr zeigten auf halb elf. Sogar nach der pessimistischsten Schätzung waren sie mit ihrem Zeitplan weit im Rückstand. Trotzdem wendete Lewis bei der nächsten Gelegenheit. Befehl ist Befehl.

Der Constable in der Leichenschauhalle machte den Schrank wieder auf. Komische Typen, diese Kollegen von außerhalb.

Morse' Hand war nicht ganz sicher, als er nach dem vorjährigen Kalender griff und eine bestimmte Seite aufschlug. Dann lächelte er zufrieden. »Vielen Dank, Constable, sehr nett von Ihnen. Ob ich den Kalender wohl mitnehmen könnte?«

»Tja, das weiß ich nicht, Sir ... Der Super ist nicht mehr da, und ...«

Morse hob die Rechte wie ein segnender Priester. »Schon gut. Ist nicht weiter wichtig.« Er wandte sich an Lewis. »Sehen Sie das da?« Er deutete auf Montag, den 26. September, den Tag, an dem Harry Josephs ermordet worden war. Lewis runzelte die Stirn, sah hin, sah noch einmal hin. Das Kalenderfeld war leer.

»Haben Sie Ihren Sherlock Holmes noch im Kopf, Lewis?«

Aber Lewis bekam gar keine Gelegenheit kundzutun, ob ihm diese berühmte Persönlichkeit der Kriminalliteratur vertraut war oder nicht, denn Morse schien ganze Holmes-Dialoge auswendig zu können und begann sogleich zu zitieren: »›Gibt es irgendeinen Punkt, auf den Sie meine Aufmerksamkeit zu lenken wünschen?‹ ›Auf die eigenartige Begebenheit des Hundes in der Nacht.‹ ›Mit dem Hund hat sich in der Nacht gar nichts begeben.‹ ›Das eben war das Eigenartige.‹«

»Verstehe«, sagte Lewis verständnislos.

»Wie viel gibt der Schlitten her?«, erkundigte sich Morse, während er wieder in den Streifenwagen stieg.

»Um die neunzig Meilen, auf gerader Strecke ein bisschen mehr.«

»Stellen Sie Blinklicht und Sirene an, wir müssen so schnell wie möglich nach Oxford zurück. Klar?«

Sie rasten durch das dunkle Land, durch Bridgnorth und Kidderminster, über die alte Worcester Road nach Evesham und waren in schier unglaublich kurzer Zeit wieder in Oxford. Fast auf die Minute eineinhalb Stunden hatten sie gebraucht.

»Zum Präsidium?«, fragte Lewis, als er auf die Northern Ring Road einbog.

»Nein. Nach Hause, Lewis. Ich bin total erschossen.«

»Aber Sie haben doch gesagt – «

»Nicht heute, Lewis, ich bin fix und fertig.« Er zwinkerte Lewis zu, ehe er die Tür des Ford zuschlug. »Hat Spaß gemacht, was? Schlafen Sie gut. Morgen früh gibt es viel Arbeit.«

Lewis fuhr vergnügt davon. In seiner rechtschaffenen Seele wohnten nur wenige Sünden – aber schnelles Fahren war eine von ihnen.

31

Die Ereignisse der letzten Tage waren Pfarrer Keith Meiklejohn möglicherweise nicht so nah gegangen, wie sich das wohl gehört hätte, und da er ein ehrlicher Mensch war, beunruhigte ihn dieser Gedanke. Zwar hatte er, da er erst im November in sein Amt eingeführt worden war, Vater und Sohn Morris nicht persönlich gekannt, es war also nicht zu verlangen, dass er von der traurigen Entdeckung der Leichen allzu betroffen war. Doch als er am Dienstagvormittag um halb zehn in seinem Arbeitszimmer saß, fand er, dass er eigentlich doch mehr Engagement hätte aufbringen müssen, und er machte sich Gedanken über sich und seine Kirche.

Meiklejohn war ein kräftiger, gut gebauter Mann von einundvierzig Jahren und glücklicher Junggeselle. Seine Kindheit hatte er in einem von evangelikaler Frömmigkeit erfüllten Elternhaus verbracht, in dem fanatische Betschwestern und wiedergeborene Baptisten ein und aus gingen. Von Jugend auf waren die Aussicht auf das ewige Leben und die Schrecken des Pfuhls, der mit Feuer und Schwefel brennt, für ihn so real gewesen wie Gummibärchen und die Landschaft seiner Heimat in Dorset. Während seine Klassenkameraden die Aussichten ihrer Lieblingsfußballmannschaften oder die Vorzüge ihrer neuen Rennräder erörterten, hatte Keith sich für kirchliche und theologische Fragen begeistert, und mit sechzehn war es für ihn ganz klar, dass er Pfarrer werden würde. Als junger Hilfsgeistlicher war er in Dingen der Liturgie und der Sakramente zunächst eher protestantisch eingestellt gewesen. Doch dann hatte ihn die katholische Erneuerungsbewegung des Oxford

Movement immer stärker angezogen, und es fehlte nicht viel zum Übertritt. Diese Phase war überstanden. Er hatte sich wieder gefangen, konnte jetzt sicher und voller Selbstvertrauen auf dem Drahtseil der anglikanischen Hochkirche balancieren, und es freute ihn, dass seine Gemeinde ihm das anscheinend hoch anrechnete. Sein Vorgänger Lionel Lawson war wegen seiner lockeren Einstellungen offenbar nicht allgemein beliebt gewesen. Als Lawsons Hilfspfarrer vor fünf Jahren eine eigene Gemeinde bekommen hatte, war beim Bischof kein Ersatz angefordert worden, und Lawson hatte allein mit den zahlreichen Pflichten in St. Frideswide's fertigwerden müssen. Dass einige Gottesdienste gestrichen werden mussten, war nach Lage der Dinge unvermeidlich, doch Meiklejohn war fest entschlossen, so bald wie möglich die täglichen Messen um 11.15 Uhr und um 18.15 Uhr wieder einzuführen. Aus seiner Sicht waren sie für eine Kirche, die dem Ruhm Gottes geweiht war, unverzichtbar.

Doch als er jetzt an dem alten Rollsekretär saß, blieb die Seite, über der schon einige Zeit sein Kugelschreiber schwebte, entmutigend leer. Es wurde höchste Zeit, dass er wieder mal über die Transsubstantiation predigte, ein heikles Thema, gewiss, doch unabdingbar für das spirituelle Wohl der Brüder. Aber hatte diese Predigt nicht vielleicht noch Zeit? Ein Exemplar der Heiligen Schrift, in flexibles Leder gebunden, lag neben ihm, das Buch Hosea war aufgeschlagen. Ein prachtvolles, denkwürdiges Buch der Bibel. Es war fast, als habe der Allmächtige selbst nicht recht gewusst, was er mit seinem Volk anfangen sollte, als dessen Tugend und Barmherzigkeit so vergänglich geworden waren wie eine Morgenwolke und wie Tau, der frühmorgens vergeht. War die Kirche in Gefahr, ihre Liebe zu verlieren? Denn ohne Liebe waren Frömmigkeit und Sorge um den Nächsten wenig mehr als ein tönend Erz oder eine klingende Schelle … Ja, die Möglichkeiten für eine Predigt begannen sich schon abzuzeichnen. Natürlich nicht zu ungestüm formuliert, nichts, was ihn in die Nähe von Eiferern gerückt hätte … Aber dann fiel sein Blick auf ein früheres Kapitel desselben Propheten: »Der Ephraim hat sich zu den Götzen gesellt. So lasst ihn hinfahren.« Auch ein eindrucksvoller Vers. Götzendiener waren letztlich die Mitglieder der Kirche, nicht die da draußen. Mitglieder, die einer falschen Darstellung von Gott anhingen – womit nicht nur das Goldene Kalb gemeint war. Es bestand immer die Gefahr, dass andere Bilder den wahren Weg zu Gott verstellten. Dinge wie – ja, er musste es zugeben – Dinge wie Weihrauch und Kerzen und Weihwasser, das Bekreuzigen und Niederknien und der ganze Apparat des Zeremoniells, der vielleicht die Reinigungskraft des Heiligen Geistes beeinträchtigte. Nur zu leicht ließ man sich auch durch rechnerische Ergebnisse über die geistliche Gesundheit der Kirche hinwegtäuschen, besonders wenn er, Meiklejohn, nicht ohne Stolz bedachte, wie stark der Gottesdienstbesuch seit seiner Ankunft zugenommen hatte. Aus den Aufzeichnungen ging hervor, dass unter Lawsons Ägide der Besuch manchmal sehr zu wünschen übrig ließ, während der Woche war er kaum der Rede wert gewesen. Doch Gott zählt nicht nur die Köpfe, sagte sich Meiklejohn und wandte sich wieder dem zentralen Problem von vorhin zu: Müsste er sich nicht mehr um das geistliche Wohl seiner Kirche kümmern?

Er war sich über den Text seiner nächsten Predigt noch immer nicht klar geworden, das Blatt war so leer wie zuvor, die beunruhigenden Worte des Propheten Hosea lagen noch immer vor ihm, als es klingelte.

War es Vorsehung, dass er sich gerade mit dem Seelenzustand von St. Frideswide's beschäftigt hatte? Zumindest war es ein sonderbarer Zufall, dass sein Besucher ihm – und zwar ziemlich unverblümt – dieselben Fragen stellte, die er sich selbst schon vorgelegt hatte.

»Sie hatten letzten Sonntag großen Zulauf, Sir.«

»Nicht mehr als sonst, Inspector.«

»Wie man hört, ist bei Ihnen der Gottesdienstbesuch noch besser als bei Lawson.«

»Vielleicht. Besonders in der Woche.«

»Sie führen Buch über die Besucherzahl?«

Meiklejohn nickte. »Ja, diesen Brauch habe ich von meinem Vorgänger übernommen.«

»Aber nicht alle Bräuche?« Die durchdringenden blauen Augen waren fragend auf Meiklejohn gerichtet.

»Was wollen Sie damit sagen, Inspector?«

»War Lawson liberaler eingestellt als Sie?«

»Ich habe ihn nicht gekannt.«

»Aber die Antwort ist Ja?«

»Er hatte, soweit ich weiß, Ansichten, die … äh …«

»… liberaler waren?«

»Äh – ja, so könnte man wohl sagen.«

»Ich habe gesehen, dass den Gottesdienst am Sonntag drei Priester geleitet haben.«

»Auf diesem Gebiet haben Sie noch einiges zu lernen, Inspector. Nur ich und mein Hilfsgeistlicher sind ordiniert. Der Subdiakon braucht es nicht zu sein.«

»Drei sind aber mehr als die übliche Menge, nicht?«

»Beim Gottesdienst rechnen wir nicht in Mengen.«

»Hatte Lawson einen Hilfspfarrer?«

»Zuerst ja. Bei einer so großen Gemeinde ist das meiner Meinung nach unerlässlich.«

»Aber in den letzten Jahren war Lawson allein?«

»Ganz recht.«

»Haben Sie mal Gerüchte gehört, dass Lawson eine Spur zu viel Interesse an den Chorknaben zeigte?«

»Ich finde es sehr – ähem – unpassend, wenn Sie oder ich –«

»Ich habe mich kürzlich mit seinem früheren Direktor

unterhalten.« Morse sprach jetzt in sehr dienstlichem Ton. »Und ich hatte das Gefühl, dass er etwas verschwieg. Ich glaube auch zu wissen, was es war: dass Lionel Lawson relegiert wurde.«

»Sind Sie sicher?«

Morse nickte. »Ich habe den alten Knaben heute angerufen und es ihm auf den Kopf zugesagt. Er hat es bestätigt.«

»Relegiert wegen Homosexualität?«

»Das wollte er nicht bestätigen«, sagte Morse nachdenklich. »Aber er hat es auch nicht geleugnet. Das können Sie auslegen, wie Sie wollen. Ich verspreche Ihnen, dass ich alles, was ich von Ihnen erfahre, streng vertraulich behandeln werde, aber es ist meine Pflicht als Kriminalbeamter, Sie nochmals zu fragen: Haben Sie über Lawson jemals Gerüchte dieser Art gehört?«

Meiklejohn sah auf seine Füße und wählte seine Worte sehr sorgfältig. »Ja, da ist mir schon etwas zu Ohren gekommen. Allerdings glaube ich selbst nicht, dass Lawson sich aktiv homosexuell betätigt hat.«

»Aber passiv?«

Meiklejohn sah auf. »Meiner Meinung nach war Lawson kein Homosexueller«, sagte er fest. »Natürlich kann man sich auch irren, Inspector, aber in diesem Punkt bin ich mir ziemlich sicher.«

»Besten Dank«, sagte Morse, aber es klang nicht besonders dankbar. Sein Blick ging an den Bücherregalen mit den meist dunkelblau oder braun gebundenen theologischen Werken entlang. In diesem düsteren Zimmer hatte Lawson während seiner zehnjährigen Amtszeit in St. Frideswide's vermutlich mehrere Stunden täglich gesessen. Was war hier wirklich geschehen? Welche seltsamen Geschichten vom Menschen und ihren Abgründen könnten diese Wände, diese Bücher erzählen, wenn sie eine Stimme hätten? Konnte er noch etwas von Meiklejohn erfahren? Ja, da war diese letzte, alles entscheidende Frage, die ihm blitzartig gestern Abend eingefallen war, nur wenige Meilen hinter Shrewsbury.

Er nahm die inzwischen stark mitgenommenen Gemeindemitteilungen für den Monat April aus der Tasche. »Dieses Blatt kommt jeden Monat heraus, nicht?«

»Ja.«

Sein Mund war plötzlich trocken. »Haben Sie Belegexemplare aus den vergangenen Jahren?«

»Selbstverständlich. Es ist eine große Hilfe, wenn man das Blatt vom vergangenen Jahr vor sich hat. Natürlich nicht so sehr über Ostern, aber –«

»Könnte ich mal die Mitteilungen vom letzten Jahr sehen?«

Meiklejohn holte einen Loseblattordner aus einem Regal. »Welchen Monat möchten Sie denn haben?« Er sah Morse listig an. »Den September vielleicht?«

»Ja, den September«, bestätigte Morse.

»Da wären wir. Juli, August ...« Er hielt verwundert inne. »Oktober ... November ...« Er blätterte zurück zum Januar und ging die Nummern noch einmal langsam durch. »Der Monat fehlt, Inspector. Ich frage mich ...«

Auch Morse fragte sich einiges. Aber es konnte ja nicht so schwierig sein, irgendwo ein Exemplar aufzutreiben. Die Auflage ging bestimmt in die Hunderte. »Wer druckt die Mitteilungen für Sie?«

»Eine kleine Druckerei in der George Street.«

»Und die behält vermutlich die Vorlagen?«

»Ich denke schon.«

»Könnten Sie das für mich feststellen? Gleich?«

»Ist es so dringend?«, fragte Meiklejohn leise.

»Ich denke schon.«

»Sie könnten natürlich auch im Kirchenbuch nachsehen.«

»Dem was?«

»Wir haben ein Register in der Sakristei. Jeder Gottesdienst – und ich nehme an, dass Sie nach einem Gottesdienst suchen – ist dort verzeichnet. Zeit, Art des Gottesdienstes, der amtierende Pfarrer, Kollekte und Besucherzahl – die allerdings häufig nur geschätzt.«

Morse gestattete sich ein triumphierendes Lächeln. Da hatte seine Nase also mal wieder nicht getrogen. Die Spur, nach der er gesucht hatte, war tatsächlich in der Kirche selbst gewesen. Er war aufgeregt wie jemand, der schon sieben Richtige im Fußballtoto hat und losgeht, um sich eine Sportzeitung zu kaufen, um das Ergebnis des achten Spiels in Erfahrung zu bringen.

Sie gingen die breite Treppe hinunter in die Diele. Meiklejohn nahm die Jacke von dem Kleiderständer, der dunkelbraun gebeizt war wie fast alle Möbel in dem großen, hallenden Pfarrhaus.

»Eine Menge Platz hier«, sagte Morse, als sie ins Freie traten.

Wieder sah der Pfarrer ihn verständnisinnig an. »Sie meinen, ich könnte hier ein Obdachlosenasyl eröffnen?«

»Warum nicht? Wie man hört, hat Ihr Vorgänger hin und wieder Obdachlose aufgenommen.«

»Ja, ich weiß.«

Sie trennten sich an der George Street, und Morse tastete schon erregt nach dem schweren Schlüsselbund in der Regenmanteltasche, während er den Cornmarket hinunter zu St. Frideswide's ging.

32

Das dicke, ledergebundene Kirchenbuch stand, wie Meiklejohn gesagt hatte, auf einem Bord in der Sakristei, und Morse empfand dieselbe Mischung aus Angst und Erwartung, mit der er als Schuljunge die Umschläge mit den Prüfungsergebnissen geöffnet hatte. Die Blätter waren blau liniert, mit einem Zeilenabstand von einem halben Zentimeter, eine Eintragung ging jeweils über die rechte und die linke Seite des Buches. Auf der linken Seite standen Wochentag, Datum und Zeit des Gottesdienstes, rechts Besucherzahl, Betrag der Kollekte und schließlich der Name (fast immer die Unterschrift) des oder der Geistlichen. In einer Kirche von eher konservativem Zuschnitt hätte bestimmt auch noch dagestanden, welche Bibelstelle in der Predigt abgehandelt worden war. Doch auch mit dem, was er vor sich sah, war Morse hochzufrieden. Das Register hatte sich von selbst beim laufenden Monat geöffnet, und er las die letzte Eintragung: »Montag, 3. April, 19.30 Uhr, St. Richard von Chichester. Stille Messe. 19. £ 5.35. Keith Meiklejohn M. A. (Pfarrer).« Dann ging er weit, etwas zu weit zurück, wie er feststellte, bis zum Juli des Vorjahrs. Er blätterte bis zum August. Ihm wurde ganz flau, als ihm einfiel, dass jemand die Seite, die er suchte, herausgerissen haben könnte. Aber nein, da war sie. »Montag, 26. September, 19.30 Uhr. Bekehrung des St. Augustin. Feierliches Hochamt. 13. –. Lionel Lawson M. A. (Pfarrer).« Minutenlang sah Morse auf die Eintragung. Hatte er sich doch geirrt? Denn da stand es, von Lawsons eigener Hand – genaue Angaben über den Gottesdienst, in dem Josephs ermordet worden war: Datum und Zeit, Anlass, Art der Messe (deshalb war natürlich auch

Paul Morris dabei gewesen), Besucherzahl, Kollekte (die Summe war natürlich unbekannt, nur Josephs' Gedächtnis hatte sie vielleicht sekundenlang gespeichert, ehe der Tod ihn ereilte), dann Lawsons Unterschrift. Alles vorhanden, alles in Ordnung. Was hatte er sich erhofft? Doch sicher nicht den Betrag der Kollekte? Eine so bodenlose Dummheit hätte Lawson sich nicht leisten dürfen, ohne Stunden später von jedem auch nur einigermaßen tüchtigen Kriminalbeamten verhaftet zu werden. Nein, einen Fehler dieser Art hatte Morse nicht erwartet. Es war viel einfacher. Er hatte überhaupt keine Eintragung erwartet.

Die Tür am Nordportal öffnete sich knarrend, und Morse verspürte einen Anflug nackter Angst, wie er da so allein in der stillen Kirche stand. Irgendwo – vielleicht ganz in der Nähe – lief ein Mörder frei herum und beobachtete die Entwicklung mit bösem, berechnendem Blick. Vielleicht beobachtete er sogar Morse in dieser Sekunde, wusste, dass die Polizei der Wahrheit gefährlich nahe gekommen war. Der Inspector ging auf Zehenspitzen zu dem schweren roten Vorhang vor dem Eingang zur Sakristei und peilte vorsichtig hindurch. Es war Meiklejohn.

»Da habe ich Ihnen was mitgebracht, Inspector«, sagte er munter. »Aber jetzt müssen Sie mich entschuldigen, wir haben um elf Messe.«

Er reichte Morse ein doppelseitig bedrucktes Blatt mit verblassten Buchstaben. Die Gemeindemitteilungen für September bestanden aus zahlreichen eng gedruckten, durch Sternchenreihen unterteilten Abschnitten. Den Anfang machten in einer Doppelspalte die bevorstehenden Veranstaltungen. Morse setzte sich auf die hinterste Bank und vertiefte sich in das Blatt. Er war noch mit der Lektüre beschäftigt, als ein paar Minuten später Mrs Walsh-Atkins langsam durch den Mittelgang kam. Sie tastete sich mit der Linken von Bankreihe zu Bankreihe bis zu ihrem

Stammplatz. Dort kniete sie nieder und legte zu einer längeren Audienz mit dem Allmächtigen die Stirn in die linke Armbeuge. Inzwischen waren noch ein paar fromme Seelen, alles Frauen, erschienen. Morse hatte sie nicht kommen hören. Die Tür am Südportal war wohl besser mit Öl versorgt als die am Nordportal. Er registrierte diese Tatsache, als könne sie noch einmal nützlich sein.

Morse saß den Gottesdienst aus – was wortwörtlich zu nehmen war, denn er versuchte nicht einmal, die Bewegungen der wenigen alten Damen nachzuahmen. Sein Antlitz trug – schon weit vor Meiklejohns feierlichem Segen – einen Ausdruck lächelnder Zufriedenheit.

»Haben Sie gefunden, was Sie suchen, Inspector?« Meiklejohn beugte sich über den niedrigen Tisch in der Sakristei und machte mit der rechten Hand die Eintragungen im Kirchenbuch, während die Linke zu der langen Reihe von Knöpfen an der Soutane ging.

»Ja, ich bin Ihnen sehr dankbar. Nur noch eine Frage. Können Sie mir etwas über den Heiligen Augustin sagen?«

Meiklejohn sah sich blinzelnd um. »Welchen?«

»Das möchte ich ja gerade von Ihnen wissen.«

»Es gab zwei. St. Augustin von Hippo hat um vierhundert nach Christus gelebt. Er ist hauptsächlich wegen seiner *Confessiones* bekannt, der berühmten *Bekenntnisse,* wie Sie wohl wissen. Der andere, der heilige Augustin von Canterbury, lebte ein paar Jahrhunderte später, galt als Apostel der Angelsachsen und hat das Christentum auf die Britischen Inseln gebracht. Ich habe ein paar Bücher, die ich Ihnen leihen könnte, wenn –«

»Wissen Sie, wann die beiden bekehrt worden sind?«

»Bekehrt? Äh – nein, leider nicht. Ich bin gar nicht sicher, ob dieses Datum bekannt ist, jedenfalls bei unserem St. Augustin nicht. Aber wie gesagt –«

»Und welchen von den beiden feiern Sie hier?« Von

Meiklejohns Antwort hing alles ab. Die hellblauen Augen richteten sich fast feindselig vor Spannung auf den Pfarrer.

»Keinen von beiden«, sagte Meiklejohn schlicht. »Vielleicht sollten wir es tun, aber man kann nicht unentwegt feiern, sonst wäre kein Feiertag mehr etwas Besonderes.«

Als Meiklejohn gegangen war, schlug Morse rasch über die letzten drei Jahre den Monat September im Register nach und schnurrte fast vor Zufriedenheit. Das Fest der Bekehrung des einen oder anderen Augustin war erst im September des vergangenen Jahres eingeführt worden. Unter Hochwürden Lionel Lawson.

Als Morse gerade die Kirche verlassen wollte, sah er, dass Mrs Walsh-Atkins sich erhoben hatte, und ging zurück, um ihr zu helfen. »Sie sind eine treue alte Seele«, sagte er freundlich.

»Wenn ich kann, komme ich zu allen Gottesdiensten, Inspector.«

Morse nickte. »Dann wundert es mich eigentlich, dass Sie an dem Abend nicht da waren, als Josephs ermordet wurde.«

Die alte Dame lächelte wehmütig. »Ich muss wohl vergessen haben, mir die Gemeindemitteilungen anzusehen. Das ist leider so, wenn man älter wird – das Gedächtnis macht nicht mehr so richtig mit.«

Morse geleitete sie zur Tür und sah ihr nach, wie sie zum Martyrs' Memorial ging. Er hätte sie über ihre vermeintliche Gedächtnisschwäche trösten können. Im September jedenfalls hatte sie sich nicht vertan. Denn in dem Mitteilungsblatt, das Meiklejohn soeben für ihn aufgestöbert hatte, stand kein Wort über den Gottesdienst, in dem Josephs ermordet worden war.

33

Lewis hatte einen geschäftigen Vormittag hinter sich. Er hatte mit dem Büro des Coroners die Einzelheiten über die Leichenschau Morris – Vater und Sohn – abgesprochen. Er hatte einen ausführlichen Bericht über die Fahrt nach Shrewsbury geschrieben. Und er hatte gerade den fast wieder genesenen Bell über die neuesten Entwicklungen informiert, als Morse von St. Frideswide's zurückkam. Er schien abgespannt, aber in gehobener Stimmung zu sein.

»Wann geht die *Oxford Mail* in Druck, Lewis?«

»Die erste Ausgabe etwa jetzt, glaube ich.«

»Verbinden Sie mich mit dem Chefredakteur, aber rasch, ich habe was für ihn.« Morse begann hastig zu kritzeln, und als Lewis ihm den Hörer reichte, war er fertig. »Bringen Sie das in der heutigen *Mail,* ja? Und zwar auf der ersten Seite. Kanns losgehen? Überschrift: VERHAFTUNG IM MORDFALL ST. FRIDESWIDE'S STEHT KURZ BEVOR. Haben Sie das? Gut. Jetzt der Text. Ich will ihn wörtlich haben, nicht dass noch irgendein Schlussredakteur daran herumpfuscht. Wie die Polizei heute berichtet, sind die langwierigen Ermittlungen im Mordfall Harry Josephs jetzt praktisch abgeschlossen. Es wurde festgestellt, dass ein eindeutiger Zusammenhang zwischen diesem Fall und den Toten besteht, die auf dem Turm und in der Krypta der Kirche gefunden wurden (die *Mail* berichtete darüber). Sie sind zweifelsfrei als Paul Morris, früher Musiklehrer an der Roger Bacon School in Kidlington, und dessen Sohn Peter Morris, früher Schüler an derselben Schule und Mitglied des Kirchenchors, identifiziert worden. Die Polizei bestätigte auch, dass es sich bei der in der letzten Woche in einem

Schwesternheim in Shrewsbury ermordet aufgefundenen Frau um Brenda Josephs, Ehefrau von Harry Josephs, handelt. Chief Inspector Morse von der Thames Valley Constabulary teilte Reportern heute mit, dass die Reaktion der Öffentlichkeit auf den Appell der Polizei sehr ermutigend war und dass die Beweise jetzt fast vollständig vorliegen. Nein, das ändern Sie bitte: … und dass das Beweismaterial mit Ausnahme einer entscheidenden Zeugenaussage, die in Kürze erwartet wird, lückenlos vorliegt. Auf jeden Fall rechnet man fest mit einer Verhaftung innerhalb der nächsten achtundvierzig Stunden. Ende des Textes. Alles klar? Erste Seite, und eine fette Schlagzeile, etwa so, als wenn Oxford United gewonnen hätte.«

»Schön wärs«, seufzte der Chefredakteur.

Morse legte auf und wandte sich an Lewis. »Ich habe einen kleinen Auftrag für Sie. Tippen Sie das und bringen Sies am Südportal von St. Frideswide's an.«

Lewis las: »Da mit dem Abbröckeln von Mauerwerk direkt über dem Portal gerechnet werden muss, darf diese Tür bis auf Weiteres keinesfalls geöffnet werden.«

»Kommen Sie wieder her, sobald Sie das erledigt haben, Lewis, ich habe Ihnen etwas zu sagen.«

Lewis stand auf und tippte auf den Zettel. »Warum schließen wir die Tür nicht einfach ab?«

»Weil sie nur ein Schloss hat.«

Ausnahmsweise verzichtete Lewis darauf, den Köder zu schlucken. Er spannte einen weißen Bogen ein und stellte das Farbband auf Rot.

Der bucklige Polizeiarzt schaute kurz nach drei in Bells Büro vorbei, wo Morse und Lewis in ernsthaftem Gespräch zusammensaßen. »Lassen Sie sich nicht stören, Morse. Wollte Ihnen nur sagen, dass wir mit dem Mann, den Sie auf dem Turm gefunden haben, nicht viel weitergekommen sind. Mit Bestimmtheit lässt sich da nicht mehr viel sagen, fürchte ich.«

Morse schien weder überrascht noch besonders interessiert. »Vielleicht werden Sie allmählich zu alt für den Job?«

»Sollte mich nicht wundern, Morse. Wir altern alle täglich um vierundzwanzig Stunden.«

Ehe Morse sich zu einer Antwort hatte aufraffen können, war er weg, und Lewis war froh, dass die Unterbrechung so kurz gewesen war. Ausnahmsweise wusste er einmal ganz genau (ziemlich genau jedenfalls), was lief und warum es lief.

Kurz nach halb fünf bog ein Zeitungsjunge auf seinem Rennrad mit nach oben gebogenem Lenker (eine der verrückteren Modeerscheinungen) in die Manning Terrace ein. Ohne abzusteigen, nahm er eine *Oxford Mail* aus der Leinentasche, die er sich über die Schulter gehängt hatte, faltete sie geschickt mit einer Hand, radelte zur Tür von Nummer 7 und steckte sie durch den Briefkastenschlitz. Die nächsten vier Kunden waren alle auf der rechten Seite, beginnend mit 14 A, wo Ruth Rawlinson gerade vom Einkaufen zurückkam und den Sicherheitsschlüssel ins Schloss steckte.

Sie nahm dem Jungen die Zeitung ab, klemmte sie sich unter den rechten Arm und ging mit den zwei schweren Einkaufstüten ins Haus.

»Bist du das, Ruthie?«

»Ja, Mutter.«

»Ist die Zeitung gekommen?«

»Ja, Mutter.«

»Bring sie mit, Liebes.«

Ruth stellte ihre Einkaufstüten auf den Küchentisch, hängte ihren Regenmantel über einen Stuhl, ging ins Wohnzimmer, beugte sich vor und küsste ihre Mutter auf die Wange, legte ihr die Zeitung in den Schoß, stellte die Gasheizung höher, hätte um ein Haar eine Bemerkung über das Wetter gemacht, fragte sich, warum sie noch nicht verrückt geworden war, dachte daran, dass morgen Mittwoch war … Mein Gott, wie lange hielt sie das alles noch aus? Ihre Mutter – und ihn? Besonders ihn. Gegen ihre Mutter war kaum etwas zu machen, aber gegen ihn … Sie würde nicht hingehen, sehr einfach.

»Ruth! Komm mal her und lies«, sagte ihre Mutter.

Ruth las den Artikel auf der ersten Seite. Nein, das durfte nicht wahr sein …

Der Mann auf dem bequemen Sofa mit dem Chintzbezug war nicht überrascht von den Fakten, die der Artikel auf der ersten Seite enthielt. Was ihm zu schaffen machte, waren die Folgerungen. Er las den Artikel viele, viele Male, und immer wieder blieb sein Blick an den Worten hängen »… und dass mit Ausnahme einer entscheidenden Zeugenaussage, die in Kürze erwartet wird, das Beweismaterial vorliegt. Auf jeden Fall rechnet man mit einer Verhaftung innerhalb der nächsten achtundvierzig Stunden.« Am meisten beunruhigte ihn der Hinweis auf die wichtige Zeugenaussage. Er selbst schlug sich schon durch, er brauchte keine Hilfe, aber … Die Entscheidung fiel, wie immer, spontan. Ja, es musste morgen geschehen. Morgen Vormittag.

Und so war es nicht nur Ruth Rawlinson, die entschied, das Rendezvous am Mittwoch ausfallen zu lassen. Jemand hatte genau die gleiche Entscheidung für sie getroffen.

34

Trotz ihrer Sorgen fand Ruth Rawlinson am nächsten Morgen fünf Minuten nach zehn noch Zeit, die Narzissenschalen zur Kenntnis zu nehmen und zu bewundern, mit denen die Lampen an der St. Giles Street geschmückt waren. Aber der heiter-sonnige Morgen vermochte ihre gedrückte Stimmung nicht zu verscheuchen. Düstere Vorahnungen plagten sie. Die Situation wurde immer beklemmender. Nachdem sie erfahren hatte, um wen es sich bei den Toten handelte, die man in St. Frideswide's gefunden hatte – und da sie ohnehin viel mehr wusste, als die Polizei ahnen konnte –, waren ihre Gedanken ständig in Aufruhr. Was hinderte sie daran, jetzt gleich über den Cornmarket und die St. Aldates zum Polizeipräsidium zu radeln? Es war sogar ihre Pflicht. Moralisch war es schon immer ihre Pflicht gewesen, aber wenn sie sich jetzt dazu entschloss, war das ein Hilfeschrei in letzter Minute, ehe die Falle über ihr zuschnappte. Noch vor fünf Minuten, als sie das Haus verlassen hatte, war sie fest entschlossen gewesen, sofort Morse aufzusuchen und ihm die ganze traurige Geschichte zu erzählen. Aber dieser Entschluss war mittlerweile schon wieder ins Wanken geraten. Ich brauche Bedenkzeit, sagte sie sich, brauche noch eine kleine Atempause, ehe ich mein und dadurch auch Mutters Leben zerstöre. Sie lehnte ihr Fahrrad neben dem Südportal an die Wand, zog das Fahrradschloss durch das Hinterrad – und dann sah sie den etwas zu hoch angebrachten Zettel an der Tür mit dem rot getippten Text. Ohne besondere Überraschung erkennen zu lassen, ging Ruth Rawlinson zur Tür am Nordportal, die offen stand.

Aus dem Büro des stellvertretenden Direktors im obersten Stockwerk des großen Warenhauses, das fast direkt gegenüberstand, verfolgte Lewis Ruths Bewegungen mit dem Fernglas – so wie er seit Viertel vor neun, als die Tür am Nordportal aufgeschlossen worden war, die Bewegungen der anderen Kirchenbesucher verfolgt hatte. Es waren wenige gewesen, und so hatte er es unerwartet leicht gehabt. Eine Gruppe grell gekleideter Zeitgenossen – von dort oben hatten sie wie amerikanische Touristen ausgesehen – hatte um 9.10 Uhr die Kirche betreten. Es waren zehn. Um 9.22 Uhr waren zehn wieder herausgekommen und in Richtung Radcliffe Square davongegangen. Um 9.35 Uhr war eine einzelne weißhaarige Dame gekommen und etwa zehn Minuten später nach Absolvierung ihrer Morgengebete wieder gegangen. Zur gleichen Zeit hatte ein großer, bärtiger junger Mann mit einem überdimensionalen Kofferradio die Kirche betreten, um zwanzig Sekunden später wieder vor der Tür zu stehen. Der hat sich in der Adresse geirrt, dachte Lewis. Dann war Ruth Rawlinson erschienen und in St. Frideswide's verschwunden. Fünf Minuten später hatte Lewis die ihm angebotene Tasse Kaffee akzeptiert, ohne das Nordportal aus den Augen zu lassen. Er hatte sich nicht einmal umgedreht, um sich zu bedanken. Wenn Morse recht hatte (was Lewis für wahrscheinlich hielt), konnte dies der entscheidende Zeitpunkt sein. Aber nach einer halben Stunde kamen ihm doch Zweifel. Sonst war niemand da gewesen, wenn man von einem unverdächtig wirkenden weißen Terrier absah, der sein Bein an der Westwand gehoben hatte.

Von den Narzissen auf den Altarstufen waren einige nicht mehr sehr ansehnlich. Ruth nahm sie heraus, ordnete die übrigen neu und nahm sich vor, noch ein paar nachzukaufen. Sie ging dann, abwechselnd nach rechts und nach links sehend, an den Bänken des Hauptschiffs entlang, hängte herumliegende Kniekissen an ihre Haken, wischte mit einem gelben Staubtuch die Banklehnen ab und sammelte Gesang- und Gebetbücher ein. Einmal sah sie neugierig zu dem Mauerwerk über dem Südportal hoch, konnte aber keine Anzeichen von Baufälligkeit entdecken.

Morse beobachtete sie mit gemischten Gefühlen. Er betrachtete ihre großen Augen, ihre vollen, sinnlichen Lippen und dachte wieder einmal, was hätte sein können. Selbst ihre kleinen Angewohnheiten fand er liebenswert – wie sie eine lose Haarsträhne aus dem Gesicht blies, wie sie, die Hände in die Hüften gestützt, stehen blieb und stolz ihr bescheidenes Werk betrachtete. Dabei wusste er, dass sie sehr viel stärker gefährdet war, als das Mauerwerk über dem Südportal es je sein würde. Wenn er recht hatte (woran er seit 10.20 Uhr einige Zweifel hegte), war Ruth Rawlinson kein Tod im Bett, sondern in ebendieser Kirche zugedacht, in der er jetzt hinter dem roten Vorhang des Beichtstuhls saß. Seine Befürchtung, sie könne mit Eimer und Schrubber seinem Versteck zu Leibe rücken, hatte sich bisher als grundlos erwiesen. Jetzt aber sah sie sich mit übereinandergeschlagenen Armen suchend um. Aber was war eigentlich dabei, wenn sie ihn fand? Er würde ihr alles erklären, würde sie vielleicht auf einen Drink ins *Randolph* einladen. Dennoch war er froh, als das Eimergeklapper sich entfernte und er kaltes Wasser in den Eimer platschen hörte.

Inzwischen hatten etliche Besucher die Kirche betreten, und bei jedem Klicken der Klinke, bei jedem Knarren der Tür hatte sich Morse' Spannung gesteigert – nur um wieder in sich zusammenzufallen, wenn die Besucher sich einigermaßen ziellos umsahen, die ausgelegten Schriften durchblätterten und zehn Minuten später wieder verschwanden. Lewis hatte ihr Kommen und Gehen beobachtet. Der Kaffee neben ihm war längst kalt geworden. Aber Morse' Aufmerksamkeit ließ immer mehr nach, und er begann sich zu langweilen. Das einzig greifbare Buch war eine Bibel mit steifem Einband, in der er jetzt unkonzentriert blätterte. Er dachte an seine Jugend. Irgendwann hatte es in seiner religiösen Entwicklung einen Bruch gegeben, er hatte seinen schwärmerischen Glauben der frühen Jahre fast völlig verloren und musste sich jetzt eingestehen, dass bei dem ungeheuer schwierigen Unterfangen, Leben und Tod in einem wie auch immer gearteten philosophischen System zu sehen, die Lehren der Kirche für ihn nur noch Kauderwelsch waren. Es war möglich, ja wahrscheinlich, dass er sich irrte – so, wie er sich wahrscheinlich in dem heutigen Vormittag geirrt hatte. Dabei schien der Zeitpunkt so logisch. Hätte er in der Haut des Mörders gesteckt, er hätte sich mit Sicherheit diese Zeit ausgesucht.

Erst jetzt drang der metallische Laut, den er fast unbewusst registriert hatte, in sein Bewusstsein vor. Konnte es sein, dass sich ein Schlüssel in der Tür des Nordportals gedreht hatte? Verflixt, der Zettel mit dem Hinweis auf die mutwilligen Zerstörungen … Jemand hatte abgeschlossen. Aber warum hatte man nicht erst einen Blick in die Kirche geworfen? Da war ja schließlich noch Ruth, vielleicht gab es auch noch andere Besucher. Wenn Ruth keinen Schlüssel hatte, waren sie alle eingesperrt.

Morse merkte selbst, wie nebelhaft und verworren seine Gedanken wurden – und dann gab es ihm plötzlich einen Ruck. Er hatte ganz in der Nähe eine Männerstimme gehört. »Guten Tag, Ruth.« Eine durchaus angenehme Stimme. Trotzdem stockte Morse das Blut in den Adern. Jawohl, jemand hatte die Kirche abgeschlossen. Aber von innen.

35

Was machst du hier?«, fragte sie scharf. »Ich habe dich gar nicht kommen hören.«

»Glaub ich gern. Ich bin schon lange hier. War oben auf dem Turm. Ganz schön kalt, aber der Blick ist fantastisch. Ich schau gern auf Dinge herab – und auf Menschen.«

(O Lewis, hättest du nicht wie hypnotisiert ausschließlich auf die Tür gestarrt …)

»Aber du musst weg, hier kannst du nicht bleiben. Du dürftest überhaupt nicht aus dem Haus gehen.«

»Du machst dir zu viel Gedanken.« Er legte ihr eine Hand auf die Schulter und zog sie an sich.

»Sei nicht albern«, flüsterte sie rau. »Ich hab dir doch gesagt … wir haben abgemacht …«

»Keine Angst, mein Schatz, die Tür ist zu. Ich habe sie eigenhändig abgeschlossen. Außer uns ist keiner da. Komm, setzen wir uns einen Augenblick.«

Sie stieß ihn zurück. »Ich hab dir doch gesagt, es muss ein Ende haben.« Ihre Lippen zuckten, sie war den Tränen nah. »Ich halte das nicht mehr aus, ich kann nicht mehr. Du musst weg.«

»Natürlich, deshalb bin ich ja hier. Jetzt setz dich, Ruth, oder ist das zu viel verlangt?« Seine Stimme war seidenweich, überredend.

Sie ließ sich auf die Kirchenbank sinken, und der Mann setzte sich neben sie, keine drei Meter vom Beichtstuhl entfernt. (Morse sah, dass der Mann gute braune Schuhe trug, die aber offenbar viele Wochen lang nicht mehr geputzt worden waren.) Eine Weile schwiegen sie beide. Der Mann hatte den Arm auf die Banklehne gestützt, seine Hand umfasste leicht ihre Schulter. (Morse sah, dass die Fingernägel sauber und gepflegt waren, sie erinnerten ihn an die Hände eines Geistlichen.)

»Du hast den Artikel gelesen«, sagte sie tonlos. Es war keine Frage.

»Wir haben beide den Artikel gelesen.«

»Du musst mir die Wahrheit sagen. Hast du …« Ihre Stimme schwankte. »… hast du etwas damit zu tun?«

»Ich? Soll das ein Witz sein? Das kannst du doch nicht von mir glauben, Ruth.« (Morse erkannte jetzt, dass der Mann schmuddelige graue Hosen und einen kakifarbenen Pullover mit ledernen Schulterstücken und hohem Halsansatz anhatte, sodass nicht zu erkennen war, ob er einen Schlips trug.)

Ruth hatte sich vorgebeugt, die Ellbogen auf die Lehne der Vorderbank gestützt, den Kopf in den Händen. Es sah aus, als bete sie. Vielleicht tat sie das wirklich. »Du sagst mir nicht die Wahrheit. Du hast sie umgebracht. Alle. Ich weiß es.« Sie war wie eine verlorene Seele in ihrem ausweglosen Jammer. Morse spürte tiefes, brennendes Mitleid, aber er zwang sich, noch abzuwarten. Am Tag zuvor hatte er die Wahrheit hinter der grausigen Serie der Todesfälle geahnt – und jetzt, wenige Meter von ihm entfernt, saß jemand, der ihm diese Ahnung bestätigen würde.

Der Mann leugnete die Vorwürfe nicht. Er griff sich mit der rechten Hand an den Hals und wandte das Gesicht ab. (Es war, wie Morse vorhin gesehen hatte, das Gesicht eines Mannes von Ende vierzig oder Anfang fünfzig, durch das lange, ungepflegte, fast schwarze Haar und den Vollbart zogen sich zahlreiche weiße und graue Strähnen.)

Das also war die Erklärung. Es war alles sehr einfach. So einfach, dass Morse es vom Verstand her zunächst nicht hatte glauben wollen und die abwegigsten, verwickeltsten Lösungen gesucht hatte (und auch fast gefunden hätte).

Wer war der Mann neben Ruth Rawlinson? Na, Morse, wirds bald? Ja, natürlich: Es war Lionel Lawsons Bruder, Philip Lawson. Eine Figur, mit der die besseren Krimi-Autoren nichts anfangen können, ein Mann, für den Morse nur Verachtung übrighatte. Ein Mann, der ein nicht sehr gescheites Verbrechen um des geringsten Lohnes willen begangen hatte. Ein Herumtreiber und Parasit, der von Jugend an dem leidgeprüften Bruder das Leben schwer gemacht hatte. Und der doch der Aufgewecktere, Beliebtere gewesen war. Ohne Moralbegriffe aufgewachsen, hatte er seine guten Anlagen durch ausschweifendes Leben vergeudet und sich dann wieder an seinen armen Bruder Lionel gehängt, dessen Schwächen er nur zu gut kannte und die er öffentlich preiszugeben drohte, was Lionel durch Milde und Güte und zweifellos auch materielle Zuwendungen zu verhindern gesucht hatte. Ja, und dann hatte eines Tages Lionel die Hilfe seines nichtsnutzigen Bruders gebraucht und war bereit, ihn großzügig dafür zu bezahlen. Gemeinsam hatten die beiden Brüder den Mord an Harry Josephs geplant und ausgeführt – genau in dem Augenblick, als Paul Morris alle Register gezogen und brausend den letzten Vers von »Ehre sei Gott in der Höhe« oder Ähnlichem angestimmt hatte. Fortissimo.

Das waren die Gedanken, die Morse durch den Kopf schossen, während der Mehrfachmörder vor ihm saß, den linken Arm auf die Banklehne gestützt, die rechte Hand noch immer an seinem Hals, neben sich noch immer in Gebetshaltung Ruth, die so rührend verletzlich wirkte.

Doch dann spürte Morse, wie sich seine Muskeln spannten und Adrenalin durch seinen Körper schoss. Der Mann hatte das schmale Ende einer Krawatte in der Hand, einer dunkelblauen Krawatte mit breiten scharlachroten Schrägstreifen, flankiert von schmaleren Streifen in Grün und Gelb. Und Morse' dahinrasende Gedanken stoppten jäh, machten einen Salto rückwärts und waren einen Augenblick von dem Aufprall wie betäubt.

Und dann war für Gedanken keine Zeit mehr. Der Mann hatte der Frau den Schlips mit der Linken um den Hals gelegt, schon griff die Rechte nach – und Morse handelte. Es war Pech, dass die niedrige Tür des Beichtstuhls nach innen aufging. Er musste in dem engen Raum mühsam herumklettern, und bis er draußen war, hatte er den Überraschungseffekt verschenkt. Ruth stieß einen gellenden Schrei aus, als die Schlinge um ihren Hals sich fester zog.

»Stehen bleiben«, fauchte der Mann. Er sprang auf und zerrte Ruth mit sich. Der Schlips schnitt ihr tief ins Fleisch. »Ist das klar? Keinen Schritt weiter, sonst –«

Morse hörte ihn kaum. Er machte einen verzweifelten Satz auf die beiden zu, Ruth stürzte schwer in den Mittelgang, während Morse den Mann am rechten Arm packte und mit seiner nicht unbeträchtlichen Kraft versuchte, ihn auf den Rücken zu drehen. Doch mit fast spielerischer Leichtigkeit schüttelte sein Gegner ihn ab und sah ihn aus hasserfüllten Augen an.

»Ich kenne Sie«, keuchte Morse. »Und Sie kennen mich, nicht wahr?«

»Ja, ich kenne dich, du Arschloch.«

»Es hat keinen Zweck, Mann, die Kirche ist umstellt«, stieß Morse atemlos hervor. »Seien Sie vernünftig. Sie können hier nicht heraus. Machen Sie keinen Unsinn.«

Einen Augenblick stand der Mann regungslos da. Nur seine Augen waren in Bewegung. Mit der Logik des Wahnsinns peilte er die Lage, suchte nach einer verzweifelten Lösung. Dann schien etwas in ihm zu zerbrechen. Es war, als sei mit seinem plötzlich starr werdenden Blick der noch verbliebene Rest rationalen Denkens getilgt. Rasch, mit einer fast sportlichen Wendung, drehte er sich um, lief irre lachend durch die Kirche und verschwand hinter dem Vorhang der Sakristei.

In diesem Augenblick, pflegte Lewis später zu sagen, hätte es für Morse mehrere logische Handlungsmöglichkeiten gegeben. Er hätte zur Tür am Nordportal gehen und Lewis ein Zeichen geben können. Er hätte Ruth hinausbringen und die Kirche hinter sich abschließen können, seine Beute in die Enge getrieben und hilflos zurücklassend. Er hätte Ruth, sofern sie sich inzwischen erholt hatte, um Hilfe schicken und selbst als Wache zurückbleiben können, bis Verstärkung eintraf. Doch Morse wählte keine dieser Möglichkeiten. Ein unbezwingbares Jagdfieber hatte ihn gepackt. Unerschrocken ging er zur Sakristei und schob den Vorhang zur Seite. Der Raum war leer. Morse rüttelte an der Tür, die zum Turm führte. Abgeschlossen. Er nahm seinen Schlüsselbund heraus, erwischte auf Anhieb den richtigen Schlüssel, trat vorsichtig zur Seite und öffnete die Tür. Auf der untersten Stufe der Wendeltreppe lag ein Uniformmantel, abgetragen und schmutzig, auf dem sorgfältig eine dunkle Sonnenbrille platziert war.

36

Schmutzige Spinnweben hingen an den Steinstufen über seinem Kopf, als Morse die Wendeltreppe hinaufstieg. Er empfand keine Furcht. Es war, als sei seine Höhenangst vorübergehend aufgehoben, verdrängt durch die unmittelbare Gefahr, die ihm von dem Mann irgendwo über ihm drohte. Höher und höher stieg er, schon tauchte rechts die Tür zur Glockenstube auf, als er über sich eine Stimme hörte: »Nur weiter, Mr Morse. Schöner Blick von hier oben.«

»Ich will mit Ihnen reden«, rief Morse. Er stützte sich

rechts und links an den Wänden ab und sah in den Turm hinauf. Sekundenlang drohte er das Gleichgewicht zu verlieren, als er durch das kleine Fenster zu seiner Linken die Passanten weit unten auf dem Cornmarket erkannte. Doch da kam ein raues Gelächter von oben, und er riss sich zusammen.

»Ich will mit Ihnen reden«, wiederholte Morse und stieg noch sechs Stufen höher. »Nur reden, klar? Draußen warten meine Leute. Seien Sie doch vernünftig, Mann.«

Keine Antwort.

Wieder tauchte links ein Fenster auf. Er sah praktisch senkrecht auf den Passantenstrom hinunter. Merkwürdigerweise konnte Morse jetzt den Blick nach unten riskieren, ohne dass ihn Panik ergriff. Nur in das Warenhaus gegenüber zu blicken, wo bestimmt der gute Lewis noch immer mit unerschütterlicher Wachsamkeit die Tür am Nordportal im Visier hatte – das brachte er nicht fertig.

Noch einmal sechs Stufen, und noch einmal sechs.

»Die Tür ist offen, Mr Morse. Es ist nicht mehr weit.« Wieder das irre Gelächter, aber leiser diesmal. Bedrohlicher. Auf der vorletzten Stufe, vor der weit geöffneten Tür, blieb Morse stehen.

»Hören Sie mich?«, fragte er schwer atmend. Betrübt konstatierte er, wie schlecht seine Kondition geworden war.

Wieder keine Antwort.

»Muss eine Heidenarbeit gewesen sein, hier eine Leiche hochzuschleppen.«

»Ich hab mich immer fit gehalten, Mr Morse.«

»Trotzdem … Ein Jammer, dass die Leiter nicht mitgemacht hat, dann hätten Sie nämlich beide in der Krypta verstecken können.«

»Das haben wir aber schlau beobachtet.«

Hinter der Tür hatte sich der Mann offenbar nicht versteckt. Morse wagte sich noch einen Schritt vor, dann sah er ihn. Er stand, Morse zugewandt, an der Nordseite des Turms, etwa zehn Meter entfernt, auf dem schmalen Rundgang, über dem sich das pyramidenförmige Dach erhob. Wie groß die Wetterfahne ist, dachte er – und sekundenlang glaubte er an einen bösen Traum, aus dem er jeden Augenblick erwachen musste.

»Kommen Sie herunter. Hier können wir nicht reden«, sagte Morse freundlich, aber eindringlich. Jetzt endlich kannte er die ganze Wahrheit, und es blieb ihm nur noch, den Mann sicher nach unten zu bringen. »Los, kommen Sie. Dann können wir miteinander reden.« Morse erklomm die letzte Stufe. Der Wind zerrte an seinem spärlicher werdenden Haar.

»Wir reden jetzt, Mr Morse, oder gar nicht. Ist das klar?« Der Mann schwang sich auf die Brüstung zwischen zwei Zinnen und ließ die Beine baumeln.

»Machen Sie keine Dummheiten.« Morse' Stimme verriet jähes Erschrecken. »Damit ist keinem geholfen, das ist kein Ausweg für Sie. Was Sie auch sein mögen – ein Feigling sind Sie nicht.«

Mit den letzten Worten hatte er offenbar eine Saite zum Schwingen gebracht, die noch Klang hatte, denn der Mann sprang leichtfüßig von der Brüstung herunter.

»Stimmt, Mr Morse«, sagte er ruhig. »Nicht ganz ungefährlich, sich da hinzusetzen, besonders bei diesem Wind.«

»Nun kommen Sie schon.« Morse' Gedanken rasten. Jetzt kam alles darauf an, dass er das Richtige sagte und tat. Bestimmt gab es in psychiatrischen Lehrbüchern ein paar Sätze, mit denen sich die Wut eines rasenden Löwen besänftigen ließ, aber sein Gehirn brachte solche Zauberformeln nicht zustande. »Kommen Sie«, sagte er, und als kleine Variante: »Nun kommen Sie aber.« So abgegriffen diese Worte auch waren – Morse merkte, dass er auf dem richtigen Weg war. Der Mann zögerte, schien ein wenig vernünftiger zu werden.

»Kommen Sie«, wiederholte Morse und tat einen Schritt. Und noch einen Schritt. Und noch einen. Noch immer stand der Mann regungslos da, mit dem Rücken an der Wand. Jetzt trennten sie nur noch ein, zwei Meter. Morse tat den nächsten Schnitt. »Nun kommen Sie schon.« Er streckte die Hand aus wie nach einem Seiltänzer, der einen langen, gefahrvollen Weg auf dem Drahtseil hinter sich hat und die Sicherheit zum Greifen nah vor sich sieht.

Fauchend warf sich der Mann auf Morse und packte ihn mit unentrinnbarem Griff an der Schulter. »Niemand hat mich je einen Feigling genannt«, zischte er. »Niemand.«

Morse gelang es, mit beiden Händen dem Mann in den Vollbart zu greifen und ihn Zoll für Zoll zurückzuziehen, bis sie beide das Gleichgewicht verloren und schwer gegen das schräge Bleidach der Turmspitze fielen. Morse war hilflos unter seinem Angreifer eingeklemmt. Er spürte starke Hände an seinem Hals, spürte Daumen, die sich tief in sein Fleisch pressten. Verzweifelt packte er die Handgelenke seines Gegners, konnte vorübergehend dem furchtbaren Druck Einhalt gebieten. Er hatte die Zähne zusammengebissen, die Lippen waren verzerrt, die Augen fest geschlossen, als könne er dadurch ein paar zusätzliche Sekunden Zeit, ein bisschen zusätzliche Kraft gewinnen. Das Blut klopfte in seinen Ohren, es hörte sich an, als hämmere jemand an eine schwere Tür, die sich nicht öffnen wollte. Von irgendwoher hörte er ein Klirren wie von zersplitternden Milchflaschen, er registrierte den Laut kühl und nüchtern, als arbeite sein Gehirn unabhängig von dem übrigen Körper, als betrachte es die Ereignisse mit objektiver Distanz, ohne jede Angst oder Panik. Er sah die Szene gestochen scharf vor sich. Er fuhr auf der schnellen, schmalen Geraden von Oxford nach Bicester durch die Nacht, ein Strom von Fahrzeugen kam ihm entgegen, immer näher, die Scheinwerferpaare schwankten leicht in einer kontinuierlichen Reihe gelber Kreise, immer näher kamen sie … und dann waren sie vorbei. Doch da kam ihnen schon wieder ein Fahrzeug entgegen, diesmal auf der falschen Seite, er blinkte, war schon fast heran … Doch erstaunlicherweise lagen seine Hände ganz ruhig auf dem Lenkrad … Vielleicht war das eins der bestgehüteten Geheimnisse des Todes? Vielleicht war die Angst vor dem Sterben, ja, das Sterben selbst wirklich nur eine große Täuschung … Die Scheinwerfer wurden zu gelben Scheiben, die in seinem Kopf kreisten, und dann schlug er die Augen auf und sah nur den bedeckten Himmel über sich. Er hatte die Knie angezogen, sie berührten den Bauch seines Gegners. Aber das Gewicht, das auf ihm lag, war so erdrückend, dass er keine Hebelkraft besaß. Wenn er es schaffte, Arme und Knie zu koordinieren, konnte er den Mann vielleicht doch aus dem Gleichgewicht bringen, zur Seite rollen und ein paar Sekunden den Hals von dem Druck dieser erbarmungslosen Hände befreien. Aber er war mit seiner Kraft fast am Ende, die Armmuskeln schmerzten, jeden Augenblick würde sein Körper kapitulieren. Schon entspannte er sich, der Kopf lag jetzt fast bequem auf der kalten Dachfläche. Riesig, diese Wetterfahne. Wie konnte nur jemand mit so einem Gewicht auf den Schultern die Wendeltreppe bis in diese Höhe steigen?

Zum letzten Mal wurde ihm seine Lage voll bewusst, noch ein paar Sekunden hielt er die Handgelenke seines Angreifers fest, nahm er all seine Kraft zusammen. Doch er hatte keine Reserven mehr. Langsam lockerte sich der Griff um das Lenkrad, er schloss die Augen vor den Lichtern der entgegenkommenden Wagen, die ihn blendeten. Er dachte an die letzten Worte des letzten Liedes von Richard Strauss: *»Ist dies etwa der Tod?«*

37

Morse merkte, dass etwas Wundersames geschah. Der Körper, der ihn so erbarmungslos zu Boden gedrückt hatte, wurde zugleich schwerer und leichter, der Griff um seine Kehle fester und lockerer zur selben Zeit. Der Mann stöhnte wie in unerträglichem Schmerz, und Morse konnte ihn fast mühelos mit dem Knie wegstoßen. Der Mann rollte zum Rand des Turmes und griff verzweifelt nach der nächsten Zinne, um sich festzuhalten. Aber der Schwung war zu groß. Das Mauerwerk bröckelte, als seine Rechte es umfasste, und mit dem Kopf voran fiel der Mann über die Brüstung. Man hörte einen leiser werdenden Schrei, während der Körper, sich überschlagend, in die Tiefe stürzte, dann einen dumpfen Aufschlag und die entsetzten Schreie von Passanten.

Lewis hatte noch immer das obere Ende eines langen Messingleuchters umklammert. »Alles in Ordnung, Sir?«

Morse blieb, wo er war, und sog beglückt, in tiefen Atemzügen, die herrliche Luft ein. In seinen Armen tobte ein heftiger Schmerz. Er streckte sie aus und lag nun wie ein Gekreuzigter auf dem sanft geneigten Dach.

»Alles in Ordnung?« Es war eine sanfte, liebevolle Stimme. Kühle, schlanke Finger legten sich auf seine nasse Stirn.

Morse nickte und sah sie an. Auf ihren Wangen war ein ganz leichter, heller Flaum, und rechts und links neben der Nase hatte sie Sommersprossen. Sie kniete neben ihm. In ihren Augen standen Tränen der Erleichterung. Sie nahm seinen Kopf in ihre Arme und drückte ihn an sich, viele Tage, viele Stunden lang, so schien es Morse.

Sie sagte nichts. Auch als sie langsam nach unten gingen,

sie voran, aber nur so weit, dass sie sich noch immer fest an den Händen halten konnten, schwiegen sie. Als Lewis sich ein paar Minuten später nach ihnen umsah, saßen sie in der hintersten Bank der Marienkapelle. Sie hatte ihr tränennasses Gesicht beglückt an seine Schulter gelegt. Und noch immer sagten sie nichts.

Lewis hatte die beiden auf dem Turm gesehen, hatte sich bei dem eiligen Abstieg aus dem sechsten Stock fast den Hals gebrochen, hatte in der Kosmetikabteilung im Erdgeschoss etliche junge Damen über den Haufen gerannt und wie eine frustrierte Furie mit den Fäusten an die Tür des Nordportals gehämmert. Dass die Frau noch drin war, wusste er. Aber vielleicht war ihr was passiert? In seiner Verzweiflung hatte er mit einem großen Stein das niedrigste und nächstgelegene Fenster eingeworfen, um auf sich aufmerksam zu machen und sich, wenn es sein musste, Einlass zu verschaffen. Die Frau hatte ihn gehört und hatte aufgeschlossen. Er hatte sich einen Leuchter vom Altar der Heiligen Jungfrau geschnappt, war, drei Stufen auf einmal nehmend, die Wendeltreppe hochgestürmt und hatte Morse' bärtigem Angreifer den Leuchter mit aller Kraft ins Kreuz geschlagen.

Zwei Streifenpolizisten waren bereits eingetroffen, als Lewis herauskam. Der reglose Körper war schon von Zuschauern umringt, die vier bis fünf Meter Abstand hielten, und der Krankenwagen kam mit jaulender Sirene vom Radcliffe her angebraust. Lewis hatte eine Soutane von einem Haken in der Sakristei genommen, die er jetzt über den Toten breitete.

»Wissen Sie, wer es ist?«, fragte der eine Polizist.

»Ich glaube, ja«, sagte Lewis.

»Alles in Ordnung?«

Der bucklige Polizeiarzt war jetzt schon der Dritte, der Morse diese Frage stellte.

»Ja, bestens. Ein paar Wochen an der Riviera, und alles ist wieder in Butter. Nichts Ernstes.«

»Das sagen sie alle. Wenn ich meine Patienten frage, woran ihre Eltern gestorben sind, antworten sie jedes Mal: ›Es war nichts Ernstes.‹«

»Ich würds Ihnen schon sagen, wenn mir was fehlt.«

»Sie wissen doch, Morse, dass jeder Mensch, der je geboren wurde, zumindest eine ernste Krankheit hat: die letzte.«

Hm. So unrecht hatte der Mann natürlich nicht.

Lewis kam wieder herein. Draußen war alles bereit. »Alles in Ordnung, Sir?«

»Hören Sie bloß auf«, sagte Morse.

Ruth Rawlinson saß noch auf der hintersten Bank der Marienkapelle und sah mit leerem Blick vor sich hin. Gefasst, schweigend, passiv.

»Ich bringe Sie nach Hause«, sagte Lewis leise. »Wenn Sie …«

Morse atmete schwer und wandte den Blick ab. »Sie kann nicht nach Hause. Sie müssen mit ihr ins Präsidium. Sie ist verhaftet, und ich möchte, dass Sie persönlich ihre Aussage zu Protokoll nehmen. Ist das klar?«, fragte er mit unerklärlichem Zorn in der Stimme. »Sie persönlich.«

Stumm und widerstandslos ließ sich Ruth von einem der Constables zum Streifenwagen führen. Morse, Lewis und der Polizeiarzt folgten.

Die Menge, die jetzt in einem drei bis vier Mann tiefen Kreis die verhüllte Gestalt umstand, sah ihnen voller Spannung entgegen – wie den Hauptdarstellern eines Stücks, die soeben die Bühne betraten. Da war der Kleine, Bucklige, der ganz so aussah, als hätte er 1555 ungerührt zusehen können, wie vor dem nur wenige Hundert Meter entfernten Balliol College die Märtyrerbischöfe Ridley und Latimer verbrannt wurden. Der Vierschrötige mit dem sanftmütigen Gesicht, der bisher alle Anweisungen gegeben hatte, aber jetzt fast unmerklich in den Hintergrund trat, als habe ein Höherer das Kommando übernommen. Und schließlich der Schlanke, Blasse mit dem sich lichtenden Haar und den durchdringenden Augen, dessen düstere Miene angeborene Autorität verriet.

Zu dritt traten sie zu dem Toten.

»Wollen Sie ihn sehen, Morse?«, fragte der Arzt.

»Von dem hab ich schon genug gesehen«, murrte der.

»Sie brauchen keine Angst zu haben, das Gesicht ist in Ordnung.«

Er streifte die Soutane zurück, und Lewis besah sich das Gesicht des Toten aufmerksam. »So hat er also ausgesehen, Sir.«

»Wie meinen Sie?«, fragte Morse.

»Lawsons Bruder, Sir. Ich sagte –«

»Das ist nicht Lawsons Bruder«, sagte Morse so leise, dass die beiden anderen es nicht zu hören schienen.

DAS BUCH RUTH

38

Aussage von Miss Ruth Rawlinson, Manning Terrace 14 A, Oxford, diktiert von Miss Rawlinson, von ihr unterschrieben, beglaubigt von Sergeant Lewis, Thames Valley Police (Criminal Investigation Department)

Es ist vielleicht einfacher, wenn ich vor zwanzig Jahren anfange. Damals war ich im ersten Jahr der Oberstufe an der Oxford Highschool und bereitete mich auf den Abschluss in Englisch, Geschichte und Wirtschaftskunde vor. Eines Morgens kam die Direktorin in die Klasse und bat mich heraus. Ich müsse jetzt sehr tapfer sein, sagte sie, sie habe eine traurige Nachricht für mich. Mein Vater, der als Drucker bei der Oxford University Press arbeitete, hatte einen Herzinfarkt erlitten und war eine Stunde nach seiner Einlieferung ins Radcliffe Infirmary gestorben. Ich weiß noch, dass ich eigentlich nur betäubt und nicht richtig traurig war. In den nächsten Tagen war ich fast ein bisschen stolz, weil die Lehrerinnen und die anderen Mädchen mich so nett behandelten wie sonst nie, als wäre ich eine Heldin, die ihr Missgeschick mit großer Seelenstärke trägt. Dabei stimmte das im Grunde gar nicht. Ich hatte nichts gegen meinen Vater, aber wir waren uns nie sehr nahe gewesen. Ein flüchtiger Kuss vor dem Schlafengehen, und manchmal eine Pfundnote, wenn ich eine gute Arbeit geschrieben hatte – aber er hatte nie erkennen lassen, dass er sich für mich interessierte oder mich gar liebte. Vielleicht konnte er nichts dafür. Bei meiner Mutter war Multiple Sklerose festgestellt worden, und obgleich sie damals noch recht beweglich war, galt meines Vaters erste Sorge ihrem Wohlergehen und ihrer Zufriedenheit. Er muss sie sehr geliebt haben, und sein Tod war ein furchtbarer Schlag für sie. Fast über Nacht schien sie sich verändert zu haben. Es war, als könne die Frau, die sie gewesen war, einen so schmerzlichen Verlust nicht verkraften und müsse deshalb zu einem anderen Menschen werden. Auch ich veränderte mich. Ich verlor die Freude an der Schule und konnte für meine Mutter keinerlei Zuneigung mehr aufbringen. Ich hatte den Verdacht, dass sie ihre körperliche Behinderung übertrieb. Dass ich für sie kochte und wusch und putzte und einkaufte, nahm sie immer mehr als Selbstverständlichkeit hin. Ich blieb zwar an der Schule und machte im Jahr darauf meinen Abschluss, bewarb mich aber nicht um einen Studienplatz, obgleich das sonderbarerweise meine Mutter gern gesehen hätte. Stattdessen ging ich ein Jahr auf ein Sekretärinnenseminar und stellte bald fest, dass ich für diesen Beruf ausgesprochen geeignet war. Noch vor der Prüfung hatte ich drei Stellen in Aussicht und nahm schließlich das Angebot der Oxford University Press an, Sekretärin bei einem der Verlagsmitarbeiter zu werden, der meinen Vater flüchtig gekannt hatte. Er war ein sehr netter Chef und ein sehr gescheiter Mann, und die fünf Jahre, die ich bei ihm verbrachte, waren die glücklichsten meines Lebens. Er war Junggeselle, und nach einem Jahr lud er mich gelegentlich zum Essen oder ins Theater ein. Er hat nie versucht, mich auszunutzen. Körperliche Kontakte hatten wir nur, wenn er mich einhakte, um mich zu seinem Wagen zu führen. Trotzdem verliebte ich mich in ihn – völlig hoffnungslos, wie ich dachte. Dann geschah zweierlei innerhalb weniger Tage. Mein Chef machte mir einen Heiratsantrag, und der Zustand meiner Mutter verschlechterte sich. Ob da ein Zusammenhang bestand, kann ich nicht sagen. Ich hatte ihr von dem Heiratsantrag erzählt, und sie hatte mir in ihrer typischen, unverblümten Art gesagt, was sie davon hielt. Er sei nur ein geiler alter Bock auf der Suche nach regelmäßigem Sex. Und dann der Altersunterschied ... lächerlich! Ich solle mir einen netten jungen Mann in meinem Alter suchen – falls ich mich tatsächlich entschlossen hätte, sie in einem Heim für chronisch Kranke verkümmern zu lassen. Sie steigerte sich in Hysterie hinein. Im Rückblick ist mir klar, dass es vielleicht nicht fair war, daran zu zweifeln, dass die Nachricht ihr einen echten Schock versetzt hatte. Jedenfalls sagte mir der Arzt, es ginge ihr sehr schlecht, und sie müsse sofort ins Krankenhaus. Als meine Mutter entlassen wurde, brauchte sie täglich intensive Pflege. Ich sagte meinem Chef, ich könnte seinen Antrag nicht annehmen, und es sei unter diesen Umständen wohl besser, wenn ich kündigte. Ich sehe noch den Ausdruck kindlichen Kummers und tiefer Enttäuschung in seinen Augen. Drei Wochen später, an meinem letzten Arbeitstag, lud er mich zu einem fantastischen Essen im *Elizabeth* ein und plauderte den ganzen Abend sehr vergnügt. Als er mich nach Hause brachte und wir uns im Wagen recht befangen voneinander verabschiedeten, wandte ich mich zu ihm um und gab ihm einen langen, liebevollen Kuss auf den Mund. Von da ab zog ich mich in mein Schneckenhaus zurück, so wie es meine Mutter getan hatte. Sicher bin ich meiner Mutter sehr viel ähnlicher, als mir lieb ist. Außerdem hatte Mutter wohl recht gehabt. Als ich meine Stellung aufgab, war ich vierundzwanzig, mein Chef neunundvierzig. Wir liefen uns danach noch ein- oder zweimal zufällig über den Weg, stellten uns die üblichen höflichen Fragen und trennten uns wieder. Er hat nicht geheiratet. Zwei Jahre später starb er an einer Gehirnblutung, ich war auf seiner Beerdigung. Wenn ich zurückblicke, bedaure ich es gar nicht einmal so sehr, dass ich ihn nicht geheiratet habe, aber es wird mir immer leidtun, dass ich ihm nicht den Vorschlag gemacht habe, seine Geliebte zu werden. Das mag irrelevant erscheinen, aber ich erwähne es, weil ich hoffe, dass vielleicht doch jemand versteht, warum alles so schiefgegangen ist – nicht etwa, weil ich meine Rolle in der bösen Geschichte, die nun ihren Anfang nahm, rechtfertigen will.

Ich muss nun über Geld sprechen. Nachdem mein hübsches Gehalt wegfiel, mussten wir unsere finanzielle Situation sorgfältig überdenken, und meine Mutter meinte, ich hätte ja Wirtschaftskunde gelernt und müsse daher eine Expertin, ja ein Zauberkünstler in Gelddingen sein. Bald hatte ich einen genauen Überblick über unsere Lage, und nicht lange danach gab meine Mutter bereitwillig die ganze Verantwortung an mich ab. Das Haus war keine Belastung, denn mein Vater hatte eine kombinierte Hypotheken- und Lebensversicherung darauf aufgenommen. Es war für zwei Personen viel zu groß, aber der Marktwert lag jetzt etwa zehnmal höher als vor fünfundzwanzig Jahren, als Vater es gekauft hatte, und nach seinem Tod gehörte es uns. Zu dem Zeitpunkt, von dem ich spreche, besaß meine Mutter außerdem Aktien im Wert von etwa zweitausend Pfund, und ich hatte ungefähr achthundert Pfund auf einem Sparkonto bei Lloyds. Außerdem bezog meine Mutter eine kleine Witwenpension, und ich bekam einen staatlichen Unterhaltszuschuss. In den nächsten zehn Jahren erledigte ich Schreibarbeiten zu Hause, meist Dissertationen, Manuskripte hoffnungsvoller Schriftsteller und dergleichen. Wir lebten also in recht angenehmen und vor allem gesicherten Verhältnissen. Und dann kam vor zwei Jahren die Wirtschaftskrise, und ich ließ mich überreden, die Aktien für noch nicht einmal fünfhundert Pfund loszuschlagen. Hätte ich die Papiere nur noch ein halbes Jahr länger behalten, wäre alles gut oder zumindest lange nicht so schlimm geworden, aber damals fürchtete man überall einen neuen Schwarzen Freitag. Da die Kurse in den folgenden Wochen immer weiter sanken, sah es zunächst so aus, als hätte ich besonders schlau gehandelt, in Wirklichkeit aber war ich schlecht beraten worden und steuerte auf eine Katastrophe zu. All das verschwieg ich meiner Mutter, was nicht schwierig war. Sie verstand nichts von Gelddingen. Mein Vater hatte sein kleines Vermögen umsichtig verwaltet, er hätte meine Mutter nie damit belastet, es wäre ihm wohl auch gar nicht recht gewesen, wenn sie zu genau Bescheid gewusst hätte. Nach seinem Tod lag die Verantwortung auf meinen bei Weitem nicht so starken Schultern, und meine Mutter glaubte, es sei alles in Ordnung. Ich schämte mich meines Versagens zu sehr, um sie eines Besseren – oder Schlechteren – zu belehren. Damals – ist das tatsächlich erst zwei Jahre her? – beschloss ich, unser restliches Geld in eine meiner Meinung nach wirklich sichere Investition zu stecken. Unser Haus war, wie gesagt, für zwei Personen zu groß. Ich hatte mir nun ausgedacht, dass wir das Haus teilen sollten. Meine Mutter und ich würden das Erdgeschoss behalten, den ersten Stock würden wir einer anderen Familie überlassen. Die Diele konnte man so umbauen, dass die Treppe zum Obergeschoss zu einer abgeschlossenen Wohneinheit führte. Badezimmer und Toilette waren ohnehin im Obergeschoss, und so brauchten oben nur noch eine Küche, unten ein kleines Bad und eine zweite Haustür eingebaut zu werden, damit keine gemeinsamen Schlüssel und keine gemeinsame Klingel nötig waren und die Post nichts durcheinanderbringen konnte. Ein Bekannter aus St. Frideswide's (ja, darauf komme ich jetzt gleich zu sprechen) zeichnete mir einen hübschen Plan, und nachdem ich mich vergewissert hatte, dass keine Baugenehmigung erforderlich war, ließ ich mir Kostenvoranschläge machen. Sie erschienen mir alle erstaunlich hoch. Aber ich rechnete noch einmal nach und kam zu dem Schluss, dass wir es mit dem niedrigsten, der bei tausendfünfhundert Pfund lag, gerade schaffen würden. Ich traf also alle Vorbereitungen, und wenige Monate später begannen die Bauarbeiten. Zunächst ging alles gut. Und dann erhielt im Februar letzten Jahres meine Mutter einen Brief von einer alten Bekannten, die von einer auf die Behandlung und Pflege von Multipler Sklerose spezialisierten Klinik in der Schweiz gehört hatte. Die Klinik versprach keine Wunderheilungen, aber zufriedene Patienten berichteten begeistert über ihren Aufenthalt dort, und der Prospekt, der dem Brief beilag, enthielt genaue Angaben über die dreiwöchige Kur und schöne bunte Bilder der Klinik mit Blick auf den Thuner See, schneebedeckte Alpengipfel und Steinbrech und Edelweiß an den Hängen. Die drei Wochen kosteten sechshundertdreißig Pfund, einschließlich Hin- und Rückflug von Heathrow nach Basel und Fahrt zur Klinik und zurück. Noch nie zuvor hatte ich die Tyrannei des Geldes so stark empfunden. Wenn ich es hatte, konnte meine Mutter reisen, wenn nicht, musste sie zu Hause bleiben.

Preisnachlässe nach Verdienst oder Bedürftigkeit gab es nicht. Ich betrachtete die Chancen einer Heilung meiner Mutter eher skeptisch, aber die Klinik hatte einen guten Ruf, und die Reise würde meiner Mutter guttun. Sie hatte seit fast eineinhalb Jahren nicht das Haus verlassen, und oft war sie so lustlos, dass sie sich nicht einmal die Mühe machte, aus dem Bett in ihren Rollstuhl zu wechseln. Jetzt hatte sie zum ersten Mal seit Jahren selbst eine Entscheidung getroffen. Sie wollte in die Schweiz, und sie freute sich darauf. Sie reiste. Obgleich ich in den drei Wochen so intensiv und so lange ich konnte arbeitete – tagsüber als Aushilfssekretärin, abends als Bedienung –, fand ich die Zeit anregend und hatte wieder ein bisschen Freude am Leben. Aber die Dinge liefen nicht gut. Die Baufirma stieß auf unerwartete Schwierigkeiten und schrieb, wenn die Arbeiten ordentlich ausgeführt werden sollten, würden sich die Kosten um dreihundertfünfzig Pfund erhöhen. Die Rückkehr meiner Mutter machte die Sache natürlich nicht besser, und als sich herausstellte, dass die Abflussrohre im Erdgeschoss erneuert werden mussten, war ich genötigt, die Arbeiten für ein paar Wochen einstellen zu lassen, weil ich die nächste Monatsrate nicht aufbringen konnte. Mitte des Sommers wusste ich nicht mehr aus noch ein. Und da ging ich zu Pfarrer Lawson.

39

Aussage von Ruth Rawlinson (Fortsetzung)

Als ich zum ersten Mal in St. Frideswide's war, ging ich noch zur Schule. Unser Chor wirkte bei der Kreuzigung von Stainer mit.

Einige von uns halfen auch später ab und zu aus, wenn der Kirchenchor zu wenig Sopran- und Altstimmen für die Palestrina-Messen hatte. Ich lernte nach und nach die Leute dort näher kennen und fühlte mich bald ganz zu Hause. Es dauerte nicht lange, bis ich reguläres Chormitglied wurde – nicht, weil ich eine besondere Neigung zur Hochkirche gehabt hätte, sondern weil mir das Umfeld und der neue Bekanntenkreis gefielen. Eine alte Frau kam jede Woche in die Kirche, um Ordnung zu schaffen und sauber zu machen. Sie war von einer schweren Arthritis so gebeugt, dass sie schon mit dem Herumschleppen von Schrubber und Eimer Zeugnis für ihre Glaubenskraft und ihre Willensstärke ablegte. Im Laufe der Zeit lernte ich sie recht gut kennen und stellte ihr auch die eine oder andere persönliche Frage. Sie erklärte schlicht und ganz glücklich, dass sie hoffte, Gott würde sie eines Tages belohnen, aber auch wenn er sie nicht für würdig befinden sollte, würde sie ihm für die Segnungen, die sie von ihm empfangen habe, Lob und Dank sagen. Ich hörte mir das nicht etwa staunend oder zynisch, sondern sehr bewegt an, und als sie gestorben war, nahm ich mir vor, ihr gutes Werk wenigstens teilweise weiterzuführen. Und so fing ich an, zu scheuern und zu putzen, und fand ein wenig von jener Erfüllung, die jene alte Frau erfahren hatte. Durch diese freiwillige Buße kam ich natürlich häufig mit Lionel Lawson zusammen, und so lag es nahe, dass ich mich an ihn wandte, als ich in unserer finanziellen Krise Rat und Hilfe brauchte. Er bereitete mir die größte Überraschung meines Lebens. Geld, meinte er, sei nun wirklich kein Grund zur Sorge. Er fragte mich, was ich brauchte, setzte sich an den Schreibtisch (wo mir ein Papiermesser in Form eines Kruzifixes auffiel) und schrieb einen Scheck über fünfhundert Pfund aus. Es war wie ein Wunder, und als ich ihm sagte, ich sei ihm unendlich dankbar, wüsste aber nicht, wann ich ihm das Geld zurückzahlen könnte, sagte er nur, vielleicht sei er eines Tages ja auch mal in Schwierigkeiten, und dann wäre es schön zu wissen, dass er mit meiner Hilfe rechnen könne. Natürlich versprach ich ihm, dass ich alles in meiner Macht Stehende für ihn tun würde. Ich erinnere mich noch, wie sehr ich mir damals wünschte, mich eines Tages mit einem wirklich großen Gefallen zu revanchieren. Als ich an jenem Tag das Pfarrhaus verließ, begegnete ich unten einem Mann, der gerade aus der Küche kam. Zunächst erkannte ich ihn nicht. Er war ziemlich ärmlich gekleidet, aber frisch rasiert, und das Haar war ordentlich geschnitten. Ich wusste, dass Lionel manchmal auf ein paar Tage Leute aus dem Obdachlosenasyl zu sich nahm, und dann und wann überredete er sie dazu, zum Gottesdienst zu kommen. Dann fiel mir ein, wer er war. Er war etwa ebenso alt und ebenso groß wie Lionel, aber bei unserer letzten Begegnung hatte er einen Stoppelbart und langes schmutziges Haar gehabt. Erst später erfuhr ich, dass es Lionels Bruder Philip war.

Wenig später begann die Sache mit Harry Josephs. Gegen Ende des Sommers entstanden ziemliche Spannungen zwischen Mitgliedern der Gemeinde. Ein hässliches Gerücht kam mir zu Ohren. Es hieß, Lionel habe mehr für Chorknaben übrig, als gut für ihn sei. Das konnte ich einfach nicht glauben. Auch jetzt noch bin ich fest davon überzeugt, dass Lionel, falls er tatsächlich solche Neigungen hatte, ihnen nicht nachgab. Aber noch etwas anderes wurde gemunkelt, dass nämlich Paul Morris, unser Organist, sich in Harry Josephs' Frau Brenda verliebt hätte, die Harry immer zur Kirche brachte. Harry selbst besaß aus irgendeinem Grund keinen Führerschein mehr. Man sah Brenda oft im Gespräch mit Paul, allerdings blieb sie selten zu den Gottesdiensten, und eine Frau aus unserer Gemeinde sagte, sie habe die beiden beim Händchenhalten erwischt. Ich hatte zwar keine Beweise, muss aber zugeben, dass ich nach und nach zu der Überzeugung kam, an diesem Gerücht müsse schon etwas sein. Und dann erfuhr ich, dass das, was gemunkelt wurde, tatsächlich stimmte. Harry Josephs sagte es mir. Bei seinem ersten Besuch waren wir zu dritt – Mutter war zufällig an diesem Tag auf –, er war sehr höflich und aufmerksam und blieb etwa zwei Stunden. Danach kam er ziemlich regelmäßig, immer vormittags, und wenn Mutter im Bett lag, saßen wir zusammen im Wohnzimmer. Er erinnerte mich ein bisschen an meinen früheren Chef, denn er trat mir nie zu nahe. Damals jedenfalls nicht. Aber er machte kein Hehl daraus, dass er sich einsam und unzufrieden fühlte, und schließlich erzählte er mir, dass er von der Beziehung seiner Frau zu Paul Morris wusste. Zuerst kam er wohl nur, um sich ein bisschen bemitleiden zu lassen, denn er fragte mich nie, was er denn nun tun solle. Aber eines Tages, als wir zur Haustür gingen, blieb er plötzlich stehen und sagte, ich gefiele ihm und er würde gern mit mir schlafen. Ich war natürlich ein bisschen geschmeichelt. Moralische Bedenken kamen mir nicht. Wir hatten Sherry getrunken, und ich fühlte mich leichtlebiger und kühner als sonst. Was sollte ich antworten? Ich war noch Jungfrau. Ich war einundvierzig. Dem einzigen Mann, in den ich bisher verliebt gewesen war, hatte ich einen Korb gegeben. Die Jahre vergingen, und wenn ich nicht bald meine Erfahrungen mit Sex machte, würde es zu spät sein. Harry verriet ich davon natürlich nichts. Normalerweise hätte ich wohl gesagt, er sei schließlich verheiratet, und ich hätte zu viel Achtung vor seiner Frau, um an eine Beziehung zwischen uns auch nur zu denken. Aber so, wie die Dinge lagen, lächelte ich nur und meinte, er solle nicht so albern sein. Er sah so unglücklich, so gedemütigt aus, dass er mir plötzlich furchtbar leidtat. Nebenan war die neue, cambridgeblau gestrichene Tür zu 14 B. Ich hatte den Schlüssel in der Tasche und fragte, ob er sich die Wohnung mal ansehen wolle. Er liebte mich auf der Matratze des unbezogenen Betts im Hinterzimmer. Für mich war es keine besonders glückliche Initiation, aber ich bereute eigentlich nichts, empfand eher so etwas wie Befriedigung. In den nächsten Monaten schliefen wir einmal in der Woche miteinander. Mit zunehmender Vertrautheit mit der physischen Seite fand ich mehr und mehr Spaß am Sex. Aber ich spürte, dass irgendetwas nicht stimmte, denn wenn es vorbei war, kam ich mir schäbig und minderwertig vor und hasste mich, weil ich das Verlangen nach Sex hatte. Ich versuchte, Schluss zu machen, aber im Rückblick glaube ich, dass es ein halbherziger Versuch war. Ich kam von Harry nicht los, wurde immer nervöser und hatte Angst, meine Mutter könne etwas merken. Auch wegen der Nachbarn machte ich mir Sorgen, was völlig überflüssig war, denn in den Häusern rechts und links von uns wohnten unzählige, ständig wechselnde Mieter, hauptsächlich Studenten. Aber vor allem machte ich mir meinetwegen Gedanken. Ich brauchte Harry inzwischen mehr als er mich, und das wusste er. Obgleich ich mich ständig mit Selbstvorwürfen quälte, wenn er fort war, dachte ich schon bald wieder an unser nächstes Treffen. Ich begann ihn wie mich zu hassen. Er war wie eine süchtig machende Droge.

Das alles könnte für Sie wichtig sein, um zu verstehen, wie es danach mit mir weiterging.

40

Aussage von Ruth Rawlinson (Fortsetzung)

An einem Mittwochvormittag Anfang September hatte meine Mutter einen schlimmen Anfall, und ich beschloss, erst abends in die Kirche zum Putzen zu gehen. Ich hatte einen Schlüssel, es spielte also keine Rolle, wenn ich einmal von meinem Zeitplan abwich. Ich schloss die Tür hinter mir zu (ich benutzte fast immer die Tür am Südportal, weil ich dort mein Fahrrad abstellen konnte) und war gerade beim Beichtstuhl, als ich hörte, wie die Tür am Nordportal aufgeschlossen wurde. Paul Morris und Lionel Lawsons Bruder Philip kamen herein. Mir wurde ein bisschen unheimlich, und ich blieb, wo ich war. Von dem Gespräch verstand ich kaum mehr als einzelne Worte, aber so viel war mir klar, dass Paul erpresst wurde und nicht bereit war, sich das noch länger bieten zu lassen. Wenige Minuten später schien es mir, dass Paul gegangen war und dass Lionel die Kirche betreten hatte, denn jetzt hörte ich die beiden Brüder miteinander reden. Wieder bekam ich nicht viel von dem mit, was sie sagten, aber das wenige, was ich aufschnappte, traf mich wie ein Blitz aus heiterem Himmel. Sie sprachen davon, Harry

Josephs umzubringen. Ich war so geschockt, dass mir die Scheuerbürste aus der Hand fiel, und da fanden sie mich. Philip Lawson verließ uns, und dann sprach Lionel lange mit mir. Ich bin auch jetzt noch nicht bereit, alles preiszugeben, was er mir sagte, aber es lief darauf hinaus, dass er mich um Hilfe bat. Er erinnerte mich an mein Versprechen und bot mir an, mir sofort einen Scheck über fünftausend Pfund auszustellen, wenn ich tun würde, was er verlangte. Er sagte, ich solle die obere Wohnung in unserem Haus freihalten, weil er seinen Bruder Philip dort unterbringen wollte. Es würde sich höchstens um einen Monat handeln. Ich war wie betäubt und wusste nicht recht, was das alles zu bedeuten hatte. Zu Hause wurde die Lage immer prekärer. Die fünfhundert Pfund von Lionel waren verbraucht. Die abgeteilte Wohnung war jetzt zwar fast fertig, aber in unserem Teil des Hauses sah es schlimm aus. Die Baufirma meinte, die Elektroinstallation müsse dringend erneuert werden, und der Wassertank sei durchgerostet und könne jeden Tag ein Leck bekommen. Zu allem Überfluss war die Gaszentralheizung, nachdem sie schon tagelang nur noch notdürftig funktioniert hatte, in dieser Woche total ausgefallen. Ich hatte bei meiner Kalkulation auch das Tapezieren der umgebauten Küche im Obergeschoss nicht berücksichtigt, und der Kostenvoranschlag, den ich eingeholt hatte, belief sich auf zweihundert Pfund – eine horrende Summe. Da war noch etwas. Ich hätte schon früher darauf zu sprechen kommen sollen, aber da es das Einzige ist, was mich in diesem Fall wirklich belastet, haben Sie vielleicht Verständnis dafür, dass ich gezögert habe. Lionel sagte, ich könne mich jetzt bei ihm revanchieren, und zwar müsse ich – einmal nur – die Unwahrheit sagen. Er ließ mich feierlich schwören, dass ich dieses eine Mal lügen würde. Mehr brauchte ich nicht zu tun, betonte er, es sei für mich eine ganz einfache Sache. Ich war sehr froh, dass ich ihm helfen konnte, und willigte sofort ein. Ich war völlig durcheinander, als ich an diesem Abend die Kirche verließ. Ich versuchte, nicht an Harry Josephs zu denken, versuchte mir wohl sogar einzureden, ich hätte die ganze Geschichte missverstanden – was natürlich nicht stimmte. Ich wusste, dass Harry Josephs sterben musste und dass mein Versprechen, einmal zu lügen, etwas mit diesem mir nicht unwillkommenen Ereignis zu tun hatte. Aber welche Rolle spielte Philip Lawson dabei? Wahrscheinlich, dachte ich damals, ging es auch bei ihm um Geld. Allmählich kam ich zu der Überzeugung, dass Lionel Lawson seinen Bruder dafür bezahlt hatte, Harry Josephs zu ermorden, und dass es sich bei meiner Lüge um ein Alibi handeln musste. Aber ich verspürte keine Gewissensbisse. Das Geld war es, das jetzt meine Handlungsweise bestimmte. Sex war nicht mehr der beherrschende Faktor in meinem Leben. Im Übrigen hätte ich mich, wenn ich gewollt hätte, auch in diesem Punkt schadlos halten können. Ich traf mich ein paar Mal mit einem Mann in der Bar des *Randolph,* der zu erkennen gab, dass ich ihm gefiel. Er war Verkaufsberater für eine renommierte Firma, und sein Hotelzimmer ließ an Bequemlichkeit bestimmt nichts zu wünschen übrig. Zu dieser Zeit wurde ich sparsam bis zum Geiz. Jetzt, da ich über weit mehr Geld verfügte als je zuvor, ertappte ich mich dabei, dass ich es nach Möglichkeit vermied, meine Drinks selbst zu bezahlen, dass ich es darauf anlegte, mich zu teuren Essen einladen zu lassen, dass ich zu einem ausgewachsenen Schmarotzer wurde. Ich kaufte mir keine neuen Kleider, kein Parfum, keine Delikatessen. Aber nicht nur in Gelddingen benahm ich mich schäbig. Noch in derselben Woche rief ich Harry Josephs an und sagte ihm, mit unseren wöchentlichen Treffen sei es aus, meine Mutter sei wieder sehr krank. Solche Lügen gingen mir jetzt lächerlich leicht über die Lippen. Es war eine gute Übung. Unser Boiler ließ sich noch einmal reparieren, und ich lehnte es deshalb ab, einen neuen anzuschaffen. Weil mir der erste Voranschlag für die Erneuerung der Elektroinstallation plötzlich erschreckend hoch vorkam, holte ich mir einen Schwarzarbeiter, der den Auftrag für den halben Preis erledigte – allerdings mehr schlecht als recht. An das Tapezieren der Küche im Obergeschoss machte ich mich selbst und hatte einen Heidenspaß dabei. Jahrelang hatte ich sonntags immer fünfzig Pence für die Kollekte gegeben, jetzt gab ich nur zwanzig Pence. Nur die Kirche putzte ich nach wie vor, und ich war unheimlich stolz auf diese selbst auferlegte Buße. Das klingt, als habe sich diese Entwicklung über einen langen Zeitraum vollzogen, aber das stimmt nicht. Bis zum 26. September waren es nur ungefähr drei Wochen.

An dem Tag trafen wir uns abends um sieben zu fünft in St. Frideswide's – Brenda Josephs und Paul Morris und Lionel Lawson und Philip Lawson und ich. Die Kirche wurde abgeschlossen, und ich bekam meine Anweisungen. In der Marienkapelle sollten die Kerzen angezündet und Gebetbücher für dreizehn Besucher ausgelegt werden, auch auf den Platz des Kirchenvorstehers. Ich glaube, das war eigentlich das Schlimmste. Paul spielte etwas auf der Orgel; ich fand, dass er von uns allen am beklommensten wirkte. Brenda – in einem schicken grünen Kostüm – stand am Taufstein, ihr Gesicht war ganz ausdruckslos. Lionel tat, als bereite er wie üblich die Messe vor; soweit ich es erkennen konnte, wirkte er ganz wie sonst. Lionels Bruder war ebenso gepflegt wie bei unserer letzten Begegnung. Er saß in der Sakristei und trank aus einer Flasche, die ihm wohl Lionel besorgt hatte. Gegen Viertel nach sieben bat Lionel Brenda und mich, uns vor den Altar in der Marienkapelle zu stellen und dort zu bleiben, bis er uns Bescheid gab. Dann hörten wir, wie an der Tür des Nordportals geschlossen wurde, und Harry Josephs betrat mit einem großen, in braunes Packpapier gewickelten Paket die Kirche. Sein Gesicht war gerötet, und er wirkte erregt. Offenbar hatte er schon ziemlich viel getrunken. Er sah uns und nickte, aber ob er mir oder Brenda zunickte, könnte ich nicht sagen. Dann verstummte die Orgel plötzlich, Paul kam zu uns, legte Brenda leicht die Hand auf die Schulter und ging zur Sakristei. Minutenlang hörten wir das Stimmengemurmel der Männer, dann ein Scharren und ein leises Stöhnen. Als Lionel uns holte, war er im Messgewand. Er atmete schwer und sah verstört aus. Wenn die Polizei käme, sagte er, solle ich aussagen, es seien etwa ein Dutzend Besucher beim Gottesdienst gewesen, hauptsächlich amerikanische Touristen, und ich hätte Harry in der Sakristei um Hilfe rufen hören, während der letzte Choral gespielt wurde. Ob Brenda da noch neben mir stand, weiß ich nicht mehr. Benommen ging ich zur Sakristei. Ich sah ihn deutlich. Er lag ganz still da in seinem braunen Anzug und der Soutane, die er immer in der Kirche trug, und in seinem Rücken steckte Lionel Lawsons Papiermesser.

Von den anderen Toten weiß ich nichts. Aber ich bin überzeugt davon, dass Lionel Selbstmord begangen hat, weil er über seine Tat nicht hinweggekommen ist. Ich bin sehr froh, dass man ihm zumindest nicht den Mord an Brenda Josephs und Paul und Peter Morris anlasten kann. Wenn ich jetzt diesen langen Bericht schließe, denke ich an meine Mutter und bitte Sie, für sie zu sorgen, solange ich es nicht kann, und ihr zu sagen – nein, ich weiß nicht, was Sie ihr sagen könnten. Es wird wohl die Wahrheit sein müssen.

Gezeichnet Ruth Rawlinson.

Morse legte die Aussage aus der Hand und sah Lewis ziemlich ungnädig an. Er war über sechs Stunden nicht im Büro gewesen und hatte keine Adresse hinterlassen, an der man ihn hätte erreichen können. Es war jetzt acht Uhr abends, und er sah müde aus.

»Ich weiß ja nicht, wer das geschrieben hat, aber von Absätzen hält die Dame wohl nicht viel«, stellte er fest.

»Dafür kann sie hundertdreißig Worte in der Minute aufnehmen. Sie ist wirklich gut, ich wünschte, wir hätten sie bei uns in Kidlington.«

»Hat Miss Rawlinson so schnell gesprochen?«

»Ziemlich schnell, ja.«

»Merkwürdig«, sagte Morse.

Lewis sah seinen Chef etwas verdutzt an. »Damit dürfte einiges klar sein, nicht?«

»Sie meinen das hier?« Morse griff nach der Aussage, trennte die letzten Seiten ab, zerriss sie und warf sie in den Papierkorb.

»Aber Sie können doch nicht einfach –«

»Was solls? Was auf diesen Seiten an Fakten steht, ist nicht mal ein Blatt Klopapier wert. Wenn sie bei diesem Meineid bleibt, kriegt sie doppelt so lange, ist Ihnen das nicht klar?«

Lewis war überhaupt nichts mehr klar. Er war sehr zufrieden mit seinem Tagewerk gewesen und war es noch. Aber auch er war jetzt sehr müde und schüttelte nur gelassen den Kopf.

»Ich könnte ein bisschen Ruhe gebrauchen, Sir.«

»Ruhe? Ich höre wohl nicht richtig. Sie retten mir das Leben, und jetzt denken Sie nur daran, sich aufs Ohr zu legen? Wir gehen feiern, mein Freund.«

»Aber –«

»Wollen Sie nicht hören, was ich erlebt habe?« Er sah Lewis listig an, und dann lächelte er. Der Triumph, der in diesem Lächeln stand, wurde nur durch eine Spur von Trauer geschmälert.

DAS BUCH DER OFFENBARUNG

41

Der *Friar Bacon Pub* liegt ein bisschen abseits der A40. Sein Name erinnert an den großen Wissenschaftler und Philosophen des 13. Jahrhunderts, und sein Bier war dem kritischen Gaumen von Chief Inspector Morse genehm. Das Gasthausschild zeigt einen beliebten, gemütlich aussehenden Mann in Franziskanerhabit, der etwas in ein Glas schenkt, was zunächst wie Guinness aussieht, sich aber auf den zweiten Blick als eine chemische Flüssigkeit entpuppt, die aus einer Phiole in eine andere gegossen wird. So jedenfalls erklärte es Morse. Sie bestellten ihr Bier und setzten sich, und Morse begann:

»Dieser Fall hat – oder hatte – einige sehr eigenartige Seiten, die uns viel zu schaffen gemacht haben. Zum Schluss hatten wir fünf Leichen am Hals und haben nie erfahren, was uns der eine oder andere dieser Toten vielleicht hätte sagen können. Im Hinblick auf das Motiv sind wir also zunächst nur auf Mutmaßungen angewiesen, gestützt auf den einen oder anderen Hinweis. Nehmen wir zunächst Harry Josephs. Er ist knapp bei Kasse, und das wenige Bare, das er bekommt, trägt er umgehend zum Buchmacher. Ohne Wissen seiner Frau nimmt er einen Kredit auf das Haus auf und hat auch den bald verwettet. Dann, schätze ich, hat er angefangen, sich aus der Kollekte zu bedienen. Es sind verlockend hohe und leicht zugängliche Beträge. Dabei – auch das eine Mutmaßung – muss ihm Lionel Lawson auf die Spur gekommen sein. Wenn er die Sache meldet, ergibt sich der Fall eines verdienten Offiziers, der in die Kasse gegriffen hat. Einem Mann, der schon seinen Job und sein Geld verloren hat und dem der Verlust seiner Frau droht, könnte das den Rest geben. Jetzt zu Lionel Lawson. Über ihn sind Gerüchte in Umlauf. Hässliche Gerüchte. Es geht um Beziehungen zu Chorknaben. Jemand muss es ihm gesteckt haben, wahrscheinlich Paul Morris, dessen Sohn Peter im Chor war. Auch hier droht eine öffentliche Demütigung: Ein hoch angesehener Geistlicher der anglikanischen Kirche missbraucht Chorknaben … Kommen wir zu Paul Morris. Er hat eine Affäre mit Harry Josephs' Frau, eine diskrete Affäre, wie er zunächst meint, aber auch das spionieren die Klatschmäuler aus, und es dauert nicht lange, bis Harry Wind von der Sache bekommt. Die nächste Mitwirkende ist Ruth Rawlinson, die Augen und Ohren offen hält – mehr, als gut für sie ist. Aber sie hat genug eigene Probleme, und diese Probleme ziehen sie in den Fall hinein. Schließlich ist da noch Lawsons Bruder Philip, der, soweit ich das habe feststellen können, erst letzten Sommer wieder in Oxford auftauchte, ein Schmarotzer wie eh und je. Er ist völlig mittellos und erwartet Hilfe von seinem Bruder. Lionel lässt ihn im Pfarrhaus wohnen, und es dauert nicht lange, bis die alten Spannungen wieder aufbrechen. Hier bin ich übrigens nicht ausschließlich auf Mutmaßungen angewiesen, Lewis – aber darauf komme ich noch. Was ergibt sich aus dieser Übersicht? Motive für eine Vielzahl an Morden. Jeder der Betroffenen hat Grund, zumindest einen der anderen zu fürchten, jeder hofft, von der ganzen Geschichte zu profitieren. Hass und Einschüchterung führen zu einer sehr, sehr üblen Situation. Fehlt nur noch ein Katalysator, und wir wissen, wer das war: Hochwürden Lionel. Er verfügt über ein unschätzbares Plus – er hat nämlich Geld. Etwa vierzigtausend Pfund. Ihm persönlich bedeutet

Geld relativ wenig, es stört ihn nicht, von dem miserablen Gehalt zu leben, das ihm die knickrigen Kirchenoberen aussetzen. Pfarrer Lawson mag gewesen sein, wie er will – dem schnöden Mammon jedenfalls hat er nicht angehangen. Also prüft er behutsam das Eis, und als er merkt, dass die Schicht auf dem Teich dick genug ist, um sie alle zu tragen, rückt er mit seinen Vorschlägen heraus. Was bietet er? Seinem Bruder Philip Geld und die Möglichkeit, seinen liederlichen Lebenswandel noch ein paar Jahre fortzusetzen. Josephs Geld und die Chance für einen neuen Start ohne seine Frau. Auch Morris lockt er wohl mit Geld, vermutlich kann er aber auch dafür sorgen, dass Paul außerdem noch seine Brenda bekommt, dass sie an einem anderen Ort, mit einem hübschen Bankguthaben in der Hinterhand, zusammen ein neues Leben anfangen können. Ruth Rawlinson bietet er Geld und die Möglichkeit, mit einem Schlag all ihre häuslichen Sorgen loszuwerden. Er führt einen frei erfundenen Heiligentag ein, und der Plan läuft ab. Die Zeugen schwören sich um Kopf und Kragen und verschaffen sich gegenseitig ein Alibi. Lionel steht am Altar, Paul Morris sitzt an der Orgel, Ruth Rawlinson in einer Kirchenbank, Brenda Josephs ist im Kino. Wenn sie alle bei ihrer Aussage bleiben, kann keinem was passieren. Der Verdacht wird natürlich in erster Linie auf Bruder Philip fallen. Aber Lionel hat ihm – und vermutlich auch den anderen – gesagt, dass alles bestens geregelt ist. Wenige Minuten nach dem Mord wird er auf dem Bahnhof von Oxford in einen Zug steigen und wird mit ein paar Tausendern als Lohn der Angst in der Tasche zu einem Hotel fahren, in dem für ihn ein Zimmer reserviert ist. Dafür lässt es sich mit so einem Verdacht schon leben, wie?«

Morse leerte sein Glas, und Lewis, der es ausnahmsweise einmal schneller geschafft hatte, ging zur Theke. Dass hier ein ganzer Wust von Motiven zusammengekommen war, die sich (wenn Morse recht hatte) ergänzten und bestätigten, war ihm klar. Aber was hatte diesen Hass auf Harry Josephs ausgelöst? Schön, sie steckten alle irgendwie in der Klemme, aber wenn Morse recht hatte, ließen sich ihre Schwierigkeiten eigentlich alle mit Geld zufriedenstellend aus der Welt schaffen. Und warum dieses merkwürdige Theater in der Kirche, das so kompliziert und unnötig schien? Warum hatten sie nicht einfach Josephs umgebracht und seine Leiche irgendwo deponiert? Mit vereinten Kräften hätten sie das bestimmt mühelos geschafft. Und dann der Mord selbst … Morphiumvergiftung und ein Messer im Rücken. Nein, das passte einfach alles nicht zusammen.

Er zahlte und ging vorsichtig zum Tisch zurück. Morse würde ihm nie verzeihen, wenn er auch nur einen Kubikmillimeter von dem kostbaren Nass verschüttete.

Morse nahm einen gewaltigen Schluck und fuhr fort: »Wir kommen jetzt zu der entscheidenden Frage: Weshalb dieser Hass auf Harry Josephs? Solange wir diese Frage nicht beantworten können, tappen wir nach wie vor im Dunkeln. In engem Zusammenhang damit steht die Frage, wozu das Theater bei dem vorgetäuschten Gottesdienst gut war und warum Josephs zweifach umgebracht wurde. Nehmen wir uns zunächst die letzte Frage vor. Sie haben sicher schon von den Erschießungspeletons gehört, bei denen vier Mann antreten, um den armen Kerl am Pfahl zu erschießen, und drei Mann Platzpatronen in der Flinte haben. Das wird deshalb gemacht, damit niemand feststellen kann, wer den tödlichen Schuss abgegeben hat. Ich dachte mir, dass so was in der Art hier auch passiert sein könnte. Sie waren zu dritt, und keiner riss sich darum, allein die Verantwortung zu übernehmen. Wenn Josephs nicht nur vergiftet und erstochen worden wäre, sondern auch noch einen Schlag über den Schädel bekommen hätte, hätte ich mit dieser Theorie ganz gut dagestanden. Aber wir haben aus dem Obduktionsbericht erfahren, dass es zwei Todesursachen gibt und nicht drei. Jemand kippt Josephs Morphium in den Rotwein, und dann sticht ihm entweder derselbe oder ein anderer Jemand ein Messer in den Rücken. Wozu die Mühe? Möglich, dass tatsächlich zwei Personen an dem eigentlichen Mord beteiligt waren. Arbeitsteilung gewissermaßen, aus den oben genannten Gründen. Aber es gab da noch einen viel gewichtigeren Grund. Sind Sie seelisch auf einen Schock eingestellt, Lewis?«

»Bei Ihnen immer, Sir.«

Morse leerte sein Glas. »Verdammt gutes Bier.«

»Ihre Runde, Sir.«

»Was Sie nicht sagen …«

Der Gastwirt war in den Schankraum gekommen, und Lewis hörte, wie er mit Morse über die abgrundtiefe Dummheit der für die Auswahl der Spieler in der englischen Nationalmannschaft Verantwortlichen diskutierte.

»Hausrunde«, sagte Morse und setzte die beiden Gläser vorsichtig auf den Bierdeckeln ab. (Da ist er mal wieder gut weggekommen, dachte Lewis.) »Wo war ich stehen geblieben? Ja, richtig. Sie haben mich nicht gefragt, wo ich heute war. Ich war noch mal in Rutland.«

»Leicestershire, Sir.«

Morse tat, als habe er nicht gehört. »Ich habe in diesem Fall einen bösen Fehler gemacht, Lewis. Nur einen. Ich habe zu viel auf Gerüchte gehört, und Gerüchte sind etwas Schreckliches. Wenn ich aller Welt erzähle, Sie hätten eine Affäre mit dieser Sekretärin, die keine Absätze macht, würden Sie plötzlich wie ein Verrückter zu beweisen versuchen, dass das nicht stimmt, obgleich an dem Gerücht nicht die Spur von Wahrheit ist. Wie heißt es so schön? Irgendwas bleibt immer hängen. So ist es wohl auch Lionel ergangen. Mag sein, dass er homosexuell veranlagt war, aber strafbar im Sinne des Gesetzes hat er sich bestimmt nicht gemacht.

Doch als das Gerücht erst mal im Umlauf war, wurde er von allen Seiten argwöhnisch beobachtet, und ich gehörte zu denen, die bereit waren, das Schlimmste von ihm zu denken. Ich habe mir sogar eingeredet – ohne auch nur die Spur eines Beweises zu haben –, er sei von der Schule geflogen, weil er sich an jüngere Mitschüler herangemacht hatte. Aber dann kam mir ein anderer Gedanke. Wenn ich mich nun geirrt hatte? Wenn Lionel Lawsons alter Direktor mich ganz gern in meinem Irrglauben beließ, weil die Wahrheit viel schlimmer war? Ich habe heute noch mal mit Meyer und auch mit Lawsons früherem Klassenlehrer gesprochen. Die Lawson-Brüder waren ein merkwürdiges Paar. Lionel, der Ältere, war ein ausgesprochener Streber, fleißig, ein Bücherwurm, ohne besonders herausragende geistige Fähigkeiten, schon damals mit einer Brille auf der Nase, immer ein bisschen unsicher – kurzum, Lewis, ein lieber kleiner Langweiler. Philip hingegen war ein blitzgescheiter Kerl mit allen Gaben, die man sich nur wünschen kann – intelligent, sportlich, beliebt, gut aussehend, aber faul und egoistisch. Und wer ist der Liebling der Familie? Philip natürlich, der Strahlemann. Man braucht nicht viel Fantasie, um sich in Lionel hineinzuversetzen. Er ist eifersüchtig auf den Bruder, und seine Eifersucht wird mit den Jahren immer schlimmer. Angeblich war damals auch ein Mädchen im Spiel. Lionel war achtzehn, Philip etwa ein Jahr jünger. Sie sah gar nicht mal besonders aus, aber sie war Lionels Freundin. Bis Philip sie ihm – wahrscheinlich aus purer Bosheit – ausgespannt hat. Da nimmt das Unheil seinen Lauf. An einem Wochenende zu Hause versucht Lionel, seinen Bruder umzubringen. Mit dem Küchenmesser. Er verletzt ihn schwer. Die Sache wird vertuscht, so gut es geht, auch die Polizei ist gern bereit, alles weitere der Schule und den Eltern zu überlassen. Beide Jungen werden von der Schule genommen, es kommt nicht zur Anklage, und die Wogen glätten sich scheinbar wieder. Aber Akten können nun mal nicht umgeschrieben werden, und es ist nicht daran zu rütteln, dass Lionel als Achtzehnjähriger erfolglos versucht hat, seinen Bruder umzubringen. Wenn wir also nach einem schwärenden, unersättlichen Hass suchen, so haben wir ihn jetzt gefunden. Den Hass zwischen Lionel Lawson und seinem jüngeren Bruder.«

Dass das alles äußerst aufschlussreich war, erkannte Lewis durchaus. Aber die Bezüge zu ihrem Fall waren ihm nach wie vor nicht so recht klar. Doch Morse redete schon weiter.

»Zuerst dachte ich, Lionel Lawson hätte Harry Josephs umgebracht und dann einen Selbstmord vorgetäuscht, indem er seinen Bruder in Priesterkleider steckte und ihn vom Turm stieß. Es wäre eine geschickte Lösung gewesen. Man brauchte nur einen Zeugen, der die Leiche falsch identifizierte, und so ein Zeuge stand bereit, nämlich Paul Morris, der von dem Mord an Josephs zweifach profitiert hatte, erstens, indem er eine hübsche Geldsumme einstrich, und zweitens, indem er Josephs' Frau bekam. Aber Sie haben selbst gesagt, Lewis – und Sie haben recht –, dass es verdammt schwierig ist, einen Toten in andere Kleider zu stecken. Allerdings ist es nicht unmöglich. Nicht, wenn man die Schwierigkeiten einkalkuliert und reichlich Zeit hat. Es war tatsächlich Lionel Lawson und nicht sein Bruder Philip, der im Oktober letzten Jahres vom Kirchturm gestürzt ist. Lionel sah offenbar seine Tat als etwas so Furchtbares, so Unverzeihliches, dass er damit nicht mehr leben konnte. So nahm er seine Brille ab, steckte sie ins Etui – und sprang.

Und da wir gerade bei der Identifizierungsfrage sind, Lewis, muss ich gestehen, dass ich ernsthafte Zweifel daran hatte, ob die Leiche, die wir auf dem Turm gefunden haben, wirklich Paul Morris war. Falls er es nicht war, eröffneten sich da die interessantesten Möglichkeiten. Aber ich sage Ihnen, Lewis, er war es, auch wenn wir ihn noch nicht eindeutig haben identifizieren können. Ja, und so habe ich schließlich all diese fantasievollen Theorien zu den Akten gelegt und eine ganz einfache Lösung angepeilt, der wir alle von Anfang an keine Beachtung geschenkt hatten. Ruth Rawlinson hätte sich in ihrer lächerlichen Aussage beinahe verraten, als sie sagte, sie sei zu *einer* Lüge bereit gewesen. Angeblich betraf diese Lüge die Messe in St. Frideswide's, die nie stattgefunden hat, und ihr Schweigen über die Verschwörung, die in den Mord an Harry Josephs mündete. Aber das stimmt so nicht. Bei ihrer Lüge ging es um die Identifizierung des Toten, der an jenem Abend in der Sakristei lag. Denn der Mann, der dort ermordet aufgefunden wurde, war nicht Harry Josephs. *Es war Lionel Lawsons Bruder Philip.*«

42

Auszug aus dem Protokoll der Verhandlung gegen Ruth Rawlinson unter der Anklage des Meineids und der Verschwörung. Vertreter der Anklage Gilbert Marshall, Q. C., Verteidiger Anthony Johns, Q. C.

Marshall: Lassen wir einmal diese reichlich nebulöse Frage des Motivs beiseite und wenden wir uns den Ereignissen zu, die sich im September letzten Jahres abgespielt haben, insbesondere an dem Abend des 26. dieses Monats, einem Montag. Das Gericht würde es begrüßen, wenn Sie darlegen würden, wie sich aus Ihrer Sicht dieser unselige Abend abgespielt hat.

Morse: Meiner Ansicht nach handelte es sich um eine Verschwörung, Philip Lawson zu ermorden, an der Pfarrer Lionel Lawson, Paul Morris und Harry Josephs beteiligt waren. Ich persönlich bin davon überzeugt, dass die Aussage der Angeklagten über die Ereignisse des Abends im Wesentlichen der Wahrheit entsprechen, das heißt, soweit sie ihr bekannt waren, denn ich bin sicher, dass Miss Rawlinson über den genauen Ablauf der Tat nicht informiert war, da sie an dem Mord weder aktiv beteiligt war noch ihn mit eigenen Augen angesehen hat.

Marshall: Ich darf Sie bitten, sich auf die eigentliche Frage zu beschränken, Inspector. Inwieweit die Angeklagte an diesem Verbrechen beteiligt ist, muss das Gericht entscheiden.

Morse: Wenn ich Vermutungen über die Abfolge der Ereignisse an diesem Abend anzustellen hätte, würden sie in etwa so aussehen: Lionel Lawson hatte irgendwie seinen Bruder davon überzeugen können, dass es zu seinem Vorteil wäre, an diesem Abend zu einer bestimmten Zeit in der Kirche zu sein. Dass dieser ein Glas Rotwein ablehnen würde, während sie dort warteten, brauchte er nicht zu befürchten. Der Wein war mit Morphium versetzt. Dass der an diesem Abend in der Kirche tot aufgefundene Mann an einer Morphiumvergiftung gestorben war, geht aus dem Obduktionsbefund klar hervor. Wo das Morphium herkam, hat sich allerdings trotz gewissenhafter Ermittlungen nicht feststellen lassen. Doch einer der drei Beteiligten hatte früher einmal täglichen Zugriff zu zahlreichen Produkten der pharmazeutischen Industrie gehabt, er hatte nämlich eineinhalb Jahre als Apothekengehilfe in Oxford gearbeitet. Ich meine Harry Josephs, Sir. Und es war meiner Ansicht nach Josephs, von dem der Vorschlag ausging und der dem Wein die tödliche Dosis Morphium zusetzte.

Marshall: Können Sie uns sagen, warum der Mann erstochen wurde, obgleich er schon tot war?

Morse: Ich glaube nicht, dass er schon tot war, Sir. Allerdings dürfte er sehr bald, nachdem er den Wein getrunken hatte, das Bewusstsein verloren haben. Es war aber wichtig, dass der Tod eingetreten war, wenn die Polizei eintraf. Es bestand sonst die Möglichkeit, dass er sich wieder erholte und auspackte. Daher das Messer. Und mit Ihrer Erlaubnis, Sir, die entscheidende Frage ist nicht, warum er erstochen wurde, sondern weshalb man ihm Morphium gegeben hat. Meiner Ansicht nach geschah dies, weil es zu Lionel Lawsons Plan gehörte, seinen Bruder umzuziehen, und wenn man einen Menschen erstochen hat und ihn dann umziehen will, geht das nur, wenn man das Messer herauszieht und danach noch einmal zusticht. Josephs hatte verabredungsgemäß den braunen Anzug, den er sonst immer trug, an diesem Abend nicht an, sondern hatte ihn mit in die Kirche gebracht. Er dürfte in dem Paket gewesen sein, das Miss Rawlinson in ihrer Aussage erwähnt. Es war klar, dass die Polizei die Sachen des Toten genau untersuchen würde, und nur durch einen Kleidertausch ließ sich die Täuschung mit hundertprozentiger Sicherheit bewerkstelligen. Also zogen sie Philip Lawson, nachdem er bewusstlos in der Sakristei zusammengebrochen war, die Kleider aus und Josephs' Sachen an, ein vermutlich schwierigeres und langwierigeres Unterfangen, aber sie waren zu dritt und hatten viel Zeit. Dann streiften sie ihm Josephs' Soutane über, und jetzt war der Augenblick der Wahrheit für Lionel Lawson gekommen. Ich nehme an, dass er die anderen beiden weggeschickt hat, und dann führte er eine Tat zu Ende, zu der er schon einmal angesetzt, bei der er damals aber kläglich versagt hatte. Er sah auf seinen Bruder herunter, den er nun schon so lange hasste, und stach mit dem Papiermesser zu. Wie gesagt – ich glaube nicht, dass Philip Lawson zu diesem Zeitpunkt schon tot war, und darin sehe ich mich durch die Aussage der Angeklagten bestätigt, denn was sie gehört hat, dürfte der letzte Seufzer des Sterbenden gewesen sein. Die Polizei wurde sofort verständigt, die Leiche wurde von der Angeklagten und von Paul Morris falsch identifiziert. Alles andere ist Ihnen bekannt.

Marshall: Kommt Ihnen das nicht alles übertrieben kompliziert vor, Inspector? Ich jedenfalls habe diesen Eindruck. Warum hat Pfarrer Lionel Lawson seinen Bruder nicht einfach allein umgebracht?

Richter: Ich muss den Herrn Anklagevertreter darauf hinweisen, dass hier nicht Pfarrer Lawson vor Gericht steht und die Frage in der formulierten Form unzulässig ist.

Marshall: Danke, Mylord. Darf ich den Zeugen bitten, dem Gericht zu erläutern, warum seiner Ansicht nach Pfarrer Lawson – angenommen, er trägt die Schuld am Tod seines Bruders – an diese Sache nicht sehr viel unkomplizierter herangegangen ist?

Morse: Meiner Meinung nach war für Pfarrer Lawson zweierlei wichtig. Erstens der Tod seines Bruders – und den hätte er, wie Sie sagen, vielleicht auch allein herbeiführen können. Der zweite Punkt war viel heikler, und damit wäre er allein nie fertiggeworden. Er brauchte jemanden, der bereit war, sich als der Tote identifizieren zu lassen und unverzüglich aus Oxford zu verschwinden. Philip Lawson hatte sich etlichen Leuten, unter anderem auch der Angeklagten gegenüber, als Lionel Lawsons Bruder zu erkennen gegeben. Hätte man ihn nach dem Mord als den Mann identifiziert, der häufig im Pfarrhaus und in der Kirche gesehen worden war, wäre es nur noch eine Frage der Zeit gewesen, bis die Polizei seine wahre Identität ermittelt hätte. Und danach wäre prompt auch anderes herausgekommen. Sein älterer Bruder hatte schon einmal versucht, ihn umzubringen – mit einem Messer. Die Ermittlungen der Polizei hätten sehr bald in eine bestimmte Richtung geführt, und der Verdacht hätte sich auf Pfarrer Lawson konzentriert. Philip Lawson musste, wie gesagt, nicht nur sterben, sondern er musste auch falsch identifiziert werden. Wie das Gericht weiß, ist dies geschehen. Der Tote wurde als Harry Josephs identifiziert, und Harry Josephs verschwand von der Bildfläche. Noch in der gleichen Nacht bezog er die Manning Terrace 14 B, wo er bis zu seinem Tod gewohnt hat. Er hatte Philip Lawsons Sachen mitgenommen, vermutlich hatte man ihm gesagt, er solle sie vernichten. Aber aus verschiedenen Gründen wurde Josephs nervös –

Marshall: Ehe Sie fortfahren, Inspector, muss ich Sie fragen, ob Ihrer Meinung nach die Beziehung der Angeklagten zu Josephs – nun, sagen wir, über die Versorgung mit dem täglichen Bedarf hinausging.

Morse: Nein.

Marshall: Sie kennen die dem Gericht vorliegenden Aussagen einer Zeugin über mehrere Besuche, die Josephs letzten Sommer in der Manning Terrace abgestattet hat?

Morse: Jawohl, Sir.

Marshall: Und Sie glauben, dass diese Besuche nur – äh – gesellschaftlicher Art waren?

Morse: So ist es.

Marshall: Bitte fahren Sie fort, Inspector.

Morse: Ich nehme an – es ist allerdings nur eine Vermutung meinerseits –, dass Josephs abwarten sollte, bis sich die Wogen geglättet hatten, um dann Oxford endgültig zu verlassen. Fest steht, dass er von Lionel Lawsons Selbstmord erfuhr und –

Marshall: Es tut mir leid, wenn ich sie schon wieder unterbrechen muss, aber sind Sie der Meinung, dass zumindest bei diesem Unglücksfall Josephs seine Hand nicht im Spiel gehabt haben kann?

Morse: So ist es, Sir. Die Nachricht von Lawsons Tod muss

für Josephs ein großer Schock gewesen sein. Er wird sich gefragt haben, was da wohl schiefgelaufen war. Besonders wird ihm die Frage nachgegangen sein, ob Lawson einen Abschiedsbrief hinterlassen hatte, und falls ja, ob er und die anderen darin belastet wurden. Überdies hatte sich Josephs ganz auf Lawsons Regie verlassen. Lawson hatte ihm sein Versteck besorgt, Lawson hatte versprochen, die Abreise aus Oxford zu organisieren. Jetzt war er allein auf sich gestellt, und er muss sich sehr ausgeschlossen vorgekommen sein. Anfang des Winters begann er, sich auf die Straße zu wagen. Zur Tarnung benutzte er Philip Lawsons alte Sachen, den langen schmutzigen, bis zum Hals zugeknöpften Mantel und eine Sonnenbrille. Er ließ sich auch einen Bart wachsen. Es zeigte sich, dass er in diesem Aufzug überhaupt nicht auffiel. Um diese Zeit muss ihm klar geworden sein, dass es jetzt nur noch einen Menschen gab, der genau wusste, was sich an jenem Septemberabend in der Sakristei abgespielt hatte, nämlich Paul Morris. Den Mann, der ihm seine Frau weggenommen hatte, der sich vermutlich nach Ende des Schuljahrs mit ihr zusammentun würde und der an der ganzen Sache recht hübsch verdient hatte, ohne sich allzu sehr ins Zeug zu legen. Übrigens habe ich den Eindruck, dass Paul Morris jetzt gar nicht mehr so sehr an einer festen Bindung mit Mrs Josephs interessiert war, aber das konnte Josephs nicht wissen. Sein Hass auf Morris verstärkte sich, ebenso sein Allmachtsgefühl und die Befriedigung darüber, dass er die Fertigkeiten, die er als Hauptmann einer Kommandoeinheit gelernt hatte, noch beherrschte. Unter einem Vorwand verabredete sich Josephs mit Morris in St. Frideswide's, tötete ihn und versteckte die Leiche. Bei dem Ermordeten in der Sakristei waren keine Schlüssel gefunden worden. Josephs hatte sie behalten und konnte die Kirche für den Mord an Paul

Morris und seinem Sohn Peter nutzen. Den Führerschein hatten sie ihm abgenommen, er konnte also nicht mal einen Wagen mieten. Sonst hätte er vermutlich versucht, die Leichen an anderer Stelle zu deponieren. Am gleichen Abend verabredete er sich mit Peter Morris, den er ebenfalls in der Kirche ermordet haben dürfte. Sicher hatte er zunächst vor, beide Leichen in die Krypta zu schaffen. Nach Anbruch der Dunkelheit steckte er den Jungen in einen Sack und öffnete die Tür am Südportal. Als die Luft rein war, ging er zum Eingang der Krypta im südlichen Teil des Friedhofs – von der Kirche aus rund fünfzehn Meter Fußweg. Doch beim Abstieg brach eine Leitersprosse, und Josephs muss gestürzt sein. Mit einer größeren, schwereren Last konnte oder wollte er dieses Risiko nicht noch einmal auf sich nehmen. Deshalb disponierte er um und transportierte den toten Paul Morris auf den Kirchturm.

Marshall: Und dann beschloss er, seine Frau umzubringen?

Morse: Ganz recht. Ob er zu diesem Zeitpunkt schon genau wusste, wo sie war, ob er mit ihr in Verbindung stand, ob er Paul Morris die Adresse entlockt hat – das alles weiß ich nicht. Aber nachdem die Leiche auf dem Kirchturm entdeckt worden war, stand für ihn fest, dass er Brenda zum Schweigen bringen musste. Außerdem richteten sich jetzt, nachdem Paul Morris aus dem Weg war, sein Hass und seine Eifersucht voll auf seine Frau. Vorher aber musste er noch eine gefährliche Aufgabe erledigen. Er musste zum Haus von Vater und Sohn Morris nach Kidlington fahren und dort den Eindruck erwecken, dass die beiden ausgezogen waren und den Ort verlassen hatten. Ins Haus zu kommen war kein Problem. Bei den Toten wurden keine Schlüssel gefunden, beide müssen aber zumindest einen Hausschlüssel gehabt haben. Als er drin war –

Marshall: Ja, danke. Würden Sie jetzt bitte dem Gericht erklären, welche Rolle die Angeklagte in dem Fall gespielt hat?

Morse: Für mich stand fest, dass Miss Rawlinson nur so lange nichts zu befürchten hatte, wie sie über die Identität der in St. Frideswide's gefundenen Toten im Unklaren war.

Marshall: Und als bekannt wurde, um wen es sich bei den beiden Toten handelte, beschloss Josephs, auch die Angeklagte zu ermorden?

Morse: Jawohl, Sir. Wie Sie wissen, habe ich den Mordversuch miterlebt. Erst in diesem Augenblick begriff ich, wer der Mörder war – und zwar, als ich den Schlips erkannte, mit dem er versuchte, sie zu erwürgen. Es waren die Farben der Kommandoeinheiten der Königlichen Marine.

Marshall: Ja, sehr interessant, Inspector. Aber musste nicht der Mörder die Angeklagte von Anfang an ebenso fürchten wie Brenda Josephs? Und warum, glauben Sie, hat er die beiden Frauen dann unterschiedlich behandelt?

Morse: Ich glaube, dass Josephs seine Frau zum Schluss gehasst hat, Sir, das sagte ich bereits.

Marshall: Und der Angeklagten gegenüber hat er diesen Hass nicht empfunden?

Morse: Das weiß ich nicht, Sir.

Marshall: Sie behaupten nach wie vor, dass zwischen der Angeklagten und Harry Josephs keine engere Beziehung bestand?

Morse: Ich habe meiner Antwort nichts hinzuzufügen, Sir.

Marshall: Nun gut. Bitte weiter, Inspector.

Morse: Für mich stand fest, wie gesagt, dass Josephs versuchen würde, Miss Rawlinson so bald wie möglich zu töten. Es musste ihm klar sein, dass jetzt alles sehr schnell gehen würde und dass Miss Rawlinson außer ihm die Einzige war, die etwas davon wusste, was sich in Wirklichkeit abgespielt hatte. Deshalb beschlossen mein Kollege, Sergeant Lewis, und ich, den Mörder zum Handeln zu zwingen. Wir ließen einen etwas ungenauen Bericht über den Fall an auffälliger Stelle in der *Oxford Mail* veröffentlichen, der ihm den Eindruck vermitteln musste, dass sich das Netz schon um ihn zu schließen begann. Ich dachte mir, dass er vermutlich wieder in St. Frideswide's zuschlagen würde. Er musste wissen, wann Miss Rawlinson dort putzte, und hatte sich seinen Plan zurechtgelegt. Er ist an diesem Tag sehr früh in die Kirche gegangen und hat sich dadurch der Falle entzogen, die wir ihm gestellt hatten.

Marshall: Aber zum Glück ist es ja noch einmal gut gegangen, Inspector.

Morse: Allerdings. Dank Sergeant Lewis.

Marshall: Ich habe keine weiteren Fragen.

Johns: Soviel ich weiß, haben Sie das Gespräch zwischen meiner Klientin und Josephs vor dem Mordversuch mit angehört, Inspector?

Morse: Jawohl, Sir.

Johns: Ist Ihnen in diesem Gespräch irgendetwas zu Ohren gekommen, was vom Gericht als mildernder Umstand für meine Klientin gewertet werden könnte?

Morse: Ja, ich hörte, wie Miss Rawlinson sagte, dass –

Richter: Ich darf den Zeugen bitten, lauter zu sprechen, damit das Gericht ihn verstehen kann.

Morse: Ich hörte Miss Rawlinson sagen, sie habe sich entschlossen, zur Polizei zu gehen und ein rückhaltloses Geständnis abzulegen.

Richter: Danke, Inspector, das wäre alles.

43

Ich muss mich doch immer wieder wundern«, sagte Bell, »was es so für Gauner gibt. Noch dazu in der Kirche. Und ich hab immer gedacht, dass diese Leute auf dem Pfad der Tugend wandeln.«

»Die meisten tun das wohl auch«, meinte Lewis.

Sie saßen in Bells Büro. Das Urteil über Ruth Rawlinson war gesprochen: Schuldig, achtzehn Monate Freiheitsstrafe.

»Trotzdem wunderts mich«, meinte Bell.

Auch Morse war da und paffte schweigend vor sich hin. Er rauchte entweder Kette oder überhaupt nicht und hatte schon unzählige Ansätze gemacht, es sich abzugewöhnen. Gewiss, er konnte Bell schon verstehen, aber ... Er dachte an das Gibbon-Zitat über den mittelalterlichen Papst Johannes XXIII., das ihn als Jungen so beeindruckt und das er damals auswendig gelernt hatte: »Die skandalösesten Vorwürfe wurden unterdrückt. Der Statthalter Christi wurde nur der Piraterie, des Mordes, der Vergewaltigung, Sodomie und des Inzests beschuldigt.«

Es war nichts Neues, dass die christliche Kirche Schuld auf sich geladen hatte – zu viel Blut klebte an den Händen ihrer weltlichen Verwalter, zu viel Hass und Bitterkeit wohnte im Herzen ihrer geistlichen Herren. Aber dahinter und darüber stand die schlichte historische Gestalt ihres Gründers, ein Rätsel, mit dem sich Morse in seiner Jugend ernsthaft auseinandergesetzt hatte und das auch jetzt noch bisweilen seine Skepsis ins Wanken brachte. Er dachte an seinen ersten Gottesdienstbesuch in St. Frideswide's und an seine Banknachbarin: »Wasche mich, und ich werde weißer sein als Schnee.« Eine verlockende Vorstellung, dass der Allmächtige das Vergangene löscht und nicht nur vergibt, sondern auch vergisst. Dabei war das Vergessen das eigentlich Schwere. Vergeben konnte selbst er, der alte Zyniker – nicht aber vergessen. Ein paar beglückende Minuten lang hatte er an jenem Tag in St. Frideswide's eine köstliche Neigung zu einer Frau empfunden, wie sie ihm zuvor nur einmal beschieden gewesen war. Aber ihre Wege hatten sich zu spät gekreuzt, und sie hatte geirrt wie all die anderen verlorenen Seelen, wie die Lawsons und Josephs' und Morris', und war von den für die menschliche Gesellschaft verbindlichen Normen abgewichen. Sie hatte ihn gebeten, er möge sie aufsuchen. Sollte er es tun? Er musste sich bald entschließen.

»... kein Ruhmesblatt für mich, Sergeant«, hörte er Bell sagen. »Ich leite monatelang die Ermittlung, ohne dass was passiert, und dann kommt Morse und knackt den Fall innerhalb von vierzehn Tagen.« Er schüttelte den Kopf. »Gerissener Hund.«

Lewis wollte etwas sagen, fand aber nicht die richtigen Worte. Morse hatte ein geradezu unheimliches Talent, sich in den dunklen Labyrinthen menschlicher Motive und menschlichen Verhaltens zurechtzufinden, und er war stolz darauf, mit ihm zusammenzuarbeiten. Es freute ihn auch, dass Morse in der heutigen Verhandlung seinen Namen genannt hatte. Aber im Grunde war er ganz froh, dass er sich jetzt wieder seinen üblichen Pflichten zuwenden konnte.

Morse hörte erneut seinen Namen und begriff, dass Bell ihn angesprochen hatte.

»Also eins verstehe ich nach wie vor nicht ...«

»Ich auch nicht«, fiel ihm Morse ins Wort. Seine Reserven an Vermutungen waren zurzeit erschöpft. Er dachte an das Wort des Paulus an die Korinther von der Offenbarung und von dem Geheimnis. Was Bell zu schaffen machte, war vermutlich keines der großen Geheimnisse des Lebens.

Ein Geheimnis war allenfalls der Ursprung jenes Giftes, das langsam, aber sicher in Lionel Lawsons Seele gesickert war. Und das ging zurück zu der Zeit, als Kain und Abel dem Herrn ihr Opfer dargebracht hatten …

»Wie meinten Sie?«

»Ich sagte, dass die Pubs bald aufmachen, Sir.«

»Heute Abend passe ich, Lewis. Mir – äh – ist nicht danach.«

Er stand auf und ging ohne ein weiteres Wort hinaus. Lewis sah ihm einigermaßen verblüfft nach.

»Komischer Typ«, sagte Bell, und zum zweiten Mal innerhalb weniger Minuten musste Lewis ihm recht geben.

Man sah Ruth an, dass sie geweint hatte, aber jetzt war sie wieder ganz gefasst. »Ich wollte mich nur bei Ihnen bedanken, Inspector. Sie – Sie waren sehr gut zu mir, und wenn je ein Mensch mich hätte verstehen können, so wären Sie es gewesen.«

»Vielleicht«, sagte Morse. Er hatte schon denkwürdigere Aussprüche von sich gegeben.

»Und dann …« Sie seufzte, und die schönen Augen wurden wieder feucht. »Ich wollte nur sagen … als Sie mich damals eingeladen hatten, Sie wissen schon, und als ich sagte … als ich …« Ihr Gesicht verriet jetzt alles, was sie empfand, und Morse nickte und sah rasch weg.

»Quälen Sie sich nicht, ich weiß, was Sie sagen wollen.«

Sie zwang sich unter Tränen zum Sprechen. »Aber ich möchte es so gern sagen, Inspector. Sie sollen wissen …« Wieder konnte sie nicht weiter. Morse legte ihr leicht eine Hand auf die Schulter, wie Paul Morris es bei Brenda Josephs gemacht hatte – an dem Abend, an dem Philip Lawson ermordet worden war. Dann stand er auf und ging rasch davon. Er verstand sie, und er hatte ihr verziehen. Aber er war nicht der liebe Gott. Vergessen konnte er nicht.

Mrs Emily Walsh-Atkins wurde gebeten, die zerschmetterte Leiche von Harry Josephs zu identifizieren (es war Morse' Idee gewesen), was sie natürlich bereitwillig getan hatte. Was war das doch für ein aufregendes Jahr gewesen! Fast vergnügt dachte sie an ihre Rolle bei den traurigen Ereignissen zurück, die sich in ihrer Kirche zugetragen hatten. Ihr Name hatte wieder in der *Oxford Mail* gestanden – und auch in der *Oxford Times,* und sie hatte, wie seinerzeit Ruth Rawlinson, die beiden Artikel sorgsam ausgeschnitten und sie zu den anderen in ihre Handtasche gesteckt. An einem Sonntagmorgen in dem heißen Sommer, der auf diese Begebenheiten folgte, bat sie den lieben Gott eindringlich, ihr die Sünde des Stolzes zu verzeihen, und Pfarrer Keith Meiklejohn, der mit leutseliger Miene am Nordportal stand, musste noch länger als sonst warten, bis sie endlich auf die sonnige Straße hinaustrat.

Mrs Alice Rawlinson war unmittelbar nach der Verhaftung ihrer Tochter ins Altersheim nach Cowley gebracht worden. Als Ruth nach der Verbüßung von nur elf ihrer achtzehn Haftmonate wieder auf freien Fuß gesetzt wurde, kehrte die alte Dame in die Manning Terrace 14 A zurück, noch immer rüstig und allem Anschein nach gut für etliche weitere Lebensjahre. Einer der Pfleger, der ihr in den Krankenwagen half, bemerkte halblaut, nur ein Idiot würde eine Vorhersage machen, wie lange ein Patient noch zu leben habe.

In der Manning Terrace 14 B, der zeitweiligen Unterkunft von Harry Josephs, waren etliche Bücher gefunden worden, die nach Abschluss des Falls für wohltätige Zwecke gespendet und zu einem lächerlich geringen Preis verkauft wurden. Ein Siebzehnjähriger (es war ein sonderbarer Zufall, dass er Peter Morris hieß) erstand im Frühsommer eins davon für fünf Pence. Kriminalfälle hatten ihn schon immer interessiert, und der dicke Glanzpapierband mit dem Titel »Murder Ink« war ihm sofort ins Auge gefallen. Als er abends darin schmökerte, fand er auf Seite 349 ein Kapitel über Selbstmorde. Ein Satz war dick mit rotem Kugelschreiber unterstrichen: *Kurzsichtige Selbstmörder setzen vor dem Sprung unweigerlich die Brille ab und stecken sie in die Tasche.*

44

Im folgenden Jahr nahm Morse seinen Urlaub später. Wieder mit dem festen Vorsatz, nach Griechenland zu fahren. Aber auch diesmal blieb sein Pass in der Schublade, und an einem sonnigen Vormittag Mitte Juni stieg er in einen Bus und fuhr von Nord-Oxford in die Innenstadt. Eine Stunde streifte er stillvergnügt durch das Ashmolean und stand viele Minuten vor dem Giorgione und dem Tiepolo. Kurz vor zwölf ging er in die Bar des *Randolph* und bestellte ein Pint. Dann noch eins. Um halb eins überquerte er den Cornmarket und betrat St. Frideswide's. Die Tür des Nordportals knarrte nicht mehr, aber in der Kirche rührte sich nichts, nur die Kerzen vor dem Marienbild flackerten. Die Frau, die er suchte, war nicht da. Wie schon einmal, beschloss er, zu Fuß nach Nord-Oxford zurückzugehen, allerdings erlebte er an der Kreuzung Marston Ferry diesmal keinen Unfall. In Summertown kehrte er im *Dew Drop* ein und genehmigte sich noch zwei Pint. In dem Gebäude des Teppichgeschäfts, von dem aus Brenda Josephs ihren Mann beobachtet hatte, saß jetzt eine Versicherungsgesellschaft, aber ansonsten hatte sich offenbar wenig geändert. In der Manning Terrace blieb Morse ein, zwei Sekunden an einem bestimmten Punkt stehen, dann ging er weiter. Vor Nummer 14 A machte er halt und klopfte.

»Sie!«

»Ich habe gehört, dass Sie wieder da sind.«

»Kommen Sie doch herein. Sie sind mein erster Besucher.«

»Nein, danke. Ich wollte Ihnen nur sagen, dass ich viel an Sie gedacht habe, während – während Sie weg waren. Sie würden rot werden, wenn Sie wüssten, was sich in meinen Träumen getan hat.«

»Bestimmt nicht.«

»Sie dürfen mich nicht zu ernst nehmen, ich hab zu viel getrunken.«

»Bitte kommen Sie herein.«

»Ihre Mutter ist da.«

»Warum schläfst du nicht mit mir?« Ihre großen Augen hielten die seinen fest, und in diesem Moment sprang der Funke über.

»Darf ich wohl mal eben verschwinden?«

»Ja, komm mit nach oben, Augenblick.« Sie war gleich wieder da, einen Sicherheitsschlüssel mit einem Schildchen »14 B« in der Hand.

»Willst du deiner Mutter nicht sagen –«

»Nein, warum?«

Leise lächelnd schloss sie die Tür von 14 A und steckte den Schlüssel in die Tür von 14 B.

Sein Blick folgte ihren schlanken Fesseln, als sie vor ihm die teppichbelegte Treppe hinaufging.

»Schlafzimmer oder Wohnzimmer?«

»Zuerst ein bisschen ins Wohnzimmer«, sagte Morse.

»Ich habe Whisky da. Willst du was trinken?«

»Ich will dich.«

»Und du kannst mich haben, das weißt du doch.«

Morse nahm sie in die Arme und küsste sie zärtlich auf die weichen, vollen Lippen. Dann, als sei das zu viel an Glück, zog er sie eng an sich und legte seine Wange an die ihre.

»Ich hab auch von dir geträumt«, flüsterte sie ihm ins Ohr. »War ich brav?«

»Leider ja. Aber jetzt wirst du nicht brav sein, oder?«

»Natürlich nicht.«

»Wie heißt du eigentlich mit Vornamen?«, fragte Ruth.

»Sag ich dir hinterher.« Seine Finger verweilten einen Augenblick leicht auf dem Rückenreißverschluss des bunt gemusterten Sommerkleids.

Colin Dexter wurde am 29.09.1930 in Stamford, England, geboren. Er studierte Klassische Altertumswissenschaft am Christs College in Cambridge. Seine anschließende 13-jährige Lehrtätigkeit musste er wegen eintretender Taubheit beenden, woraufhin er eine Stelle in einer Prüfungskommission an der Oxford-Universität annahm. 1973 schrieb er während eines verregneten Familienurlaubs in Wales seinen ersten Kriminalroman, *Der letzte Bus nach Woodstock.* Es folgten zwölf weitere Fälle für Inspector Morse sowie ein Erzählband, die in England immens erfolgreich waren und als Fernsehserie unter dem Titel *Inspektor Morse, Mordkommission Oxford* verfilmt wurden. Basierend auf Dexters Figuren wurden 2007 und 2012 zwei weitere Fernsehserien *(Lewis – der Oxford Krimi* und *Der junge Inspektor Morse)* ins Leben gerufen.

Mit seinem Ermittler verbindet ihn die Liebe zu Kreuzworträtseln, Wagner, Ale und Whisky. Seine Werke wurden mehrfach ausgezeichnet, u. a. mehrmals mit dem CWA Silver und Gold Dagger. Für sein Lebenswerk wurde Dexter mit dem CWA Diamond Dagger, dem Theakstons Old Peculier Outstanding Contribution to Crime Fiction Award und dem Order of the British Empire für Verdienste um die Literatur ausgezeichnet. Er starb 2017 im Alter von sechsundachtzig Jahren in Oxford.

»Kaum ein Krimiautor schreibt so intelligent und behaglich beunruhigend wie Colin Dexter. Brillant webt er dichte, gewitzte Handlungen, gespickt mit literarischen Bezügen und falschen Fährten.« *The Washington Times*

»Ein Meister des Kriminalromans, an den kaum einer heranreicht.« *Publishers Weekly*

Colin Dexter im Unionsverlag

Der letzte Bus nach Woodstock

Zuletzt gesehen in Kidlington

Die schweigende Welt des Nicholas Quinn

Eine Messe für all die Toten

Die Toten von Jericho

Das Rätsel der dritten Meile

Das Geheimnis von Zimmer 3

Gott sei ihrer Seele gnädig

Der Wolvercote-Dorn

Der Weg durch Wytham Woods

Die Töchter von Kain

Der Tod ist mein Nachbar

Der letzte Tag

Ihr Fall, Inspector Morse

Ab Juli 2018 erscheinen vier Bände pro Jahr.
Als E-Book ist die Reihe vollständig lieferbar
ab September 2018.

Garry Disher *Leiser Tod*

Im abgelegenen Buschland hinter Waterloo stolpert den Kommissaren eine junge Frau vor die Füße – nackt, verdreckt und verstört. Der Täter: ein Vergewaltiger in Polizeiuniform? Gleichzeitig lässt eine Reihe von perfekt geplanten Einbrüchen und Raubüberfällen die Ermittler an ihre Grenzen stoßen. Hal Challis sieht sich an allen Fronten belagert.

Leonardo Padura *Ein perfektes Leben*

Teniente Mario Conde soll einen Verschwundenen finden, Rafael Morín, der mit Conde zur Schule gegangen ist. Der Mann mit der scheinbar blütenweißen Weste war schon damals ein Musterschüler, der immer das bekam, was er wollte – auch Condes Freundin Tamara. Der Teniente muss sich den Träumen und Illusionen seiner eigenen Generation stellen.

Jean-Claude Izzo *Die Marseille-Trilogie*

Fabio Montale: ein kleiner Polizist mit großem Herz. Für ihn ist es reiner biografischer Zufall, ob einer Polizist wird oder Gangster. Freund bleibt Freund. Deshalb rächt Fabio zwei seiner Gangster-Freunde, die ermordet wurden. Das Spiel wird allerdings nach Regeln von Leuten gespielt, denen ebenso egal ist, ob einer Polizist ist oder Verbrecher.

Mercedes Rosende *Krokodilstränen*

Der Schauplatz: die Altstadt von Montevideo. Der Coup: ein Überfall auf einen gepanzerten Geldtransporter. Die Besetzung: Germán, gescheiterter Entführer. Úrsula López, resolute Hobbykriminelle. Doktor Antinucci, zwielichtiger Anwalt. Und schließlich Leonilda Lima, erfolglose Kommissarin mit einem letzten Rest von Glauben an die Gerechtigkeit.